DREAMBOOKS★

루비와 황금저울

4

렘넌트 판타지 장편소설

ORIGINAL FANTASY STORY &ADVENTURE

dream
books
드림북스

루비와 황금저울 4

초판 1쇄 인쇄 2017년 10월 16일
초판 1쇄 발행 2017년 10월 26일

지은이 렘넌트
발행인 오영배
기획 박성인
책임편집 편집부
디자인 권지연
제작 조하늬

펴낸곳 (주)삼양출판사 · 드림북스
주소 서울시 강북구 도봉로 173
대표 전화 02-980-2112 **팩스** 02-983-0660
편집부 전화 02-980-2116 **팩스** 02-983-8201
블로그 blog.naver.com/dreambookss
출판등록 1999년 3월 11일 제9-00046호

ⓒ 렘넌트, 2016

ISBN 979-11-313-0670-3 (04810) / 979-11-313-0666-6 (세트)

드림북스는 (주)삼양출판사의 판타지 · 무협 문학 브랜드입니다.

루비와 황금저울

4

렘넌트 판타지 장편소설

ORIGINAL FANTASY STORY &ADVENTURE

dream
books
드림북스

Contents

Chapter 1.
불의 정령 라그니스

노틸러스 제국에 여름이 찾아왔다.

장마로 인해 한산했던 수도 그라프의 광장은 언제 그랬
냐는 듯이 한여름 밤의 축제를 즐기기 위한 사람들로 북적
거리기 시작했다. 거리 곳곳에는 음유시인들의 공연이 넘
쳐났고, 야시장들이 즐비한 로하강 주변의 다양한 볼거리
와 먹거리는 시민들의 발길을 붙잡았다.

즐기는 것이라면 누구에게도 지지 않는 귀족들도 집집마
다 파티를 열며 여름밤의 열기를 식혀 내고 있었다. 자정까
지 이어지는 파티들로 인해 귀족 지구 구석구석에 화려한
마차들이 즐비하게 늘어져 있고, 화려한 옷을 차려입은 사

람들의 왕래가 끊이질 않았다.

수도 그라프에 있는 모든 사람이 먹고 마시는 데 열중하는 가운데 유독 다른 분위기를 자아내는 저택 하나가 눈에 띄었다.

특이한 기와 형태 지붕을 가진 5층 높이의 저택은 다른 저택들과는 다르게 입구부터 외부인의 출입을 철저히 막고 있었다. 또한 저택 내부는 웃음소리가 가득한 주변과는 달리 입 여는 것조차 조심스러워해야 할 만큼 무거운 분위기로 가득했다.

"미치겠네. 몸속에 있던 독은 완벽하게 해독되었는데 공자님은 왜 안 깨어나시는 거야?"

아카드가 중독된 지 일주일째.

가문의 유일한 치료사 마리아드 총관이 자신의 은발을 쥐고 흔들었다. 상식적으로 아카드는 벌써 일어나야 정상이다. 하지만 아직까지 죽은 듯 눈을 감은 채 미동도 없으니 총관 입장에서는 미칠 지경이었다.

모건 백작의 남다른 수단(?)으로 황실에서 가져온 최상급 정령석은 독 중의 왕으로 불리는 그린 몬스터마저 굴복시켰다. 은침으로 피검사를 해 봐도, 마법으로 몸 전체를 스캔해 봐도 아카드의 신체 어디에서도 중독의 증상은 보이지 않았다.

'도대체 뭐가 문제지? 정령석으로 인해 더 좋아졌으면 좋아졌지 나빠지진 않았을 테고…… 곧 있으면 마스터 오실 시간인데 미쳐 버리겠네.'

정령사인 아카드가 흡수한 최상급 정령석만 네 개.

아카드의 몸은 엘프인 마리아드 총관조차 부러워할 정도로 바뀌었다. 독은 물론 몸 안의 모든 찌꺼기조차 배출되면서 아카드의 신체는 신생아라고 해도 믿을 만큼 깨끗한 기운이 머리부터 발끝까지 막힘없이 흐르고 있었다.

'잘못하면 나 혼자 뒤집어쓰겠는데?'

마리아드 총관은 등 뒤에서 자신만 바라보는 가신들의 눈총에 식은땀이 흘러내렸다. 처음 삼 일간은 존경심 어린 눈빛으로 자신을 바라보던 가신들의 시선이 아카드가 깨어나지 않자 점점 의심의 눈초리로 바뀌는 것이 느껴졌다.

'돌아 버리겠네. 잘못하면 죽도록 치료하고도 욕만 엄청 먹게 생겼잖아.'

마리아드 총관이 속으로 짜증을 부리고 있을 때 문밖에서 지키고 있던 기사의 목소리가 우렁차게 들렸다.

"마스터께서 들어오십니다."

"헉!"

점점 초조해 가던 마리아드 총관은 모건 백작이 온다는 소리에 가슴이 덜컥 내려앉았다. 얼마나 당황했는지 다리가 휘청거릴 정도였다.

"총관, 내 아들 때문에 고생이 많군."

기사의 우렁찬 목소리가 끝나기도 전에 문이 열리고 헝클어진 머리를 대충 묶은 수더분한 중년인이 들어왔다. 총관의 어깨를 두들긴 중년인은 침상에 누워 있는 아카드의 얼굴을 스윽 살펴보았다.

"치료 거의 다 됐다며?"

"하. 하. 하. 그렇다고 볼 수 있지 않겠습니까?"

수수한 차림의 중년인이 웃으며 다가오자 마리아드 총관의 얼굴이 굳어졌다. 동시에 방 안에 있는 사람들의 표정까지 굳어 버렸다.

'총관! 너만 믿는다.'

방 안의 가신들은 마리아드 총관을 바라보며 간절히 빌었다.

중년인의 정체는 메디아 가문의 가주이자 이 저택의 주인인 모건 백작이다. 겉모습은 수수해 보이지만 해일보다 거친 성격을 가지고 있고, 웃고 있을 때 특히 더 위험한 사람이라는 것 정도는 해적 시절부터 함께한 가신이라면 누구나 알고 있는 사실이었다.

"역시 우리 총관이야! 내가 다른 사람은 몰라도 총관은 믿고 있었지."

"그것이 말입니다……."

"뭐야? 다 나았다며? 아니야?"

웃고 있던 모건 백작의 한쪽 눈썹이 살짝 올라갔다. 동시에 방 안이 폭풍 전야와도 같이 고요해졌다. 모든 가신의 불안한 눈빛이 마리아드 총관에게 몰렸다.

"확실히 나았습니다! 그렇고말고요!"

"그러니까 언제 일어나는데?"

"제가 신이 아니라 확신할 순 없지만……."

마리아드 총관은 자신 없는 표정으로 말끝을 흐렸다.

아카드가 왜 일어나지 않는지 총관도 이해할 수 없는 상황이라 입안이 바싹 마르기 시작한다.

"일주일 정도면 되지 않을까……."

"나한테 공갈치냐? 다 나았다면서? 그런데 왜 일주일이나 걸려?"

"그게 아니라……."

"황제가 준 정령석으로도 부족해?"

"그, 그게 아니라……."

"필요한 게 뭐야? 말만 해. 황제한테 없으면 클라우스 공작가에 쳐들어가서라도 가져올 테니까."

모건 백작의 눈동자에 살벌한 기운이 가득하다. 금방이라도 클라우스 공작가에 쳐들어가 약탈할 기세다.

"마스터, 충분합니더! 더 필요한 거 없심더!"

마리아드 총관은 얼마나 당황했는지 자신이 관리하던 제국 최남단에 위치한 메디아 가문 영지의 사투리까지 내뱉었다.

"앞뒤가 안 맞잖아. 필요한 것도 없고 치료는 다 되었는데, 내 새끼가 저기서 일주일씩이나 잔다는 게 말이 돼?"

"워낙 치명적인 독이라 조금만 더 여유를 가지고 지켜보시는 게……."

"솔직히 말해. 다 나았다는 거 뻥이지?"

"완벽하게 나았습니다. 절 믿어 주이소."

"그러니까 며칠!"

자식 문제가 걸리자 민감해진 모건 백작의 목소리가 올라간다. 마리아드 총관의 대답에 따라서는 사고 한번 칠 기세다.

"삼 일! 삼 일이면 됩니다!"

"확실해?"

"그라믄요. 확실합니더."

"삼 일이라. 그 정도면 일어날 수 있단 말이지? 흠."

모건 백작은 아직 의심이 풀리지 않은 표정이다. 하지만 그 정도는 참을 수 있다는 듯이 고개를 끄덕였다.

"그 정도는 참을 수 있지. 그런데 말이야, 이 녀석이랑 같이 왔던 여자애는 어디 갔나?"

모건 백작은 주변의 가신들을 살펴보더니 고개를 갸웃하며 물었다.

"저녁에 다시 들른다고 하고는 황급히 나갔습니다."

저택의 살림살이를 책임지는 시녀장이 모건 백작 앞으로 나와 고개를 숙이며 대답했다.

"허허, 아카데미 보내놨더니 집에 여자도 데려올 줄 알고, 다 컸네."

"풍기는 분위기나 말투로 봐서는 귀한 집 영애처럼 보였습니다."

"상단 일로 바쁘다고 집에는 코빼기도 안 비추더니 할 건 다 하고 돌아다니네."

모건 백작은 침대에 죽은 듯이 누워 있는 아카드를 바라보며 흐뭇한 미소를 지었다.

"삼 일이면 깨어난단 말이지."

"조금 더 걸릴 수도……."

모건 백작은 마리아드 총관 곁으로 천천히 다가왔다.

"뺀질이."

"넵."

모건 백작은 남들이 들을 수 없도록 조용한 목소리로 총관의 별명을 불렀다.

"내가 너 믿는 거 알지?"

"그렇습니까? 저는 잘 못 느꼈습니다만."

모건 백작은 자신의 눈을 피하는 마리아드 총관에게 눈을 부라리며 어깨에 얹은 손에 힘을 주었다.

"물고기 밥 되기 싫으면 잘하자."

"으으윽."

마리아드 총관이 모건 백작에게 구박받고 있는 사이에 문이 열리고 블라디우스 총집사가 들어왔다. 그는 피 냄새를 풀풀 풍기며 모건 백작에게 다가와 무릎을 꿇었다.

"잡았냐?"

"변장하여 국경까지 도망치는 것을 간신히 잡아 왔습니다. 어떻게 할까요?"

"어디에 있나?"

"지하실에 가뒀습니다."

"죽이진 않았겠지?"

"숨만 붙여 놨습니다. 처리할까요?"

총관을 바라보며 장난스러운 표정을 짓던 모건 백작이 대답했다.

"삼 일 동안 숨만 붙여 놔. 마무리는 당사자가 해야지."

살기 가득한 얼굴로 굳어 버린 모건 백작은 침대에 누워 있는 아카드를 바라보았다. 백작의 눈빛에는 자식을 지켜

주지 못한 안타까움과 분노가 뒤섞여 있었다.

*　　　*　　　*

　일주일 전.

　아카드는 정신을 잃기 직전 이상한 느낌이 들었다. 혼이 육체에서 벗어나 공중으로 붕 뜨는 것이다.

　'이대로 가는 건가?'

　잠시 동안 살아온 수많은 세월들이 주마등처럼 흘러간 뒤, 아래에 누워 있는 자신의 육체를 발견했다. 신기하게도 자신의 몸에는 머리에서부터 갈라져 나온 수많은 선들이 발끝까지 연결되어 있었다.

　검사에게는 기맥, 마법사에게는 마나로드라고 불리는 자연의 기운이 흐르는 통로라는 것을 알 수 있었다. 단지 차이점이라면 기맥은 단전 부근, 마나로드는 심장, 정령사는 머리 부분에서 마나를 내보낸다는 것이다.

　'마나가 저런 식으로 흐르는구나.'

　아카드가 흥미롭게 자신의 신체를 바라보았다. 머릿속으로는 알고 있었지만 눈으로 직접 보니 놀랍고 신기했다.

　'검은 기운의 정체는 뭐지? 내가 독 때문에 쓰러진 건가?'

머리에서부터 흘러나온 정령의 마나가 심장 아래로 뻗어 가질 못하고 막혀 있었다. 하반신을 시커멓게 물들이고 올라오는 독 기운과 심장 부근에서 부딪치며 대치중이다.

심장을 경계에 두고 하반신으로 내려가려는 정령의 마나와, 상반신으로 올라오려는 검고 탁한 독 기운의 치열한 싸움이 시작되었다.

심장의 주도권을 두고 싸우던 두 기운의 대결은 시간이 지나면서 힘의 균형이 한쪽으로 기울었다. 아카드 본인이 정신을 잃은 상태다 보니 정령의 마나는 한정적이라 점점 힘을 잃어 갔다.

―이래서 인간이 싫다니까! 이런 망할 독을 끌고 와서 날 이렇게 고생시키는 거냐고!

바람의 정령 실리안이 툴툴거리며 독의 기운을 막아 보지만, 정령사가 없는 상태라 힘이 떨어질 수밖에 없었다.

―이게 웬 떡이지? 어디서 이런 마나가 흘러들어 오는 거야!

짜증만 내던 실리안의 목소리에 힘이 잔뜩 들어갔다. 너무나 필요하고 원했던 마나가 외부에서 밀려오기 시작한 것이다.

모건 백작이 황실에서 강탈한 정령석의 마나가 한꺼번에 밀려들어 온 것이다. 덩달아 바람의 정령 실리안의 힘도 강해졌다.

하지만 자연계의 상성상 바람의 힘은 독의 기운을 밀어 내기만 할 뿐 해독할 수는 없었다. 검은색을 띤 기운은 점점 밑으로 밀려나면서도 독의 농도가 진해지고 있었다.

―이제 그만! 어떤 자식이 마나를 이렇게 무식하게 퍼부어 대는 거야!

중급 정령 실리안은 최상급 정령석 네 개에 압축된 마나가 한꺼번에 들어오자 처음에는 반겼지만 한계에 부딪혔다. 그러자 갈 곳 없던 마나들이 일제히 통로를 타고 아카드의 머리로 향했다.

정령사의 마나 창고라 할 수 있는 머리 쪽에 도착한 마나들은 독 기운에 저항하느라 텅텅 비어 버린 회색의 마나홀을 금방 채워 버렸다. 하지만 계속 밀려드는 마나들로 인해 마나홀은 붉게 달아올랐다.

'이러다가 정령사의 능력이 사라지는 거 아닐까?'

엄청나게 밀려오는 마나들로 인해 금방이라도 마나홀이 터져 버릴 것만 같았다. 뭔가를 해 보려고 이리저리 움직여 보지만 정신만 남아 있는 혼의 상태에서 아카드가 할 수 있는 일은 아무것도 없었다.

금방이라도 마나홀을 터트려 버릴 것 같던 마나들이 일제히 다른 쪽으로 방향을 틀었다. 붉은 막에 의해 막혀 있던 통로 하나를 힘으로 뚫어 버린 것이다.

스스로의 힘으로 통로를 뚫어 버린 마나들이 깊숙한 곳에 들어가 한곳으로 모여들었다. 끊임없이 유입된 마나들은 점점 회전하면서 또 하나의 마나홀을 만들어 내기 시작했다.

차이점이라면 처음 있었던 마나홀은 실리안의 영향을 받아서인지 회색을 띠고 있었지만 새로 만들어진 마나홀은 붉은색을 띠고 있다는 점이었다.

'뭔가 움직이는데?'

아카드의 생각대로 새로 생긴 마나홀 안에서 뭔가가 엄청난 열기를 뿜어내며 꿈틀거렸다. 그러더니 불덩이 하나가 튀어나왔다.

—어이구. 인간 세상이 얼마만이여. 갇혀 있느라 답답해 죽는 줄 알았네.

불덩이의 정체는 불의 중급 정령 라그니스.

정령 세계에서도 골통으로 불리는 사납고 포악한 정령이 강제적으로 깨어났다.

—어라? 찐따 녀석이 왜 저기에 있어? 그리고 저 독 기운은 또 왜 저렇게 설치고 난리야!

불의 정령 라그니스가 엄청난 속도로 독 기운과 대치하고 있는 실리안을 향해 달려갔다. 불의 정령 라그니스는 격렬하게 저항하는 독 기운을 밀어만 내는 실리안을 향해 고함을 질렀다.

"비켜! 이 무능력한 찐따 자식아!"

절대 듣고 싶지 않은 목소리를 들어서일까?

실리안은 얼마나 놀랐는지 독 기운과 대치 중인 것도 잊은 채 주저앉았다. 그러자 실리안이 약해진 틈을 타 독 기운이 맹렬하게 밀고 올라왔다.

"히이익! 라그니스 님께서 여긴 어쩐 일로."

"일단 급하니까 비켜! 이 자식, 좀 이따 보자."

바람의 정령 실리안이 한 마디 대꾸도 못 하고 황급히 뒤로 빠졌다. 무슨 이유에서인지 실리안은 심하게 떨고 있었다.

그리고 시작된 불의 정령과 독 기운의 사투.

바람의 힘이 느슨해진 틈을 타 심장으로 진격하려던 독 기운은 새롭게 등장한 불의 정령으로 인해 밀려나고 있었다. 저항을 해 보지만 보이는 족족 다 태워 버리는 통에 별수가 없었다.

"이 새끼, 어디 도망가!"

며칠 동안 쫓는 불의 기운과 쫓기는 독 기운의 술래잡기가 시작되었다. 자신이 불리하다는 것을 눈치챈 독의 기운이 아카드의 하체를 점령하고 있는 모든 독의 기운을 한곳으로 모았다.

하지만 소용이 없었다.

맹렬한 불의 기운은 막힌 곳을 뚫어 버리고 남아 있는 독의 찌꺼기까지 태워 버렸다.

모든 것을 파괴해 버리는 불의 기운으로 인해 하체를 점령하고 있던 독의 기운은 점점 사라지기 시작했다.

얼마간의 시간이 흐르자 검게 물들었던 아카드 신체의 선들은 점점 투명해지고 독의 기운은 완전히 사라졌다.

독의 기운이 완전히 사라졌음에도 불구하고 불의 기운은 여전히 아카드의 신체를 맴돌았다. 몇 번이고 머리부터 발끝까지 다 쑤시고 다니며 자연스럽게 쌓이는 탁한 기운까지 쓸어 버렸다.

—이 자식, 따라와!

아카드의 신체를 돌던 불의 정령 라그니스는 천천히 속도를 줄이며 실리안에게 다가갔다. 부들부들 떨고 있는 실리안의 멱살을 잡아끌고 정령사들의 힘의 근원이자 마나의 종착점인 머리 쪽으로 향했다.

'저곳에는 뭐가 있을까?'

신체의 주인이 자신이었기에 아카드는 두 정령이 사라진 곳을 향해 다가갔다. 점점 다가갈수록 통로는 사라지고, 뿌연 안개 같은 것이 시야를 방해했다.

'뭐지?'

기묘한 기분이 들었다.

뿌연 안개 속에는 아카드가 경험한 슬픔과 기쁨, 두려움과 상처 등이 작은 입자처럼 분산되어 있었다.

그리고 도착한 종착점.

안개가 끝나는 지점에 작은 문 하나가 자리 잡고 있었다. 아카드가 문고리를 돌리려고 하자 안쪽에서 비명 같은 목소리가 들려왔다.

"감히 인간 세상에서 내 흉내를 내? 나라고 해도 믿겠어!"

라그니스는 실리안에게 엄청나게 화난 상태였다.

정령계에서 대표적인 찌질이로 통하는 바람의 정령 실리안보다 늦게 소환된 것도 열 받을 일인데, 과거 약한 정령사들을 구박하고 허세 부리던 그의 모습까지 실리안이 그대로 따라한 것이다.

"제가 말입니다. 라그니스 님을 존경하다 보니 따라 하게 되었네요. 한 번만 봐 주세요."

"아하. 그러셔? 내 사랑의 매가 그리우셨다, 이 말이지?"

바람의 정령 실리안도 죽을 맛이었다.

설마 아카드가 자신 이외의 정령과 계약했을 줄은 꿈에

도 상상하지 못했다.

정령사는 하나의 정령과 계약을 맺고 살아가는 것이 일반적이었다. 둘 이상의 정령을 소환할 순 있지만 정령의 성장도 느릴뿐더러 마나가 두 배 이상 들어가기 때문에, 대부분의 정령사는 자신의 체질과 잘 맞는 정령 하나를 소환해 평생을 살아간다.

마지막 정령사라고 전해지는 샤피르 같은 경우는 특별한 경우에 속했다. 블랙 드래곤과 흑마법사에게 사냥당하는 과정에서 살아남은 정령사들이 가장 어린 샤피르에게 자신의 마나와 정령을 몰아주었기에 가능한 것이었다.

"라그니스 님! 살려 주세요! 다시는 안 그럴게요."

"감히 먼저 소환된 것으로도 모자라 나를 따라 해? 그냥 죽어!"

"저는 절대 라그니스 님보다 먼저 소환 안 되려고 했는데 계약자가 원했어요. 정말이에요! 물어보세요!"

뭐지?

아카드가 호기심을 이기지 못하고 문을 열고 들어가자, 안에 있던 푸른빛이 감도는 회색빛 존재가 그를 가리키며 소리쳤다.

"저놈이에요. 저 싸가지 때문에 제가 먼저 소환된 거라고요!"

　　　　*　　　*　　　*

　"누구지?"

　문 안으로 들어간 아카드의 눈앞에는 괴상한 광경이 펼쳐지고 있었다.

　짙은 안개 속, 방 안에 있는 두 사람.

　붉은색을 띤 엄청난 거구의 정령이 왜소하고 말라 보이는 회색 정령을 두들겨 패고 있었다.

　"저 녀석이에요! 저 녀석 때문에 제가 먼저 소환된 거라고요!"

　붉은 머리 남자에게 무차별적으로 두들겨 맞던 회색 머리의 남자가 방 안으로 들어오는 아카드를 발견하고는 손가락으로 가리키며 필사적으로 외쳤다.

　"아! 이분? 난 또 누구시라고. 이분이 이 몸을 놔두고 거지 같은 정령이랑 계약하신 정령사신가?"

　온몸에서 활활 타오르는 불길을 내뿜는 거구의 이름은 라그니스. 샤피르와 함께 흑마법사들을 섬멸하는 데 가장 앞장섰던 불의 중급 정령이다.

　정찰과 기습에 특화되어 있는 바람의 정령과는 달리 공격에 특화된 정령이다 보니 성격이 포악하고 직선적인 것 같아 보였다. 마지막 정령사로 알려진 샤피르 곁에서 최후까지 흑마법사들을 섬멸했던 정령답게 라그니스는 엄청난 위압감을 드러내며 아카드에게 다가왔다.

"왜 말이 없어? 이 거지 같은 네놈 속에 잠들어 있던 것으로도 모자라 나 대신 허접한 바람 정령을 먼저 소환했다니까 미안하긴 해?"

"넌 라그니스 님과 나에게 감사해야 해. 독으로 죽을 뻔했던 널 구하시느라 얼마나 힘들었는데. 맞죠? 라그니스 님."

"이 새끼! 어디서 끼어들어! 네가 그럴 짬밥이야! 자식이 낄 때 안 낄 때 구분 못 하고 나대고 지랄이야!"

"때리지만 마세요! 라그니스 님, 잘못했어요! 으악!"

아카드를 의기양양하게 내려다보던 라그니스가 갑자기 실리안의 머리를 붙잡고 땅바닥에 왕복으로 패대기치기 시작한다.

'정령들이라고 해서 뭔가 좀 다를 줄 알았는데 완전 개판이잖아.'

실리안과 처음 만났을 때, 유난히 특이한 정령이 소환됐을 거라는 생각을 가졌다. 말끝마다 '인간은 이래서 안 돼!' 라고 하는 실리안을 보며 다른 정령은 저렇지 않을 것이라고 생각했는데 완전 오산이다.

'이것들을 어떻게 복종시킨다?'

 그때 아카드의 머릿속에 뭔가가 떠오르며 웃음이 지어졌다. 동시에 이곳을 가득 채우던 짙은 안개가 사라지며 방분위기가 하얗게 바뀌기 시작한다.

 "뭐야? 갑자기 방이 왜 이래?"

 "저 싸가지 녀석이 뭔가 수작을 부린 게 분명해요. 제가 쭉 지켜봤는데 아주 음흉한 계약자예요. 혼내 주세요!"

 "찌질이 자식이 누가 누구보고 싸가지래! 그리고 누가 입 열라고 했어?"

 "전 그게 아니라…… 잘못했어요! 때리지만 마세요!"

 "죽어!"

 또 한 번의 폭풍이 지나가고 실리안을 두들겨 패던 라그니스의 눈에 웃고 있는 아카드가 들어왔다. 라그니스는 실리안을 내팽개치고 사나운 기세로 아카드에게 다가왔다.

 "웃어? 아무리 저 녀석이 정령 세계에서 찌질이로 소문났다고 해도 너를 위해서 꽤 많은 고생을 한 것 같은데, 나한테 맞는 게 그렇게 좋아?"

 "당연히 좋지. 저 녀석이 하루 종일 떠드는 통에 머리가 어지러울 정도였거든. 누군지는 모르겠지만 대신 처리해 줘서 고마울 정도야."

 라그니스는 어이없는 표정으로 아카드를 바라보았다. 일

반적인 정령사라면 첫 소환된 정령에 대해 애착을 갖기 마련이다. 하지만 아카드의 표정에는 실리안을 안타까워하는 기색이 전혀 없었다.

"할 일 끝났으면 내 몸에서 나가 줬으면 하는데."

아카드는 천천히 정신의 방문을 열었다. 그러고는 라그니스를 바라보며 손짓했다.

"뭐? 너 미쳤어? 네놈 목숨 살린 게 나야! 아무리 인간이 이기적이라고 하지만 생명의 은인에게 이건 아니지!"

라그니스의 몸 색깔이 진해지며 주변의 온도가 점점 올라갔다. 마치 영혼이라도 태워 버릴 만큼 분노한 불 정령이 내뿜는 열기는 대단했다.

하지만 아카드는 눈 하나 깜박하지 않았다. 어차피 정령은 계약자에게 어떤 해악도 끼칠 수 없다는 것은 이미 알고 있는 상식이기 때문이다.

"이제 정령이라면 꼴도 보기 싫으니까 내 몸에서 나가 줘야겠어."

Chapter 2.

직장 체험 프로그램

신시가지 상단 지구의 거리.

땅거미가 검게 드리우자 근심과 걱정으로 출근했던 사람들의 표정이 홀가분해진다. 하루 종일 쌓였던 무거운 짐을 풀고 상단 지구를 빠져나가는 분주함 속에서 반대로 근심 걱정을 안고 있는 앳된 청년 하나가 걸어 들어왔다.

'아카드 군은 깨어났을까? 몸은 회복되었을까?'

항상 밝은 모습으로 자신의 임시 직장으로 향하던 테디는 얼마 전과는 완전 정반대의 모습이었다. 평소와 달리 너무나 창백했다.

그 일이 있은 후 식사도 제대로 못 했다. 사람이 죽고 피가 튀는 것을 본 탓에 고기류는 입에도 대지 못했다.

불면증 탓에 매일 밤을 뜬눈으로 보냈다. 눈을 감으면 살해된 마부가 나타나는 악몽을 꾸거나 누군가 자신을 쫓아오는 것 같아 잘 수가 없었다.

하지만 테디가 가장 걱정하는 것은 아카드의 일이었다. 아카드는 자신 때문에 도망치지도 못하고 괴한들과 맞서다가 독에 의해 쓰러진 후 일주일이 지난 지금까지 깨어나지 않고 있었다.

'정말 이대로 죽으면 어떡하지? 아니야, 그 사기꾼이 그렇게 죽을 리가 없어. ……하지만 아직도 깨어나지 않고 있잖아.'

테디는 아카드가 영영 깨어나지 못할까 봐 하루에도 수백 번씩 죄책감에 사로잡혀 아무것도 손에 잡히지 않았다.

'이제 그만두자. 내 욕심만 챙길 순 없잖아.'

상단에 출근하는 것이 테디의 유일한 낙이지만, 아카드의 일을 겪고 난 후 이건 아니라는 생각이 들었다. 타인이 자신 때문에 이런 일을 겪었는데 뻔뻔하게 출근하는 것은 이기적이다.

'예전에 그만뒀어야 했잖아. 비록 늦었지만 토마스 님께 솔직하게 털어놓자.'

무거운 마음으로 도착한 A&M 투자상단 사무실.

문을 열자 직원들의 환호성과 함께 낯익은 얼굴이 보인다.

"안녕, 테디."

절친 피오라가 한쪽 눈을 찡그리며 손을 흔들었다.

"네가 여길 웬일이야?"

피오라의 등장에 테디는 깜짝 놀란 표정을 지었다.

"A&M 투자상단이랑 티스 상단이 합병하면서 이곳에서 일하기로 아버지와 상단주님께 미리 허락을 맡아 놨거든. 기말 과제도 있고 미리 분위기도 익힐 겸 오늘부터 시작하려고."

제국 아카데미에서는 따로 기말시험을 보지 않는다. 대신 방학 동안 직장 체험 프로그램을 시행하고 있었다.

직장 체험 프로그램이란 방학 동안 자신이 원하거나 아카데미에서 지정해 준 직장에서 인턴으로 활동하며 고용주의 평가로 시험 점수를 대체하는 시스템이다.

학생들 입장에서는 꿈꿔 왔던 직장을 체험할 수 있어서 좋고, 고용주 입장에서는 나라에서 인턴 월급을 지원받으면서 뛰어난 인재를 선점할 수 있어서 환영하는 제도다.

"선배님! 앞으로 잘 부탁드립니다!"

피오라가 장난기 가득한 표정으로 테디를 향해 허리를 꾸벅 숙였다. 남장을 한 자신의 친구에게 잘 봐 달라는 무언의 표시였다.

"그래. 잘 지내 봐."

테디는 억지웃음을 지으며 친구를 반겼다. 상단을 나가야 하는 사정이 생겼다고 말하고 싶었지만, 새로운 인턴사원을 환영하기 위해 모여든 직원들 앞이라 할 수가 없었다.

"무슨 일 있니?"

"아, 아니야!"

피오라는 에레나, 아니 테디와 3년 동안 붙어 다닌 탓에 뭔가 이상하다는 것을 눈치챘다. 하지만 누군가가 다가오는 탓에 자세하게 물어볼 수가 없었다.

"둘이 친한가 봐?"

"팀장님, 안녕하세요."

식품 사업을 이끄는 팀장 그로세다. 그녀는 테디와 피오라 사이에 끼어들며 묘한 눈빛으로 바라보았다.

식품팀장 그로세가 등장하면서 직원들의 분위기도 어색해졌다. 몇몇 직원들은 고개를 돌리고 팀장들은 복잡한 눈빛으로 테디를 바라보았다.

두 사람에게 다가온 그로세가 테디를 바라보며 위아래를 훑어보았다. 그러고는 고개를 획 돌려 피오라를 바라보았다.

"자기, 테디와 친한가 봐?"

"네. 친구예요."

"그래?"

피오라의 대답에 그로세는 안경을 매만지며 잠시 두 사람을 번갈아 보았다.

"테디, 이게 뭔지 알겠어?"

그로세 팀장은 화난 표정으로 봉투 하나를 흔들어 보였다. 봉투 겉면에는 '직장 체험 프로그램 지원금 신청서'라고 적혀 있다.

"아뇨. 잘 모르겠는데요."

"제국에서 아카데미 인턴 학생들을 채용하면 지원금을 주거든. 오늘 내가 이 서류를 제출하기 위해 제국 아카데미에 갔는데 어떤 일이 일어났는지 알아?"

그로세 팀장의 말이 끝나자마자 테디의 안색이 변했다. 심장이 두근거리고 다리에 힘이 풀리기 시작한다.

'설마? 들킨 거야?'

인턴 채용을 결정하면 상단 측에서는 제국의 지원금을 받기 위해 채용할 학생의 재학 증명서를 제출해야 한다. 당연히 테디는 재학 증명서가 없을 수밖에 없다.

"테디는 집안 사정으로 인해……."

"신입은 조용해 주시겠어요?"

피오라가 다급히 나서서 변명을 해 주려고 하자 그로세

팀장이 잘라 버렸다.

"이전부터 수상한 점이 많았지만 직원들 분위기를 헤치지 않기 위해 꾹 참았어요. 하지만 오늘은 본인 입으로 들어야겠어요."

"저…… 는."

테디는 입이 떨어지지 않았다. 입술부터 시작해 손발의 떨림이 멈추질 않는다.

"테디 군, 당신의 정체가 뭐죠?"

그로세 팀장은 날카로운 목소리로 추궁했다.

테디는 고개를 떨궜다.

그녀는 어렸을 때 엄마와 생이별하고 공작가에서 성장했다. 당연히 아카데미에 입학하기 전까지 그녀가 받았던 대우는 시녀들보다 못했다.

주워 온 자식이라고 공작가의 혈족들은 물론 시녀들에게까지 냉대를 받았던 그녀에게 상단에서의 생활은 너무나 소중했다. 자신을 공작가의 딸이 아닌 자기 자신으로 봐 주고, 능력을 인정하며 격려해 주는 직원들과의 관계는 너무나 소중했다.

'진즉에 밝혔어야 했어.'

테디는 후회해 보지만 소용이 없었다. 어제까지만 해도 고생한다며 격려해 주던 직원들이 싸늘하게 쳐다본다.

"솔직하게 말씀드릴게요. 사실은……."

"아뇨, 듣기 싫어요. 이제는 당신이 무슨 말을 하든 믿을수 없어요. 조금이라도 자신의 부끄러움을 안다면 뭘 해야하는지 잘 알겠죠. 다시는 얼굴 보는 일이 없으면 좋겠군요."

그로세 팀장의 발언에 다른 팀장들이 만류하고 나섰다. 이유도 듣지 않고 테디를 보내는 것은 심하지 않냐며 그로세를 달래 보지만 소용없었다.

"이제껏 테디 군은 우리를 기만했어요. 이 상황에서 더이야기를 들어 볼 필요가 있나요?"

"말 못 할 사정이란 게 있잖아. 상대의 의견도 들어 봐야지."

"전 이런 사람과 절대 한 공간에서 일할 수 없어요! 우리의 믿음을 배신한 거라고요!"

그로세 팀장이 이렇게까지 강경하게 나오자 다른 팀장들도 어쩔 도리가 없었다. 더 이상 나섰다가는 팀장들끼리 불화가 생길 분위기다.

싸늘한 분위기 속에 입구 쪽에서 발자국 소리와 함께 떠들썩한 소리가 들려왔다. 항상 사무실에 활기를 심어 주는 믿음직한 상단주의 목소리가 문밖에서도 요란하게 울려 퍼졌다.

평소 같으면 누구 할 것 없이 문을 열어 주며 반겼을 것이다. 하지만 오늘은 사뭇 무거운 분위기 때문인지 문가로 선뜻 다가가는 직원은 없었다.

"이 자식아! 네가 그 녀석한테 월급 좀 올려 달라고 해봐! 내가 부양해야 할 가족이 몇인 줄이나 알아?"

"이거 좀 놔요! 돈 문제는 마스터한테 직접 말하세요. 저도 그럴 권한이 없다고요."

"네가 상단주라며. 그 정도 힘도 없어?"

"없어요! 없어! 그리고 마스터와 상의 없이 월급 올려 줬다가 걸리면 우리 둘 다 죽어요. 성격 몰라요?"

문은 열고 들어온 사람은 공식적인 상단주인 토마스와 그의 귀를 잡고 들어오는, 용병팀을 맡은 칼빈이다.

칼빈의 등장으로 상전 하나를 더 모시게 된 토마스는 오만상을 찌푸리며 사무실에 들어왔다.

"뭐야? 일 안 해?"

"군기 잡는 모양인데?"

"여기가 전쟁터인 줄 알아요? 다들 뭐해? 테디, 넌 또 왜 그래?"

토마스가 고개를 푹 숙인 테디를 발견하고는 직원들 사이를 뚫고 다가갔다. 그러고는 어깨를 두들기며 직원들에게 소리쳤다.

"누가 우리 귀여운 테디를 이렇게 만든 거야."

토마스의 목소리를 듣자마자 테디의 떨림은 더욱 심해졌다. 테디는 자신의 어깨를 두들기는 토마스의 팔을 치우고는 직원들을 향해 몇 번이고 허리를 숙였다.

"정말 죄송합니다. 모두 다 죄송해요."

토마스는 도망가는 테디를 붙잡으려고 했지만 칼빈에 의해 제지되었다.

"자고로 단체의 수장이라면 직원들의 말을 먼저 들어 봐야지."

이유는 모르지만 직원들의 분위기를 보니 꽤 심각한 일이라는 것을 눈치챈 칼빈은 나가려는 토마스를 잡고는 고개를 흔들었다.

"내가 분명히 납득할 만한 일이어야 할 거야. 그렇지 않으면 무척 화를 낼 거 같거든."

장난스러운 토마스의 표정이 사라졌다. 직원들을 둘러보는 토마스의 표정은 더없이 차가웠다.

*　　*　　*

"상황이 이러니 무작정 테디를 데려올 수도 없고 미치겠습니다. 마스터라면 이 상황을 어떻게 해결하시겠습니까?

차일드 상단 일도 마무리해야 하는데 미치겠습니다. 잠만 자지 마시고 대답 좀 해주세요."

"미친놈. 정신 줄 놓은 놈한테 이야기해 봤자 들리겠냐?"

하루의 일과를 끝낸 토마스와 칼빈은 곧장 모건 백작의 수도 저택으로 왔다.

"이렇게라도 해야 속이 풀릴 거 같아서요. 요즘 혼자 모든 일을 결정하고 처리하려니 많이 힘드네요. 마스터는 세상모르고 주무시느라 잘 모르겠지만."

귀여운 인상이었던 토마스의 얼굴이 핼쑥하다. 업무량도 많은 데다가 아카드의 부재로 모든 일을 혼자 결정해야 하는 부담감 때문에 많이 힘들어 보였다.

"새끼! 배부른 소리 하고 있네. 벌써 전쟁에서 겪은 일을 잊은 거야? 거기에 비하면 이런 일 정도는 누워서 떡 먹기지."

"그렇게 생각하면 또 그렇긴 하네요. 칼빈 님, 테디를 해고시키는 게 맞을까요?"

"테디가 사근사근하고 일 잘하는 아이인 건 분명하지만 이번 일은 원칙대로 처리해야지. 아무리 네가 아끼는 부하라고 해도 직원들 사기 문제도 있으니까. 상단주인 네 녀석이 끼어들면 당장 그로세 팀장 얼굴이 뭐가 되겠어?"

"처음부터 같이 일했던 친구라 선뜻 자르기가 망설여지네요. 하지만 칼빈 님의 말씀을 듣고 보니 테디 문제는 빠르게 결단을 내려야겠어요."

"빠르면 빠를수록 좋아. 어수선한 분위기는 빨리 정리해야지."

칼빈의 말을 경청하던 토마스는 슬픈 눈으로 고개를 끄덕였다.

좋은 인연이라고 생각했던 테디와의 결말을 이런 식으로 매듭지어야 한다고 생각하니 착잡해하는 표정이다.

"마스터는 좋겠네요. 어떻게 해서든지 해고시키려던 테디를 이제는 안 볼 수 있어서요. 안 그래요, 칼빈 님?"

"……"

"이 인간이 상단주인 내가 가기도 전에 먼저 나간 거 아냐?"

칼빈의 대답이 들리지 않자 창가에 있던 토마스가 뒤돌았다.

"아무리 과거에 부하였지만 지금은 제가 어엿한 상관인데 물으면 대답을 해야지."

칼빈은 그 자리에 그대로 있다. 그런데 칼빈의 표정이 이상하다.

뭔가 얼이 빠진 듯이 놀라운 표정을 한 채 한쪽 손을 뻗고 있었다. 칼빈의 손가락은 책상을 향하고 있었다.

"이 양반이 나이를 먹으니 유령을 봤나? 방 안에 우리 두 사람뿐인데 책상에 뭐가 있다고…… 헉!"

책상에는 한 사람이 앉아 있었다.

토마스의 입장에서는 기쁠 때 절대 마주치고 싶지 않은 사람. 하지만 힘들 때는 존재만으로 힘이 되어 주는 사람이 차가운 표정으로 토마스를 보며 입을 열었다.

"테디를 자른다고? 누구 마음대로!"

*　　　*　　　*

아카드는 거짓말처럼 자리에서 일어났다.

일어나자마자 첫 번째로 한 일은 루이스 상단주 처리 문제.

과거의 당당하고 거칠 것 없던 거상의 모습은 어디론가 사라지고 블라디우스 총집사의 고문으로 며칠 만에 파삭 늙어 버린 노인 하나가 추한 모습으로 숨만 붙어 있는 상태였다.

얼마나 고문이 심했는지 아카드가 질문하지 않은 것까지 털어놓았다. 덕분에 비밀 금고의 위치와 비밀 계좌가 기록된 장부, 제국은행의 실체에 대해 알고 있는 모든 것이 술

술 튀어나왔다.

그리고 이튿날.

구시가지 소각장에서 형체를 알 수 없는 시체가 발견되었다. 물에 퉁퉁 불어 신원을 알 수 없는데다가 부패가 진행되면서 풍겨나는 악취 탓에 치안대는 서둘러 부랑자로 결론짓고 화장시켜 버렸다.

대륙을 움직이는 거상의 말로치고는 너무도 비참하면서도 어이없는 최후였다.

루이스 상단주를 처리한 뒤로도 아카드의 일상은 애완동물이 하나 더 추가된 것 말고는 달라진 점이 없었다.

"아니, XX! 내가 개라니! 말이 되는 소리야!"

"그러니까 제가 뭐라고 했어요. 완전 싸가지라고 말씀드렸잖아요."

"이 새끼! 죽을래? 가뜩이나 열 받아 죽겠는데 어디서 허락도 없이 입을 털고 난리야!"

새로운 애완동물은 붉은색의 불도그.

불의 정령 라그니스와 바람의 정령 실리안은 아카드의 정신의 방에서 새롭게 계약을 맺었다. 그동안 아카드와 그의 첫 소환 정령인 실리안은 정식으로 정령 계약을 맺은 게 아니라 불완전한 개념의 관계였다.

정령사는 하급 정령과 계약을 맺으면서 함께 성장을 한

다. 정령사 신체에 깃들어 있는 마나와 정령과의 친밀도가 늘어날수록 정령은 중급, 상급, 정령왕까지 성장하는 것이 일반적이었다.

하지만 실리안과 이번에 새롭게 소환된 불의 정령 라그니스는 모두 중급 정령이다. 즉, 하급 정령부터 정령사와 함께 성장한 것이 아니라 정령사 샤피르와 함께 성장한 정령을 아카드가 상속받은 것이다.

그러다 보니 아카드와 정령들의 관계는 목숨을 함께하는 그런 사이와는 거리가 멀었다. 정령사와 정령이 서로 기 싸움을 벌이면서 필요한 것을 주고받는 이상한 관계가 되어 버린 것이다.

만약 아카드가 소환할 수 있는 정령이 실리안 하나뿐이라면 상관이 없었다. 그러나 라그니스라는 포악한 정령 하나가 등장한 이상 더 이상 두고 볼 수 없었다.

이제는 확실하게 관계를 맺을 필요성이 있었다.

아카드가 꺼내든 회심의 카드는 기존 정령들과의 계약 해지였다. 정령사들이 자신의 목숨보다 아끼는 정령들이 소멸의 위기에 처할 때 사용하는 최후의 카드를 실리안과 라그니스를 휘어잡기 위해 꺼내든 것이다.

500년 동안 잠들어 있다가 겨우 깨어난 라그니스와 실리안 입장에서는 마른하늘에 날벼락이 떨어진 격이었다. 잘

못하다가는 정령사를 만나지 못해 인간 세상을 떠돌다가 마나가 다 소진되면 소멸할 상황에 처한 것이다.

결국 정령사에게 무조건 협조한다는 조건으로 라그니스와 실리안은 새로운 계약을 맺었다. 아카드의 피로 그려진 마법진 속에서 정식으로 계약을 맺은 두 정령은 아카드가 죽을 때까지 함께해야 하는 운명을 받아들였다.

"일루 와! 거기 안 서?"

"싫어요. 서면 절 죽이실 거잖아요."

방 안에서 불도그와 고양이의 쫓고 쫓기는 추격전이 시작되었다. 날렵하게 도망치는 실리안과 우직하게 힘으로 밀어붙이는 라그니스의 소란에 점점 아카드의 방은 아수라장이 되어 가고 있었다.

"두 놈 다 조용. 한 번만 더 시끄럽게 굴면 알아서 해."

아카드의 짜증스러운 목소리에 불도그는 책상 밑으로, 고양이는 책장 위로 올라가 버렸다. 둘 다 불만이 가득했지만 바뀐 계약의 내용도 있거니와 아카드의 목소리가 심상치 않았기에 쥐 죽은 듯이 가만히 있었다.

"총장 이 망할 영감탱이가."

아카드는 손에 있던 편지지를 구기더니 바닥에 던졌다. 외출 준비를 하려는지 아카드는 서둘러 검은 슈트를 입고는 밖으로 나갔다.

문이 닫히자마자 불도그와 고양이의 두 번째 추격전이 시작되고, 두 애완동물의 부산한 움직임으로 인해 책상에 있던 제국 아카데미의 직인이 찍힌 편지지가 공중으로 나풀거리다가 서서히 내려왔다.

문서 번호: 20150620

참조: 제국 아카데미 교수 위원회.

수신: 아카드 폰 메디아.

학년: 1학년.

제목: 직장 체험 프로그램 발령서.

한 학기 동안 귀하의 학업에 대한 열의에 경의를 표하며 귀하가 여름 방학 동안 체험하게 될 근무지를 안내합니다.

근무지에서도 제국 아카데미 학생으로서의 품위와 자부심을 가져 주시길 바라며, 지정한 근무지에서의 성과와 품행은 모두 기말 평가에 반영되오니 최선을 다해 주시길 바랍니다.

1. 기간: 여름방학

2. 근무지: 다인 왕국 나르스 자작 가문.

노틸러스 제국 아카데미 총장 레이놀드

* * *

제국 아카데미의 총장실.

총장 레이놀드는 조심스럽게 책장 사이로 손을 집어넣었다. 주름이 가득한 총장의 손에 검은색 병 하나가 딸려 나왔다.

"캬아! 이놈! 드디어 이 녀석을 먹어 보는구나."

총장의 손에 들려 있는 것은 작년에 다인 왕국에서 생산된 와인이다. 다인 왕국 토착 품종인 산지오베제만 사용해 만든 특산품 와인이다.

총장은 1년 동안 비밀스럽게 묵혀 둔 와인을 두 손으로 조심스럽게 잡고는 자리에 앉았다. 코르크 마개를 따고 넓은 와인글라스에 병을 기울이자 초콜릿 향이 퍼지면서 보라색 액체가 비단처럼 부드럽게 흘러내린다.

꿀꺽.

총장은 1년 동안 잘 익은 와인을 보며 침을 삼켰다.

"그래. 정통 와인이라면 이런 색깔이 나와야지. 요즘 와인들은 밍숭맹숭해서 먹을 수가 없단 말이야."

요즘 와인들은 싼 가격과 다양하고 가벼운 맛을 선호하는 젊은 세대들의 취향에 맞춰 출시하는 것들이 대부분이었다. 한 가지 품종으로 재배하고 숙성하면서 맛을 만들어 가는 와인보다는 여러 품종을 섞어서 만든 와인들이 주류를 이루었다.

싸고 쉽게 만들 수 있는 와인을 기계처럼 찍어 내면서 가문의 이름을 내걸고 심혈을 기울여서 만든 와인은 점점 사라지고 있었다.

"역시 나르스 가문의 와인은 나를 실망시키지 않는구만."

총장은 와인글라스를 몇 번 흔들더니 잔을 기울여 혀로 살짝 맛을 본다. 묵직한 보라색과는 상반되게 부들부들한 맛과 부드러운 촉감에 총장의 표정이 사르르 풀린다.

총장이 마음의 준비를 하고 본격적으로 맛을 보려는 순간.

콰앙! 하는 소리와 함께 총장실의 문이 열리고 아카드가 들어왔다.

"깜짝이야!"

의자에 앉아 있던 총장 레이놀드는 엄청난 소리에 깜짝 놀라 들고 있던 와인을 놓쳐 버렸다.

그랑!

1년을 기다려온 와인은 순식간에 깨지고 동시에 총장의 마음도 산산조각이 났다.

"내 와인! 이게 어떤 와인인데…… 대체 어떤 망할 새끼야!"

순간적으로 이성을 잃은 레이놀드 총장은 침입자를 향해 엄청난 불덩이를 쏟아 냈다.

침입자에게 날아간 것은 1서클의 기본 마법인 파이어 볼에 불과했다. 하지만 20년 전에 대마도사로 불렸던 레이놀드 총장의 손을 거치자 5서클 마법 못지않은 위력으로 침입자에게 날아갔다.

'라그니스.'

'알았다고! 그런데 저게 웬 떡이냐? 내가 좋아하는 간식 파이어 볼이네?'

무시무시한 불덩이는 아카드의 몸에 닿기도 전에 먼지처럼 사라지고 총장은 자신의 마법이 막혔다는 사실에 눈을 크게 떴다.

"네 녀석이 어떻게 내 마법을?"

"그게 중요한 게 아니고 직장 체험 프로그램 문제로 할 이야기가 있습니다."

"뭐?"

그때서야 총장은 흥분을 가라앉히고 헛기침을 했다. 뭔가 찔리는 것이 있었지만 노련한 레이놀드 총장은 절대 내색하지 않았다.

"직장 체험 프로그램? 정상적으로 다 발송되었을 텐데. 무슨 문제라도 있나?"

레이놀드 총장은 자신의 마법을 무효화시킨 것에 대해 물어보고 싶었지만 일단 참았다. 앞에 앉아 있는 녀석은 뭔가를 주지 않으면 순순히 대답하지 않는다는 것을 알고 있기 때문이다.

"근무지 바꿔 주시지요. 다인 왕국까지 가서 시간 낭비할 생각 없습니다."

"안 돼. 너는 거기 가야 해."

"납득할 수 있게 설명 부탁드립니다."

"거기에서 기막힌 와인이 생산되는데 요즘 뭐 때문인지 모르겠지만 경영난이 심각한가 봐. 그래서 인재 하나 보내 달라고 요청이 들어왔어."

"저 말고 다른 능력 있는 선배들을 보내시지요."

"보통 능력으로는 이 일을 해결할 수 없으니까 그러지."

레이놀드 총장은 거절하는 아카드의 말을 흘러들으며 우겼다. 절대 뜻을 굽히지 않을 표정이다.

"선배들이 못 한다면 저 같은 새내기도 귀족 영지 같은 복잡한 문제는 해결할 수 없습니다."

"나도 알아. 새내기가 절대 해결할 수 없다는 것 정도는."

"이제야 말이 통하는군요. 바꿔 주시는 걸로 알고 전 이만 가 보겠습니다."

아카드는 자리에서 일어났다. 그러나 레이놀드 총장의 한마디에 다시 앉아야 했다.

"새내기는 해결할 수 없지만 검은 상인이라면 해결할 수 있지 않을까?"

"무슨 소리를 하는지 모르겠습니다."

아카드는 레이놀드 총장을 노려보았다. 확신을 가지고 하는 말인지, 찔러보는 건지 알아보려는 눈빛이다.

그러나 레이놀드 총장의 장난 가득한 표정에서 뭔가를 알아내는 것은 불가능했다.

"좋습니다. 제가 직접 다인 왕국에 가는 것은 불가능하지만 뛰어난 직원 한 명을 보내겠습니다. 그래서 영지 문제를 해결할 수 있도록 최대한 지원하겠습니다."

"아니야. 네 녀석이 직접 가야 해."

"총장님!"

아카드의 목소리가 올라갔다. 최대한 양보를 했음에도 불구하고 총장은 전혀 바꿀 생각이 없어 보인다.

"인석아! 노인네 심장 멎는다. 살살 이야기하거라."

"못 갑니다."

"2년 안에 졸업하고 싶다며? 전례에도 없는 2년 졸업을

하고 싶으면 이 정도 문제는 해결해야 교수들도 납득할 거
아니야. 그러니까 네 녀석이 직접 가도록 해.”

“…….”

“오늘 네 녀석 때문에 귀한 와인을 날려 버렸으니 와인
두 병 사 오는 거 잊지 말고.”

아카드는 굳은 표정으로 총장실 문을 나섰다. 마음 같아
서는 학과 사무실로 달려가 자퇴서를 내고 싶은 마음이 굴
뚝같다.

힘없는 발걸음으로 교정을 나서는 아카드의 눈에 낯익은
여학생의 모습이 들어왔다.

“선배.”

여학생은 아카드의 목소리에 잠시 고개를 돌리더니 갑자
기 반대편 방향으로 뛰기 시작했다.

“뭐야? 왜 도망가는 거지?”

여학생은 힘껏 달렸지만 아카드의 속도에 금방 따라잡혔
다.

“에레나 선배, 뭐야?”

“아카드 군, 몸은 어때요? 어디 불편한 곳 없어요?”

“테디가 일러바쳤나 보군.”

“아니야. 오빠한테 들었어.”

아카드는 평소와 다른 에레나를 보며 이상하다고 느꼈

다. 짧은 대화를 하는 동안에도 자신의 눈빛을 피하고 있었기 때문이다.

'무슨 안 좋은 일이라도 생긴 건가?'

아카드는 에레나에 대해서는 관심이 없었다.

궁금한 것은 그게 아니니까.

"테디는 어디 가야 만날 수 있지? 학과 사무실에서 알려 준 주소로 갔더니 없던데."

에레나의 눈동자가 물결처럼 사르르 떨린다. 그녀는 떨리는 목소리로 물었다.

"왜 보고 싶으세요? 따지려고요?"

"퇴직금 정산 문제가 남아서 말이지. 괜히 찝찝하게 놔뒀다가 노동청에 신고라도 하면 곤란하잖아."

에레나는 잠시 실망한 표정을 지었다. 왜 그런지 모르겠지만 단순히 퇴직금 정산 때문에 만나야 한다는 아카드의 말이 섭섭했다.

"아, 맞다. 방학이라 이리저리 바쁘다 보니 테디가 전해 달라는 말을 깜박했네요."

"그래? 뭔데?"

아카드의 무표정한 얼굴에 변화가 생겼다. 무심한 눈동자가 호기심 어린 눈빛으로 변하면서 에레나의 대답을 기다리고 있었다.

"본의 아니게 속이게 돼서 너무 죄송하고, 퇴직금은 고아원에 기부해 달래요. 테디의 말도 전했으니 더 이상 볼일 없죠?"

할 말을 마친 에레나는 황급히 몸을 돌렸다. 왠지 모르지만 이 자리를 빨리 벗어나고 싶은 마음뿐이었다.

"아야!"

"선배, 미안. 하지만 테디의 주소를 알려 줘야겠어. 테디랑 선배가 좋아하는 법을 살펴보면 해고되기 전까지 노동자는 반드시 고용주에게 의무적으로 신상에 관한 걸 정확하게 알리도록 되어 있어서 말이지. 알려 주지 않으면 신고할 거야."

아카드가 황급히 에레나의 가녀린 팔목을 잡았다. 무슨 이유에서인지 모르겠지만 에레나를 바라보는 아카드의 표정에는 다급함이 깃들어 있었다.

* * *

A&M 투자상단 회의실.

상단 설립 이래 이렇게 살벌한 회의 분위기가 있었나 싶을 정도로 분위기가 무거웠다. 아카드가 내뿜는 살기에 숨한 번 편하게 쉬는 직원은 아무도 없었다.

"고문님, 무섭게 그러지 마시고 일단 자리에 좀 앉으시고……."

"팀장들, 자리에서 일어나."

아카드의 말 한마디에 고객들의 안전을 위해 신설된 용병팀장 칼빈을 제외한 법무팀장 로우, 곡물팀장 파머, 마법공학팀장 매지슨, 자원팀장 아이언, 식품팀장 그로세가 자리에서 일어났다.

"내가 당신들에게 자신의 부서가 아닌 다른 직원까지 해고할 수 있는 권리를 주었던가?"

팀장들은 아카드의 날카로운 목소리에 어쩔 줄 모르고 서로의 눈치만 보고 있었다. 그때 식품팀장 그로세가 깊은 숨을 내쉬고는 입을 열었다.

"고문님께서 기분 상하셨다면 사과드리겠습니다. 하지만 저로서도 어쩔 수 없었습니다."

"납득할 수 있게 말해 봐."

"거짓말로 믿음을 배신한 직원을 그대로 둘 수 없었습니다."

아카드의 눈이 차갑게 가라앉았다. 오롯이 이익에 따라 움직이는 상단의 팀장이라는 자가 믿음을 운운하는 것이 기가 찼다.

"믿음이라. 참 좋은 말이야. 그런데 이 자리에 있는 팀장

들은 나에게 믿음을 줬다고 생각하나? 토마스를 제외하고
는 이 방에서 나에게 믿음을 준 사람은 하나도 없다고 생각
하는데."

"고문님, 말씀이 지나치세요. 저희는 매번 최선을 다해
노력하고 있습니다."

아카드의 비꼬는 말투에 식품팀장 그로세가 울컥하는 마
음으로 따졌다. 옆에 있던 법무팀장 로우가 황급히 그로세
의 옆구리를 치며 말렸지만 뱉어 버린 말은 주워 담을 수
없었다.

"오호, 당신들은 나에게 믿음을 줬단 말이지?"

"테디처럼 믿음을 저버리는 짓은 하지 않았다고 자부하
고 있습니다."

당당한 그로세의 태도에 아카드는 옆자리에 있는 토마스
를 쳐다보았다.

"토마스."

"네."

"회계장부 들고 와."

평소의 토마스 같으면 밑의 직원을 시키라며 투정 부렸
을 테지만 오늘은 그럴 분위기가 아니었다. 잘못하다가는
모가지가 날아갈 만큼 회의실의 분위기는 차가웠다.

잠시 후, 아카드는 토마스가 가져온 회계장부를 처음부

터 천천히 살펴보았다.

"식품팀장, 내가 오랜만에 출근해서 그런지 모르겠지만, 장부 속에는 당신들이 상단 이익에 기여한 것이 전혀 보이질 않는데 어떻게 믿음을 줬다는 거지?"

"고문님, 믿음이란 것은 물질적인 문제가 아니라……"

쾅!

아카드가 장부를 탁자에 내려쳤다. 순간 그로세 팀장을 비롯해 다른 부서의 팀장들까지도 얼어 버렸다.

"난 당신들이 생각하는 믿음에 대해서는 관심도 없어."

아카드는 굳어 있는 팀장들을 둘러보며 회계장부를 한 손으로 흔들었다.

"나에게 믿음이란 한 가지야. 당신들이 얼마나 상단의 이익에 기여했느냐? 이것이 믿음을 증명할 수 있는 유일한 증거야."

아카드의 말에 모두 꿀 먹은 벙어리가 되어 버렸다. 상단을 설립한 뒤로 상단 자금이 투입된 부서만 있을 뿐 수익을 창출한 부서는 아무 데도 없었기 때문이다.

A&M 투자상단에서 발생한 수익이라고 해 봐야 월 상단 파산 과정에서 발생한 중계 수익과 맥주 사업뿐이다. 아이러니하게도 맥주 사업을 제안한 게 테디이니, 상단의 직원들 중 수익을 창출한 직원이라고는 테디 하나뿐이라고 봐

야 했다.

팀장들은 아카드를 볼 낯이 없어 부끄러운 심정에 고개를 숙였다.

"식품팀, 더 할 말 있나?"

"제가…… 실수했습니다."

유일한 여자팀장인 그로세는 공개적으로 자신의 실수를 인정했다. 그러나 말뿐이다. 표정에는 억지로 대답한 티가 역력하다.

"당신들에게 믿음을 가진 적도 없으니 억지로 사과할 필요 없어. 문제는 회사에 엄청난 손해를 끼쳤다는 거야. 어떻게 책임질 거야?"

"고문님, 그건 너무 억지십니다."

아카드의 말이 너무 심하다고 생각했을까? 팀장들의 리더격인 법무팀장 로우가 한마디 거들고 나섰다.

"뭐가 억지지?"

"그로세 팀장의 대응이 과한 점이 있지만 거짓말한 직원이 더 문제 아니겠습니까? 법을 어기고 회사에 들어온 직원을 내보냈다고 해서 회사에 큰 손해라고 말씀하시는 건 억지처럼 보입니다."

"다른 팀장들도 그렇게 생각하는 거야?"

아카드가 일어서 있는 팀장들의 얼굴을 보니 법무팀장의

말에 동의하는 표정이다.

"좋아. 내 말이 억지라고 증명하고 싶으면 데려와 봐."

"네? 테디를 말입니까?"

"아니. 인턴 월급으로 상단의 경리 업무를 처리할 수 있고 맥주 사업을 담당할 수 있는 직원을 데려오라고. 그럼 내 실수를 인정하고 당신들에게 정식으로 사과하지."

"그건……."

법무팀장 로우가 아카드의 말에 표정을 구기며 더듬거린다. 다른 팀장들도 황당한 표정을 지으며 한숨을 쉬었다.

보통 경리직을 맡을 수 있는 사람을 고급 인재라고 부른다. 전문적인 지식이 필요한 데다 도덕적인 면까지 요구하기 때문이다.

당연히 기본급도 일반 직원에 비해 월등히 높다.

인턴 월급으로 경리 직원을 뽑는 것도 무리라고 할 수 있다. 그런데 A&M 투자상단의 메인 상품인 맥주 사업까지 담당할 수 있는 직원을 뽑으라니.

'절대 불가능해.'

서 있는 팀장들은 눈을 감으며 고개를 흔들었다.

하지만 이건 시작에 불과했다.

아카드의 폭탄 발언에 팀장들은 물론이고 직원들의 얼굴까지 사색으로 바뀌었다.

"오늘부로 식품팀장 그로세를 팀장 자리에서 직위 해제하고 일반 직원으로 강등한다. 그리고 내가 인정할 수 있는 경리 직원을 뽑을 때까지 경리 업무는 각 부서별로 스스로 처리하도록."

"고문님!"

법무팀장 로우가 다급하게 외쳤다. 지금 진행하는 업무만으로도 폭주할 지경인데 회계 업무까지 병행한다면 다들 쓰러질 것이다.

직원들의 애원에 가까운 절규에도 아카드는 표정 하나 꿈쩍하지 않는다. 도리어 더 싸늘해진 얼음과 같은 표정으로 로우와 그로세를 바라보며 소리쳤다.

"착각하지 마! 상단은 당신들의 실수와 손해를 껴안을 수 있는 곳이 아니야. 난 당신들이 싼 똥을 치울 생각이 없으니 테디를 내 앞에 데려오든지, 능력 있는 직원을 뽑아 오든지 알아서 해!"

　　　*　　　*　　　*

A&M 투자상단에 몇 가지 변화가 생겼다.

회사 조직에 해외사업팀과 경호팀이 추가되었다.

제국 이외의 타국 정세를 파악하고 사업을 기획하는 해

외사업팀장에는 월 크로우 2세가 임명되었다.

아카드의 마음 같아서는 토마스를 보좌하는 역할로 키우고 싶었지만 월 크로우 2세가 제국에서 활동하는 것은 불가능했다. 감옥에서 몰래 빼돌린 상황에서 제국은행의 눈에 띄기라도 하면 무슨 일을 당할지 모르기 때문이다.

팀장으로 임명되자마자 월 크로우 2세는 아카드에게 모종의 임무를 부여받고 윌슨 왕국으로 떠났다.

두 번째로 설립된 부서는 경호팀.

점점 규모가 커짐에 따라 제국은행과 4대 상단의 무력 횡포에 맞서 상단과 고객을 보호할 수 있는 무력 단체가 필요한 시점이었다.

대륙전쟁 때 최전방 정찰부대장으로 활약했던 칼빈이 팀장으로 임명되었다. 필요한 인원은 칼빈이 직접 선발하는 것으로 마무리되었다.

몇몇 소소한 변화도 있었다.

식품팀 팀장이었던 그로세가 심적인 압박감을 이기지 못하고 회사를 그만두었다. 그로 인해 식품팀뿐만 아니라 다른 부서까지 어수선해질 수 있는 상황에서 두각을 드러낸 인물이 있었다.

바로 제국 아카데미 재학생이자 티스 상단주의 딸인 피오라였다.

티스 상단을 운영하면서 배운 노하우와 풍부한 식견은 그로세의 공백을 느낄 수 없을 정도였다. 그로세의 공백으로 중단될 위기의 커피 사업을 이끌며 지금은 오히려 커피 출시를 기대하게끔 만들었다.

그것을 가만히 두고 볼 토마스가 아니었다.

토마스는 이례적으로 직업 체험 프로그램으로 참여한 피오라를 정식 직원으로 임명하고, 졸업 후에는 팀장 대우를 해 주기로 약속했다.

다른 상단에서는 상상도 할 수 없는 피오라의 승진을 보는 직원들의 눈빛이 달라졌다.

능력에 따라 얼마든지 승진할 수 있고 뜻을 펼칠 수 있다는 능력 우선주의가 직원들 사이에 전염되면서 업무를 대하는 태도가 열정적으로 바뀌었다. 나중에는 전투적으로 업무에 달려드는 평직원들의 모습에 팀장들까지 두려워할 정도였다.

*   *   *

"손님, 도착했습니다."

택시에서 자고 있던 아카드가 눈을 떴다. 두 달 동안 있을 자신의 공백을 대비해 토마스와 며칠간 대책을 세우다

보니 몸이 늘어졌다. 피곤한 상태에서 정령 친화력과 정신력을 키우기 위해 온종일 라그니스와 실리안을 소환한 상태로 일을 하니 마차에서 내리면서도 몸이 휘청거릴 정도였다.

"괜찮으십니까?"

"안 괜찮으면 네가 대신 갔다 올래?"

"그럴 순 없죠. 엄연히 원칙은 지켜져야 하니까요."

토마스의 얼굴에 꽃이 활짝 폈다.

아카드의 부재는 토마스에게는 자유를 의미한다. 그동안 아카드의 귀신같은 감시 탓에 억눌렸던 자신의 취미인 독서(?)를 다시 즐길 생각을 하니 토마스의 입은 귀에 걸릴 수밖에 없다.

"마스터가 안 계신 동안 상단은 제가 확실하게 책임지겠습니다. 걱정 말고 편안하게 다녀오십시오."

"난 네가 제일 걱정이야."

아카드의 미심쩍은 표정이 지워지질 않는다. 실리안을 사무실에 두고 갈 수 있다면 좋겠지만 불가능하다. 정령사와 정령은 떨어질 수 없는 관계기 때문이다.

"그만 가 봐."

"들어가시는 거 보고 가겠습니다."

"피곤하니까 두 번 말하게 하지 마."

"뭔가 수상한데요? 혹시 이거랑 같이 가시는 겁니까?"

토마스가 장난스럽게 약지를 흔들었다.

"칼빈을 불러야겠군."

"갑니다. 잘 다녀오십시오."

아카드가 매직폰을 꺼내어 칼빈의 번호를 누르려는 시늉을 하자 토마스는 귀신처럼 사라졌다. 토마스가 사라진 것을 확인한 아카드는 초조한 눈빛으로 주변을 둘러보았다.

"올 때가 되었는데."

밖을 쳐다보니 커다란 비행선 안으로 사람과 짐이 끝도 없이 들락거린다. 반대로 타국에서 제국에 온 사람들도 많다. 제국에 하나밖에 없는 비행선 선착장이다 보니 규모가 대단하다.

'선착장마다 특산품 전문 상점 하나씩 낼 수 있다면 돈이 꽤 벌리겠는데?'

상인의 본능으로 짐을 한 가득씩 손에 들고 오르내리는 사람들을 보고 있을 때 머릿속에서 실리안의 목소리가 들렸다.

—향기 좋은 인간 떴다.

실리안은 말이 끝나기도 전에 선착장 구석에서 로브를 쓰고 있는 사람을 향해 달려들었다.

"엄마앗!"

테디는 법을 들먹이는 아카드 때문에 무거운 발걸음으로 선착장에 도착했다. 하지만 확신이 서지 않았다.

뭐라고 말해야 할지, 어떤 표정으로 아카드 앞에 나서야 할지 갈피가 잡히질 않아 숨어서 기회를 엿보았다. 그런 상황에서 어떻게 자신이 숨어 있는 곳을 찾았는지 고양이 한 마리가 자신의 품으로 뛰어들었다.

"실리안, 잘 있었어?"

테디가 반가운 표정으로 회색 고양이의 머리를 쓰다듬었다. 반가운 표정은 오래가지 않았다. 고개를 들어 보니 아카드가 화난 표정으로 노려보고 있었기 때문이다.

"고문님."

"왜 거짓말했어?"

"그것이……."

"자백은 나중에 듣도록 하고, 시간이 없으니까 따라와!"

아카드가 테디의 손을 잡고 어디론가 향했다.

"왜 이래요? 어디로 가는 거예요?"

끌려가던 테디의 얼굴이 파래졌다. 어느새 자신도 모르게 아카드의 힘에 이끌려 비행선으로 향하고 있었다.

"고문님! 잠시만요! 안 돼!"

테디의 비명은 엄청난 소리와 함께 묻혀 버렸다.

아카드가 오르자마자 비행선의 출입구가 굉음을 내며 굳

게 닫혔다.

*　　　*　　　*

"이건 엄연한 납치라고요."

"다른 사람 생각도 좀 하지? 네 목소리 때문에 승객들이 불편해하는 거 안 보여?"

아니나 다를까 승무원이 다가와 테디에게 주의를 줬다.

"저한테 왜 이래요? 빨리 내려줘요."

"날 높이 평가해 준 건 고마운데, 아무리 나라고 해도 비행선을 되돌리는 건 무리라고."

아카드는 웃음을 참기 위해 창가로 고개를 돌렸다. 창문으로 아카드의 표정을 본 테디의 얼굴이 더욱 붉어진다.

"신고할 거예요."

"그렇게 떳떳한 입장이 아닐 텐데? 누구 때문에 장부 정리 대신하느라 피곤해. 도착하면 깨워."

아카드는 노려보는 테디의 시선을 피해 고개를 돌려 버렸다. 그는 슬그머니 손을 뻗어 정면에 비치된 검은 안대를 걸치고는 누워 버렸다.

"이익!"

테디는 테디대로 무심하게 누워 버리는 아카드를 보니

화가 머리끝까지 치밀어 오른다.

하지만 급한 불부터 꺼야 한다.

"매직폰 좀 빌려 줘요. 빨리요!"

자신이 없어졌다는 것을 가문에서 알면 큰일이라는 생각에 다급한 목소리로 누워 있는 아카드의 몸을 흔들었다. 아카드는 잠시 안대 한쪽을 들어보더니 품에서 매직폰을 꺼냈다.

"도착해서 봐요! 가만히 있지 않을 거예요."

테디는 아카드가 매직폰을 꺼내자마자 낚아채고는 화장실로 향했다.

"훗!"

테디가 완전히 사라진 것을 확인한 아카드가 승무원을 불러 귓속말로 뭐라고 하자 승무원의 눈이 점점 커진다.

"고객님, 정말 괜찮으시겠습니까?"

승무원의 놀란 목소리에 아카드는 대답 없이 고개를 끄덕였다. 아카드가 안주머니에서 수표책을 꺼내 숫자를 기입한 후 승무원에게 내밀었다.

"나머지는 팁."

"고객님, 정말 감사합니다."

보기 드문 잘생긴 고객이 팁까지 주니 승무원은 어쩔 줄 모른다. 그녀는 몇 번이고 감사하다는 말을 전하고는 가벼운 발걸음으로 어디론가 달려간다.

"네가 뛰어 봤자 벼룩이지."

아카드는 장난스러운 표정으로 테디가 사라진 곳을 바라보다가 스르륵 잠들었다.

＊　　　＊　　　＊

테디는 다인 왕국 수도인 컨투어에 도착하자마자 표를 파는 창구로 달려갔다. 예약은 하지 않았지만 성수기가 아니기에 돌아가는 표가 있을 것이라고 생각했다.

"말이 돼요? 성수기도 아닌데 만원이라니요."

"고객님, 저희도 어쩔 수 없습니다. 대기 리스트에 올려 드릴까요?"

푸우, 테디의 입에서 한숨이 나왔다. 아카드는 발을 동동 구르는 테디의 모습을 보며 웃음을 참느라 고개를 돌릴 수밖에 없었다.

"내일 표로 끊어주세요."

"고객님, 죄송합니다. 이번 주 탑승표는 모두 예약되었습니다."

"언제쯤 표가 나올까요?"

"다음 주에 종교 행사가 있어서 2주 후에나 표가 나올 것 같습니다. 그것도 지금 예약을 하셔야 가능합니다."

"다른 표는 없는 건가요?"

"죄송하게도 없습니다. 고객님."

결국 테디는 대기 리스트에 이름을 적고는 힘없이 물러날 수밖에 없었다.

비행선 말고도 돌아갈 수 있는 루트가 존재하기는 한다. 마차를 통해 가는 방법과 배를 타고 가는 방법이다.

하지만 전쟁이 끝나자마자 각 나라에서 산적과 화전민에 대한 토벌이 시작되었다. 전쟁 때문에 미뤄 뒀던 위험 요인을 한꺼번에 정리할 작정한 것이다.

이런 상황에 위험부담을 안고 가는 것보다는 차라리 비행선을 기다리는 편이 나았다.

"연락할 사람 없으면 나가지. 나 배고픈데."

"이씨! 정말!"

"남의 나라에 와서 소란 피우지 말고 조용히 하지?"

테디는 아카드를 노려보더니 씩씩거리며 사람들이 모여 있는 곳으로 향했다.

"어디가?"

"가족들한테 연락은 해야죠!"

그 말을 남기고는 연락 구슬이 비치된 곳을 향해 씩씩거리며 다가갔다. 가면서도 몇 번이나 고개를 뒤로 돌려 아카드를 노려보았다.

"테디에게 연락할 가족이 있나? 가족이 없다고 들은 거 같은데?"

아카드는 연락 구슬을 사용하기 위해 줄 서 있는 테디를 바라보며 고개를 갸웃거렸다. 그러는 사이 드디어 테디가 연락 구슬을 사용할 차례가 되었다.

"안나, 어려운 거 시켜서 미안해."

[너 미쳤어! 네 오빠가 알면 가만히 두려고 하지 않을 텐데 뒷감당을 어떻게 하려고 그래?]

"그러니까 네가 잘 좀 말해 주라. 그래도 네 말은 잘 들어 주잖아."

[아, 몰라! 지금 아카드랑 같이 단둘이 다인 왕국에 있다는 거야?]

"응."

[미쳐 버리겠네. 사랑의 도피라면 박수라도 쳐 주지, 지금 나보고 대형 사고를 처리해 달라고?]

"우선 총장님께 내 사정을 전해 줘. 그럼 도움을 주실 거야. 그 후에 오빠한테 가서……."

뒤에서 차례를 기다리고 있는 사람들의 눈치 때문에 길게 통화하는 건 무리였다. 최대한 빨리 요점만 말하고 끊어야 하는 상황이었다.

"부탁해."

[몰라, 이 계집애! 제국 내에서 사고 치는 것으로도 모자라 타국까지 가서 사고를 치고 다니네.]

단단히 삐진 목소리다. 테디는 최후의 수단을 발휘하기로 마음먹었다.

"안나야아야앙."

테디는 단단히 화가 난 안나에게 애교를 부리며 그녀의 화를 풀어 주려고 노력했다. 다행히 최후의 수단이 먹혔는지 연락 구슬에서 약간은 부드러워진 목소리가 흘러나왔다.

[알았어. 노력은 해 볼게. 대신 확실한 선물 알지?]

"알았어, 고마워. 끊을게."

테디가 통화를 끊자마자 연락 구슬의 불빛이 사라졌다. 장거리 통화를 한 탓에 구슬의 마나가 방전되어 버린 것 같았다.

"죄송합니다."

테디는 자신 때문에 통화를 하지 못하게 된 뒷사람에게 사과를 하고는 재빨리 빠져나왔다. 저 멀리서 다리를 꼬고 자신을 보며 웃고 있는 아카드에게 다가가서는 정면에 마주섰다.

"그만둔 사람한테 도대체 왜 이러는 건데요?"

"밥 먹고 이야기하는 걸로 하지."

은근슬쩍 넘어가려고 하는 아카드의 태도에 테디는 도끼눈이 되었다. 쉽게 넘어가지 않겠다는 다짐을 표정으로 드러내며 아카드에게 따졌다.

"이야기부터 해요. 그러기 전까지 한 발자국도 안 움직일 거예요."

"나 죽다 살아난 거 알지? 요양해야 하는 상황에서 누가 도망가는 바람에 밤새 회계장부 붙들고 싸우느라 밥도 잘 못 먹고 잠잘 틈도 없어."

"납치 사건 이야기하다가 왜 갑자기 상단 이야기를 해요."

"넌 미안한 감정도 없나? 내가 누구 때문에 이 고생인데?"

강하게 따지던 테디의 기세가 살짝 누그러졌다. 아카드가 쓰러지던 모습이 재연상되면서 미안하고 고마운 감정이 밀려와 화난 감정을 뒤덮어 버린다.

'역시 애는 단순해서 놀려 먹는 재미가 쏠쏠해.'

아카드는 미안해하는 표정의 테디를 곁눈으로 확인하며 내심 웃었다.

*   *   *

비행선 선착장에서 나와 다인 왕국의 수도 컨투어로 들어가기 위해서는 두 개의 검문을 통과해야 한다. 외성에 들어가기 위한 검문소에서 통행증을 받고, 주요 도로에 설치되어 있는 검문소에서 또 한 번의 검문을 통과해야 내성으로 들어갈 수 있다.

신분이 확실한 사람이라면 통행증을 받을 수 있지만, 외성 검문소를 통과하지 못한 사람은 즉시 다인 왕국 밖으로 추방 조치가 내려진다.

예전에는 외성에 설치된 검문만 통과해도 출입이 자유로웠지만, 전쟁 이후 북쪽 진 제국의 첩자를 가려내기 위해 대부분의 나라에서 이런 복잡한 검문을 따르는 분위기다.

비행선 선착장에서 내성으로 통하는 길은 기본적으로 부유층이 이용하다 보니 아카드 일행의 검문은 간단히 끝났다.

진 제국의 침략에도 무너지지 않았던 도시답게 컨투어의 성벽은 대단히 호화롭고 튼튼했다.

땅을 파 해자를 만들고 나무로 방어벽을 펼쳐 놓은 것만으로도 튼튼한 성이라고 하는데, 컨투어의 성벽은 화강암을 쌓아 세운 벽이 도시를 완전히 둘러싸고 있었다. 벽 곳곳에는 감시창이 일정한 간격을 두고 설치되어 있어, 도시라고 하는 것보다 성에 가까운 형태다.

"와."

외성의 검문소를 빠져나온 직후 탁 트인 풍경에 테디는 탄성을 질렀다.

노틸러스 제국의 수도 그라프는 자로 잰 듯한 건축물들과 도로들이 펼쳐져 있어, 화려하지만 인위적인 분위기를 풍긴다. 그에 반해 다인 왕국의 수도 컨투어 주변에는 밭이 드넓게 펼쳐져 있고 울창한 숲들이 원래의 모습을 그대로 간직하고 있어 자연스러워 보였다.

밭 주변으로 소를 끌고 밭을 가는 농부와 뛰어다니는 아이들의 모습도 보이고, 짐을 한껏 실은 상단의 마차 행렬이 지나가는 것도 보인다.

어쨌든 제국의 수도 그라프에서는 볼 수 없는 녹색의 풍경들이 펼쳐져 있었다.

"부끄러우니까 촌놈 행세는 그만하고 따라와."

"뭐라고요!"

아카드의 놀림에 발끈한 테디는 한 마디 쏘아붙이고 싶었다.

그러나 사람들이 자신을 큰 도시를 처음 구경한 촌놈처럼 보는 시선에 꾹 참고 따라갈 수밖에 없었다.

성벽을 따라 난 길을 나아가던 아카드와 테디의 눈에 한꺼번에 몰려 있는 사람들이 보였다.

남쪽의 출입구에 도착한 것이다.

강철로 널찍하게 만들어진 문을 통해 사람들이 오가는 모습들이 보였다.

"뭐해? 줄 안 서?"

"잠깐만요."

테디의 표정이 어딘가 이상하다.

외성의 검문소에서도 몸이 굳더니 지금도 이마에서 땀이 흐르고 불안해하는 모습이 보인다.

"어디 아파? 치료소에 데려다 줘?"

"꼭 들어가야 해요?"

"무슨 소리야? 당연히 들어가야지."

아카드는 테디의 손목을 잡고 검문소에서 자신의 차례를 기다렸다. 검사관과의 거리가 가까워질수록 테디의 눈동자가 심하게 흔들린다.

'아카드 군이 있으니까 신분증을 확인하진 않을 거야. 진정하자, 진정하자.'

당연히 테디는 신분증이 없었다. 있다면 '에레나 폰 클라우스'라고 찍힌 신분증만 있을 뿐이다.

아카드의 차례가 되자 테디는 두근거리는 심장을 진정시키기 위해 가슴에 손을 대고 숨을 계속 들이마셨다.

“통행증을 보여 주시오.”

보통은 ‘통행증’이라고 짧게 말하지만 아카드의 외모와 풍기는 분위기가 심상치 않았는지 검사관은 경어를 사용했다.

“여기 있습니다.”

“짐은 어디 있습니까?”

아카드는 검사관의 질문에 손에 들고 있던 은색 캐리어를 내밀었다.

“검사를 위해 열어 보겠습니다.”

“맘대로.”

검사관은 아카드의 캐리어를 열고 자세히 살펴보았다. 옷가지와 수표책, 노틸러스에서 통용되는 금화를 보고는 가방을 닫았다.

“뒤의 아가…… 아니 청년도 일행이십니까?”

“일행입니다.”

검사관은 아카드의 일행이 여자인 줄 알았다. 하지만 콧수염을 보고는 황급히 호칭을 바꿨다.

“통행증을 보여 주시겠습니까?”

검사관은 테디에게 손을 내밀어 통행증을 요구했다.

“여…… 기요.”

테디는 떨리는 목소리로 외성 검문소에서 받은 통행증을

건넨다.

"짐은 어디 있습니까?"

"안 가지고 왔습니다."

"그렇습니까?"

고개를 돌리고 떨고 있는 테디가 수상하다고 생각해서일까? 검사관은 아카드와 달리 몇 번이고 눈을 깜박이며 테디를 살펴보았다.

"죄송하지만 신분증 좀 확인해도 되겠습니까?"

"무슨 문제 있습니까?"

갑자기 검사관은 테디에게 신분증을 요구했다. 자신과 다른 검사관의 요구에 아카드가 앞으로 나섰다.

"요즘 산적 토벌로 인해 수도에 잠입하려는 범죄자들이 많으니 협조 부탁드리겠습니다."

"어쩔 수 없지. 테디."

아카드는 테디를 쳐다보았다. 테디는 얼어붙은 상태로 도와달라는 표정으로 아카드를 향해 고개를 흔들었다.

"신분증 없어?"

"집에 놓고 왔어요. 고문님이 갑자기 끌고 오는 바람에……."

"에휴! 미치겠네."

아카드는 고개를 돌려 테디에게 눈을 부라리더니 검사관

을 향해 웃음을 지으며 친절하게 그를 불렀다. 상황이 이러니 돈을 주고서라도 통과할 생각이었던 것이다.

"검사관님, 잠깐 이야기 좀 하시지요."

"무슨 일입니까? 신분증이 없는 겁니까?"

따지는 검사관의 어깨를 잡고 구석으로 가려고 할 때, 금속 부츠의 요란한 발자국 소리가 들렸다.

"검사관. 무슨 일인가?"

위협적인 목소리와 함께 기사들이 아카드와 검사관을 둘러쌌다. 성벽을 감시하던 치안 기사들이 아카드 일행의 검문이 지체되는 것을 보고 다가온 것이다.

"이 사람들이 수상합니다!"

귀족 자제처럼 보이는 아카드에게 뇌물을 기대했던 검사관이 치안 기사들이 다가오자 화들짝 놀라 소리쳤다.

치안 기사들에게 수상한 모습을 보이면 검사관이라는 안정적이고 부수입이 보장된 직장이 잘릴까 싶어 도리어 목청을 높였다.

"체포해!"

치안 기사의 대장으로 보이는 자가 아카드와 테디를 내려다보며 소리쳤다.

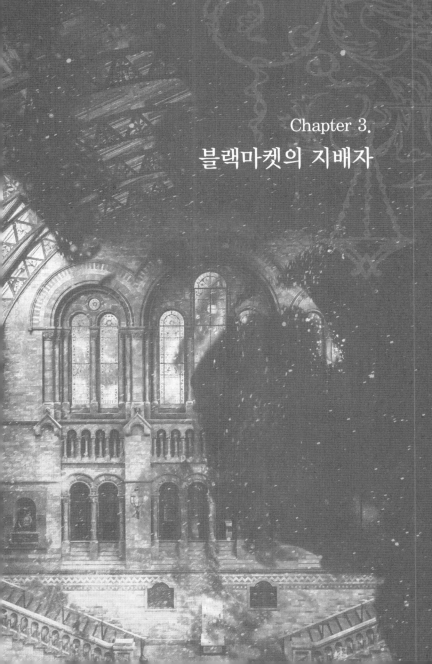

Chapter 3.
블랙마켓의 지배자

아카드와 테디가 풀려난 것은 이튿날 아침.

아카드가 자신의 귀족 신분을 밝히고 다인 왕국에 주재하는 노틸러스 제국의 대사가 온 뒤에야 보석으로 풀려날 수 있었다.

"실례가 많았습니다."

"하하하. 이런 일을 해결하라고 본국에서 월급을 주는 게 아니겠습니까? 신경 쓰실 필요 없습니다."

노틸러스 대사인 로렌스 남작은 아카드를 바라보며 호탕하게 웃으면서도 예의를 잃지 않았다. 자신은 공적으로 작위를 받은 임명 귀족에 불과하지만 상대는 세습이 가능한 중앙 귀족의 후계자이기에 이 기회에 잘 보여야겠다는 생각뿐이었다.

"몸은 괜찮으십니까?"

"누구 때문에 하루 종일 굶어서 배고픈 거 말고는 괜찮습니다."

아카드는 테디를 노려보며 말했다. 테디는 미안한 표정을 지으며 고개를 돌렸다.

"식사하러 가시죠. 여기에 꽤 유명한 식당이 많습니다."

"대사님의 호의는 감사하지만 다음으로 미뤄야겠습니다. 개인적인 약속도 있고, 급하게 처리할 일도 있습니다."

"다인 왕국은 처음 방문이신데 괜찮으시겠습니까?"

"저희끼리 알아서 하겠습니다."

로렌스 남작은 아쉬운 눈빛으로 자리를 떠나지 못하고 있었다. 식사라도 대접하겠다는 의사를 보내지만 아카드는 냉정하게 거절했다.

"그럼 다음에 뵙겠습니다."

"아쉽습니다. 식사라도 대접해야 하는데. 혹시 어디로 가시는지 말씀해 주시면 제가……."

"대사님, 제가 알아서 한다는 말 못 들으셨습니까?"

아카드는 차가운 눈빛으로 대사에게 오른손을 내밀었다. 감사의 답례로 악수하고 헤어지자는 무언의 표시다.

"아쉽지만 다음에 뵙기를 기대하겠습니다."

로렌스 대사는 어색한 웃음으로 아카드와 악수했다.

악수를 마친 아카드는 차가운 표정을 한 채 줄 서 있는 마차 쪽으로 향했다.

"뭐해! 안 따라와?"

아카드의 짜증스러운 목소리에 테디가 입술을 쭉 내밀었다. 그녀는 고개를 푹 숙이고 아카드의 뒤를 따랐다.

*　　　*　　　*

아카드와 테디가 도착한 곳은 내성 중심가에 위치한 여관. 손님이 빠지는 아침 시간이라 예약 없이도 쉽게 방을 잡을 수 있었다.

방을 잡고 간단하게 짐을 푼 두 사람은 여관 1층에 마련된 식당으로 내려왔다. 음식이 나올 때까지 테디는 아카드를 노려보고 있었다.

"밥 먹는 사람 처음 보나? 왜 그렇게 노려봐?"

"고문님은 참 특이한 취미가 있는 사람이구나 싶어서요."

"나 몸 안 좋은 거 알지? 신분증도 안 가지고 다니는 누구 때문에 개고생했는데 그만 노려보고 밥 먹지?"

"그러니까 누가 강제로 끌고 오래요? 도대체 왜 끌고 왔어요?"

"시중 들 사람이 필요해서."

"뭐라고요!"

"나 정도의 신분과 위치를 가진 사람이 시종 하나 없이 타국에서 돌아다니는 거 우습잖아? 그래서 데려온 거니까 이상한 생각하지 말고 밥 먹어."

"와, 어떻게 인간이 이렇게 이기적일까? 그리고 우릴 도와준 사람에게 왜 그렇게 차갑게 대해요?"

"나 이기적인 놈인 거 잘 알고 있으니까 새삼스럽게 상기시키지 말고, 두 번째는 대사 일 말인가?"

"그래요. 감옥에서 구해 준 사람인데 친절하게 대할 수 있잖아요."

아카드는 들고 있던 포크를 놓고 테디를 바라보았다.

"자국의 사람이 억울하게 갇혔는데 달려오는 건 당연한 의무고, 도착한 지 하루밖에 지나지 않았는데 내가 처음 방문한 사실까지 조사했다는 게 이상하지 않아?"

"당연히 백작가의 소공자니까 확인을 위해서……."

"난 대사관에 도움을 요청한 적은 있어도 신분은 밝힌 적이 없는데?"

테디의 표정이 갑자기 굳어진다.

확실히 이상하긴 하다.

타국에서 자국민의 안전을 책임지는 것이 대사의 의무라고 해도 대처가 너무 빠르다.

보통 때 같으면 삼 일 이상이 지나야 움직이는 공무원들이 신분도 밝히지 않았는데 반나절 만에 달려왔다? 확실히 일반적인 움직임이라고는 볼 수 없었다.

"그럼 고문님의 행적을 누군가 주시하고 있다는 말이네요?"

"확신할 순 없지만 조심해서 나쁠 건 없지. 알았으면 잔소리 그만하고 먹지?"

"혼자 많이 드세요. 전 밥맛 없으니까."

테디는 아직도 화가 풀리지 않았는지 음식 접시를 아카드에게 툭 밀었다.

"후회할 텐데?"

"절대 그럴 일 없거든요?"

"알았어. 내가 먹도록 하지."

뻔뻔한 인간! 그걸 또 날름 받아서 먹네.

테디는 자신이 내민 접시를 얼른 가져가 포크질하는 아카드를 보며 혀를 찼다.

후회할 일은 식사가 끝난 후 발생했다.

식사를 마친 아카드가 방에 들어와서는 테디 앞에서 옷

통을 훌러덩 벗어 버리는 것이다.

그게 끝이 아니다.

아카드의 손이 벨트를 풀고 있는 중이다.

"지, 지금! 뭐하는 거예요!"

"뭐하긴? 하루 동안 돼지우리에 갇혀 있었으니까 씻어야지."

"근……데 왜, 제…… 앞에서 벗고…… 그래요!"

테디는 순간적으로 두 손바닥으로 눈을 가렸다.

"남자끼린데 뭐 어때? 너도 냄새나니까 얼른 벗고 씻어."

"꽤, 괜찮아요. 먼저 씻어요."

"이상한 놈."

아카드는 귀족이지만 태생적으로 해적들 품에서 자랐다. 그러다 보니 남자들끼리 샤워하거나 옷 벗는 거에 대해서는 별 거부감이 없었다.

"얼른 들어가라고요!"

테디는 눈을 질끈 감고는 아카드의 등을 밀었다.

"밀지 마. 네가 가지 말라고 해도 들어갈 거니까. 참 이상한 애야."

아카드가 욕실에 들어간 후 물소리가 들리고 나서야 테디는 침대에 털썩 주저앉았다.

"너 이제 어떻게 할 거니. 너 이제 큰일 났어."

자신의 눈앞에 가시밭길이 펼쳐져 있다는 것을 느껴서일까? 테디는 스스로를 자책하기 시작했다.

그러면서도 뭐가 그렇게 듣기 싫은지 사과처럼 붉게 물들어 있는 자신의 양쪽 귀를 틀어막고 고개를 흔들었다.

*　　　*　　　*

"넌 쪼그마한 게 씻을 데도 없겠구만 왜 이렇게 오래 걸려!"

아카드는 뭐가 그리 잔뜩 골이 났는지 여관 밖으로 나오는 테디를 바라보며 고함을 쳤다. 아카드가 화가 난 것은 자신은 씻는 데 30분도 걸리지 않았건만, 테디는 한 시간 이상 걸렸기 때문이다.

"오래 씻을 수도 있지, 남자가 쪼잔하게."

"쪼잔? 내가 바빠서 참는다. 빨리 타."

아카드는 미리 잡아 놓은 택시의 문을 열더니 테디를 밀어 넣었다. 목적지는 미리 말해 놓았는지 문이 닫히자마자 마차는 힘차게 달리기 시작했다.

한참을 달린 마차가 도착한 곳은 어둑한 골목.

오래된 건물들과 곳곳에 설치된 차양막으로 인해 햇빛이

들어오지 않아 음침한 기분이 들었다.

"여기가 어디예요? 이상한 곳 같은데요?"

"지금부터 한 마디도 하지 말고 따라와."

아카드의 말투나 표정이 심상치 않았기에 테디는 자신도 모르게 고개를 끄덕이고 말았다.

'처음 온 사람이 이런 곳을 어떻게 알까?'

테디는 물어보고 싶은 것이 많았다.

하지만 주변의 분위기에 입을 꾹 닫고는 얼른 아카드 옆으로 가 나란히 걸었다. 음침하고 스산한 분위기의 골목이었다.

"저……."

뒤쪽에서 사람이 쓱 지나간 것을 본 테디가 말을 하려다가 황급히 입을 막고 아카드의 옆구리를 찔렀다.

"쉿!"

분명히 인기척을 느꼈음에도 아카드는 미동도 하지 않고 길을 걸어갔다.

이곳은 대륙의 모든 검은 돈이 모여드는 암시장.

즉, 블랙마켓의 본거지다.

이방인의 정체를 확인하기 위해 감시자들이 따라붙는 것이 당연한 일이다.

또한 추격자가 있더라도 여기서는 걱정할 필요가 없다.

아무나 소동을 피울 수 있는 곳도 아니고, 다인 왕국의 권력자라고 해도 조심하는 곳이 블랙마켓의 본거지다.

골목 안쪽으로 깊숙이 들어가자마자 커다란 광장이 나타났다. 광장에 마련된 각각의 작은 부스에서는 다양한 물건을 사고팔았는데, 일반적인 상점에서는 전혀 볼 수 없는 진귀한 골동품이나 무기들이 많았다.

특이한 점은 파는 사람이나 사는 사람 모두 말없이 수신호로 거래를 한다는 점이다. 출처가 의심스러운 물건들도 많고, 알려지면 안 되는 물건들도 있기에 그런 것 같았다.

테디는 보물들의 모습에 시선을 뺏기는 바람에 아카드를 놓쳐 버렸다. 두리번거리며 주위를 살펴보았지만 아카드의 모습은 보이질 않았다.

주변을 자세히 살피며 아카드를 찾아다니고 있는데 옆 골목에서 손 하나가 튀어나오더니 테디를 끌어당겼다.

"엄마…… 읍!"

"쉿!"

자신의 입술을 손으로 막으며 조용히 하라는 신호를 보내는 아카드의 모습에 테디는 고개를 끄덕였다.

광장 안쪽으로 점점 더 깊숙이 들어가자 금괴와 각종 보석들을 파는 가게들이 드러나기 시작했다.

아카드는 그중 가장 허름해 보이는 가게로 들어갔다. 주인에게 다가간 아카드는 자신의 목에 걸려 있는 목걸이를 풀어 탁자 위에 올려놓았다.

주인은 돋보기를 꺼내 목걸이를 천천히 살펴보았다. 목걸이의 상태와 재질, 팬던트의 보석을 꼼꼼히 살펴보던 주인이 돋보기를 내리고 아카드를 쳐다보았다.

"드워프가 만든 물품이군요. 살펴보니 보온 마법까지 걸려 있는 아티펙트로 보입니다만."

바깥에 노출되어 있는 부스와는 달리 가게 안에서는 대화를 할 수 있는 모양이다. 주인은 간만에 보는 마법 물품에 목소리가 조금 떨렸다.

아카드가 내민 목걸이는 루이스 상단주의 비밀 금고에서 발견한 물품이다.

은행을 인정하지 않는 교회의 정책 때문에 다인 왕국에서는 수표를 쓸 수 없었다. 그렇다고 제국 화폐를 가지고 다닐 수는 없기에 어디서든지 현물화할 수 있는 아티펙트를 대신 가져왔다.

"얼마 줄 수 있습니까?"

아카드의 눈치를 보던 주인이 손가락을 네 개 내밀었다. 주인장이 내민 손가락 네 개는 금괴 네 개를 주겠다는 표시다.

금괴 하나의 가격이 제국 골드 시세로 4,000골드다.

그러니 총 16,000골드를 주겠다는 것이다.

*   *   *

상점을 나온 테디는 멍한 표정으로 아카드를 바라보았다. 방금 전 목걸이 하나를 금괴 일곱 개에 팔아 치웠다.

2만 8천 골드.

테디는 일반인들이 십 년을 쓰지 않고 모아야 할 가치의 금괴 일곱 개를 아무렇지 않게 주머니에 쑤셔 넣는 아카드를 보며 고개를 절레절레 흔들었다.

"내가 비정상인거야, 저 사기꾼이 비정상인거야? 이제는 혼란스럽네."

테디가 정말 놀란 것은 아카드가 이 거리를 자주 와 본 사람처럼 돌아다닌다는 것이다. 어디에 뭐가 있고 어디서 물건을 팔아야 하는지 정확히 알고 있었다.

아카드는 수많은 길로 얽혀 있는 골목을 거침없이 걸어가고 있었다.

"그 목걸이 어디에서 난 거예요?"

주변에 아무도 없는 것을 확인한 테디가 궁금증 가득한 눈으로 물었다. 마치 사탕을 발견한 어린아이와 같은 초롱초롱한 눈빛으로.

"묻지 마. 알면 다쳐."

아카드의 놀리는 듯한 표정에 테디는 툴툴댔다.

"다리도 아프고, 배도 고프고."

"그러니까 먹으랄 때 먹었어야지."

"아직 남았어요?"

"제일 중요한 곳이 남았지."

진지해지는 아카드의 표정에 테디의 표정도 달라졌다. 테디는 '이번에는 이 사람이 무슨 일을 할까?' 라는 눈빛으로 아카드를 바라보았다.

*　　　*　　　*

"언제까지 걸어가야 해요? 너무 힘들어요."

테디는 울상 짓는 표정으로 하소연했다. 이마에는 땀방울이 송골송골 맺히고, 힘없이 걷는 발걸음이 많이 지쳐 보였다.

블랙마켓 본거지의 규모는 엄청났다. 광장을 중심으로 뻗어 있는 골목들은 끝이 보이지 않았다.

안쪽으로 들어갈수록 고객으로 찾아온 사람들의 숫자는 점점 줄어들었다. 어떤 곳은 주변에 지나가는 손님 하나 없음에도 주인들은 신경도 쓰지 않는 눈치다.

그럼에도 불구하고 아카드와 테디를 곁눈질로 보며 상당히 경계하는 눈초리들이 여기저기서 느껴졌다.

아카드가 걷고 있는 곳은 폐가처럼 보이는 상점들이 밀집해 있는 곳이었다. 상점 주인은 물론이고 인기척이라고는 눈 씻고 찾아봐도 볼 수 없었다.

아카드와 테디는 폐가와 폐가 사이에 위치한 좁은 골목으로 들어갔다.

두 사람이 사라지자 폐가 곳곳에서 감시자들이 나타났다. 그들은 두 사람이 들어간 골목을 바라보며 잠시 동안 눈빛을 교환하고는 재빨리 어디론가 사라졌다.

"우와. 이런 음침한 곳에 저런 집이 있었네요."

테디는 눈을 동그랗게 뜨고 정면을 바라보았다. 폐가들이 모여 있는 주변의 모습과는 전혀 어울리지 않는 눈부신 집 하나가 그들 앞에 모습을 드러냈다.

이런 호화로운 집이 있을까 싶을 정도로, 건물 외부는 금과 은으로 칠해져 있었다.

"누가 벽을 긁어내기라도 하면 어떻게 하려고."

테디의 말대로 저택 주변에는 그 흔한 경비 하나 없었다. 또한 누구나 들어올 수 있도록 문이 활짝 열려 있어 침입자라도 있으면 무방비로 뚫릴 수밖에 없는 구조였다.

"죽고 싶으면 그럴 수도 있겠지."

"에이. 문이 이렇게 활짝 열려 있는데 누가 알겠어요?"

"이곳에 머무는 사람 전부가 알겠지."

아카드는 열려 있는 저택을 향해 들어갔다.

저택의 입구에 들어서자마자 거대한 원형으로 만들어진 탁자 하나가 놓여 있었다.

아카드는 탁자 앞으로 다가가 앉았다. 테디도 아카드를 따라 의자에 앉아 보석이 박혀 있는 벽을 보며 두리번거렸다.

그때였다.

공중에서 온몸을 검은색 복장으로 가린 인물들이 내려왔다. 블랙마켓의 감시자라 불리는 그들은 순식간에 아카드와 테디 주변을 에워쌌다.

"쯧쯧. 어떤 싸가지 없는 놈이 주인 허락도 없이 남의 집에 쳐들어온 거야."

노인의 우렁찬 목소리와 함께 맞은편의 감시자들이 황급히 뒤로 물러나며 길을 열었다. 그러자 키가 작고 귀가 쫑긋한 흰 염소수염을 가진 고블린 노인 하나가 뒷짐을 지며 걸어왔다.

"팔 물건만 확실하면 되지, 신분은 알아서 뭐하려 묻습니까?"

"내가 시간은 금이라고 했지? 분명히 약속된 날은 어제라고 알고 있는데."

"피치 못할 사정이란 게 있지 않습니까? 알면서 피곤하게 묻지 맙시다."

"고얀 놈!"

고블린 노인의 말에 아카드는 피식 웃었다.

"싸가지 없기는 애기 때나 지금이나 변함없구나."

"오랜만입니다. 숙부님."

"오냐. 이 싹퉁머리 없는 자식아."

아카드가 스르르 표정을 풀며 손을 내밀자 고블린 노인은 그의 손을 잡고 흔들었다. 그러고는 감시자들을 향해 손을 흔들었다.

감시자들은 흔적도 없이 공중으로 사라졌다.

고블린 노인의 정체는 블랙마켓의 수장인 크레그.

한때 모건 해적단 4대 가신 중 한 명으로, 망령을 소환하는 네크로맨서다. 과거 죽음의 손이라고 불릴 정도로 공포의 상징이던 크레그에게는 또 다른 숨겨진 재능이 있었다.

바로 장물처리와 돈 굴리기.

그는 단일 세력으로는 최강을 자랑하던 모건 해적단의 살림살이를 혼자 책임질 정도로 장물처리와 재물 운영에 탁월한 모습을 보였다.

모건 해적단이 해체된 후 노틸러스 제국으로 망명한 다른 가신들과는 달리 크레그는 다인 왕국에 자리 잡았다. 훗

날에 닥칠지 모르는 화를 대비해 정보 집단을 만들라는 모건 백작의 명령 때문이었다.

막대한 해적단의 재물로 다인 왕국에 자리 잡은 크레그는 주먹구구로 전 대륙에 흩어져 있던 암상인들을 모아 거대한 단체를 만들었다. 해적단의 재물과 크레그의 상재가 합쳐지면서 생겨난 결과물이다.

지금은 지하경제의 왕이라고 불리며 누구도 건드릴 수 없는 거물이 되었지만 크레그는 온화한 미소로 아카드를 바라보았다. 전쟁상인으로서의 활약상을 전 대륙에 걸쳐 있는 정보망으로 이미 접한 까닭이다.

"일단 물건부터 보자."

역시 지하경제의 왕답게 오랜만에 보는 아카드를 앞에 두고 일 이야기부터 먼저 꺼냈다.

"이겁니다."

아카드는 자신의 슈트 안주머니에서 봉투 하나를 내밀었다.

"흠. 좋아, 좋아."

봉투를 열어 내용물을 살피던 크레그가 고개를 끄덕이며 뭔가를 생각했다. 한참을 생각하던 크레그의 눈에서 스물스물거리는 기운이 흘러나왔다.

'뭐지? 저런 음습한 눈빛은?'

테디는 크레그의 눈빛에 놀라 자신도 모르게 아카드의 소매를 움켜쥐었다.

그런데 이상하다.

아카드의 손에서 알 수 없는 편안한 기운이 자신의 손을 통해 들어오는 것이 느껴졌다.

"그런 거 안 통합니다. 아실 만한 분이 왜 그러실까? 얼마 주실 겁니까?"

"에이! 망할 놈! 반신반의했더니 정보가 사실인가 보네."

크레그는 테디가 전혀 알아듣지 못한 말을 내뱉으며 죽음의 기운을 풀었다. 그러자 긴장하던 테디도 편안해지기 시작했다.

"하나 이상 못 줘."

"신소리 그만하고 쉽게 갑시다. 그 정도면 다인 왕국에서도 핵심에 속하는 상단이란 거 정도는 조사 다 하고 왔습니다."

아카드가 내민 것은 루이스 상단주가 강제로 인수한 다인 왕국 중소 상단들의 소유권이다.

처음에는 A&M 투자상단을 통해 운영할까 생각도 했다. 그러나 곡물 시장은 기본적으로 박리다매 시스템이기 때문에 일정 규모가 넘어가지 않으면 큰 이익이 없다는 판단에 크레그에게 팔기 위해 가져온 것이다.

"이 정도면 과한 거야. 다른 데 가서 팔아 봐! 어디를 찾아가도 나만큼 줄 수 있는 곳 없어!"

"알겠습니다. 다른 놈한테 팔지요."

크레그는 '이것 봐라?' 하는 표정으로 아카드를 쳐다보았다. 꽤 큰돈을 불렀는데도 아카드는 꿈쩍도 안 한다.

"날도둑놈! 한 개 반!"

크레그의 계산법은 다른 암상인들과 다르다. 크레그가 하나라고 하는 것은 박스 하나에 들어갈 수 있는 금괴 40개를 말한다.

"아저씨, 마리아드 총관이 몸에 좋은 약병 하나를 줬는데……."

"뭐? 뺀질이 그 자식이!"

"남자한테 효과 죽인답니다."

피도 눈물도 없는 것으로 유명한 크레그의 눈빛이 심하게 흔들린다.

돈이 생기는 족족 써 대는 마리아드 총관과 돈 불리는 것을 지상 과제로 여기는 크레그는 유난히 사이가 나빴다. 그래서 만날 때마다 싸우는 사이지만 치료사로서의 능력은 크레그도 인정하고 있었다.

'뺀질이가 만든 거라면 확실하다는 이야긴데.'

잠시 갈등하던 크레그는 큰마음 먹었다는 표정으로 손가

락을 두 개를 내밀었다. 손가락이 떨리는 것이 테디의 눈에도 확연히 보일 정도니 더 이상 받아 내기는 힘들어 보였다.

"더 이상을 달라고 하면 쫓아낼 거야."

크레그가 손가락 하나를 들자마자 공중에서 복면을 한 감시인이 나타났다.

"삼 일 안에 처리해. 그리고 두 개 가져와."

크레그가 내민 봉투를 받아 든 감시인의 눈이 커졌다. 금괴 2박스 정도의 거래는 근래에 없었기 때문이다.

잠시 후, 탁자 위에는 철로 만들어진 박스 두 개가 올라왔다.

"직접 가져갈래? 아님 배달해 주랴? 배달은 수수료 2% 제하는 거 알지?"

아카드는 크레그를 바라보며 빙그레 웃었다. 역시 지하 경제의 왕답게 32만 골드 정도는 언제든지 내놓을 수 있는 스케일에 감탄하지 않을 수 없었다.

"가져가는 건 좀 그렇고, 가져가 봤자 큰 도움이 될 거 같지도 않으니 여기에 투자나 할랍니다."

"뭐?"

크레그는 '뭔 개소리냐?'라는 표정으로 아카드의 눈을 쳐다보았다.

"나이 드시더니 귀 먹었습니까? 두 번 말 시키지 맙시다."

"무슨 꿍꿍이냐? 내가 알기로 네놈이 하는 상단 자금이 그리 넉넉하지 않은 것으로 아는데?"

크레그는 흰 눈썹을 찌푸리며 물었다.

"그건 아저씨가 걱정 안 하셔도 되고, 말 그대로 여기에 투자하겠다는 말입니다."

"속 시원하게 털어놔라. 장난하지 말고."

아카드는 입꼬리를 스윽 올렸다. 역시 쉽게 넘어갈 상대가 아니다.

"뭐, 가끔 필요할 때 정보라도 주시든가."

"이놈!"

크레그는 집안이 울러 퍼질 정도로 고함을 질렀다. 놀란 감시자들이 서슬 퍼런 무기를 꺼내 들고 다시 내려왔다.

"부르지도 않았는데 왜 내려오고 지랄이야! 올라가!"

크레그는 죄 없는 감시자들에게 화를 풀며 다시 올려 보냈다.

"이 녀석이 머리 좀 굵어졌다고 어디서 수작질이냐! 투자는 빈말이고 고작 금괴 두 박스로 블랙마켓의 정보를 공짜로 이용하겠다는 말이잖아!"

"싫으면 알아서 하슈. 금괴에 별 관심 없으니 알아서 국 끓여 드시든가. 테디, 일어서."

아카드가 탁자의 박스에서 눈을 떼지 못하는 테디를 일

으켜 세웠다. 테디의 눈빛을 보니 '저 아까운 걸 그냥 두고 가요?' 라는 표정이다.

"솔직하게 불어 봐. 그래야 내가 마음을 열든가 하지."

"정직하게 좀 살아 보려고 하는데 늑대 한 마리가 떡하니 길을 막고 안 비켜 줍니다. 그래서 늑대를 때려잡는 방법을 알아야겠는데 다른 곳은 영 시원찮아서요."

"늑대한테 물려 죽을 거라는 생각은 안 드냐? 네가 생각했던 동물이 늑대가 아니고 드래곤이면 어떻게 할래?"

아카드는 아무런 말없이 기다렸다. 공을 던졌으니 크레그가 받을 생각이 있느냐 없느냐의 대답을 기다릴 차례다.

말없이 생각을 하던 크레그의 눈빛이 날카로워졌다. 그가 갑자기 창밖을 보더니 아카드의 얼굴을 번갈아 보았다.

"너 꼬리 달고 왔냐? 미친놈."

"늑대인지 드래곤인지 모르겠지만 같이 잡아야 하는데 몰이꾼의 실력도 봐야 할 거 아닙니까?"

크레그는 아카드가 일부러 꼬리를 달고 왔다는 사실을 알아채고는 노발대발 화를 냈다. 더욱 크레그를 화나게 한 것은 아카드가 지하경제를 움직이는 블랙마켓 전체를 몰이꾼으로밖에 여기지 않는다는 것이다.

"고얀 놈! 내 모든 것을 바친 조직을 몰이꾼 정도로 보다니! 처리해!"

"몰이꾼인지 진짜 사냥꾼인지는 눈으로 봐야 확인할 수 있는 거 아니겠습니까? 그 뒤에 사냥감을 나누든지 수고비만 주든지 의논해 봐야겠지요."

크레그는 탁자 위의 박스와 아카드를 번갈아 보았다. 정확하게 금괴 가치대로 정보를 주어야 할지, 아니면 전력으로 밀어줄 것인지 심각하게 고민하는 눈치였다.

크레그의 원래 성향이라면 정확하게 계산대로만 정보를 주고 아카드를 내보냈을 것이다. 하지만 더 큰 사냥감을 나눌 수 있다는 상인으로서의 본능이 크레그의 이성을 방해한다.

'지 애비를 꼭 빼닮았어.'

처음에는 곱상한 외모 때문에 어미를 닮은 줄 알았다. 그러나 외모 속에 감춰진 광폭함은 젊은 시절의 모건 백작을 능가할 정도였다.

"네놈 때문에 블랙마켓의 정보원들이 쉴 틈이 없겠어."

"절대 후회 없을 겁니다."

크레그의 대답에 냉정함을 유지하던 아카드의 표정도 스르르 풀렸다. 대륙 전역에 퍼져 있는 최고의 정보 조직을 얻었다는 생각에 아카드의 손에 힘이 들어갔다.

사람들은 거상이 되기 위한 조건으로 돈을 꼽는다.

그러나 거상들은 알고 있다. 가장 중요한 것은 정보라는 것을. 정보를 쥐고 있는 자만이 남들보다 두 발자국 이상 나갈 수 있고 흐름을 이끌 수 있다.

정보의 양과 질로 따지면 대륙 최고라고 할 수 있는 블랙마켓과 손을 잡은 아카드는 자신의 감정을 감추고 크레그의 얼굴을 조심스럽게 살폈다.

"혹시 더 필요한 게 있으시면 저희 상단으로 연락 주십시오."

"꼴랑 네 주머니에 들어 있는 금괴 일곱 개를 누구 코에 붙이려고. 네놈이랑 더 있다가는 제명에 못 죽을 것 같으니 얼른 꺼져."

역시 블랙마켓의 주인답게 아카드의 이동 경로와 무슨 물건을 팔았는지, 얼마에 팔았는지를 손바닥 들여다보듯 환히 꿰고 있었다.

"아저씨, 그럼 다음에 찾아뵙겠습니다."

"오지 말라니까! 빨랑 가!"

크레그는 보기 싫다는 표정으로 손을 휙 내저었다.

아카드는 고개를 숙이더니 돌아섰다.

'그래. 이제 그물 짜는 일만 남은 건가?'

바깥으로 걸어가는 아카드의 눈에는 블랙마켓에 들어올 때와는 달리 힘이 잔뜩 들어 있었다.

Chapter 4.
나르스 영지

　다인 왕국의 수도 컨투어를 출발한 지도 어언 닷새째. 열대우림 기후답게 빗줄기가 수시로 쏟아지고 있었다.

　특히 강변으로 들어선 뒤로 여름인데도 싸늘하게 불어오는 강바람 탓에 마차에 타고 있는 테디는 몸을 움츠렸다.

　탁한 하늘을 그대로 옮겨 놓은 듯한 시커먼 강물이 금방이라도 대지를 넘어올 듯이 넘실거렸다.

　불 정령 라그니스와의 계약으로 아카드는 추위를 타지 않는다. 하지만 여자의 몸으로 객지에 오른 테디는 약해질 대로 약해진 상태였다.

　테디는 마차에 오른 뒤로 불도그로 소환된 라그니스를

꼭 껴안고 놓아 주질 않았다.

—허허허. 내가 여자들한테 인기가 좀 많지. 역시 향기가 좋은 여자들은 금방 알아보는구만.

—꼭 그런 거 같지는…… 하하하. 라그니스 님이 인기가 좀 많죠.

고양이 모습으로 소환된 실리안은 테디의 품을 뺏겨 심술이 났는지 한마디 했다가 곧바로 꼬리를 말았다. 라그니스의 이글이글한 눈빛에 재빨리 아카드 뒤로 숨었다.

아카드는 억수같이 비가 내리는 창밖을 바라보며 전쟁터로 혼자 떠나던 때를 떠올렸다.

'예전에는 혼자였는데 말이지.'

타인과 마차를 타야 하는 상황이나, 상인들 틈에 끼어서 가야 할 때는 한시도 주변에 대한 경계를 풀지 않았다.

하물며 이렇게 타인과 오랫동안 여행을 한 적은 더더욱 없었다.

"음냐, 엄마."

악몽을 꾸는지 테디는 땀을 뻘뻘 흘리며 인상을 찌푸렸다.

아카도가 손바닥에 불의 기운을 담아 테디의 머리를 쓰다듬었다. 따뜻한 손길이 머리에 닿자마자 진정이 되었는지 표정이 풀리며 아카드의 품으로 파고들었다.

티 하나 없는 하얀 피부를 수놓은 테디의 이목구비는 아카드가 본 어떤 여자보다 눈에 들어온다. 긴 속눈썹이 파르르 떨리며 움직일 때마다 아카드의 심장도 두근거린다.

'살짝 만져 볼까?'

호기심을 이기지 못하고 아카드의 손가락이 테디의 이마부터 오똑 솟은 코, 입술까지 스르르 미끄러졌다.

"으음. 도착했어요?"

테디는 아카드의 손길이 간지러운지 잠시 뒤척이다가 눈을 떴다.

"이 강을 따라 올라가면 금방 도착할 거야."

"그래요?"

테디는 잠시 눈을 깜박거리다가 화들짝 놀랐다. 아카드의 가슴에 기대고 있다는 것을 눈치챈 것이다.

"이상한 짓 한 거 아니죠?"

"잠꼬대 그만하고 일어나지?"

테디는 살짝 상기된 아카드의 얼굴을 보며 수상한 표정을 지었지만 억수같이 퍼붓는 비에 금방 인상을 찌푸렸다.

"화창한 하늘을 좀 봤으면 좋겠다."

눅눅한 육포와 습기 가득한 마차도 고역이지만 목욕을 맘대로 할 수 없다는 것이 테디를 힘들게 했다.

아카드는 가끔 여행용 마차를 세워 강에서 몸이라도 적

셨지만 테디는 그렇게 할 수 없기에 세수만 하면서 삼 일을 버티고 있었다.

"아마 오늘 내로 도착할 테니까 조금만 참아. 저녁에는 따뜻한 음식을 먹을 수 있을 거야."

아카드는 음식 때문에 힘들어하는 줄 알고 테디를 달랬다.

"부탁드릴 게 있어요."

오늘 안에 도착한다는 말에 테디는 무슨 생각인지 정색을 하며 아카드를 바라보았다.

"말해."

"방 따로 잡아 줘요."

"너 보기와 달리 염치없다. 네가 지금 입고 있는 옷, 신발 누구 거야? 그거 전부 내 주머니에서 나온 돈으로 산 건데 숙소까지 독방을 잡아 달라고?"

"그렇긴 하지만……."

히쭉거리는 아카드의 표정은 얄밉지만 자신이 생각해도 염치가 없어 보였다. 그러나 같은 방을 쓴다는 것은 절대 용납할 수 없었다.

"제가 갚을게요. 맞다, 제가 받을 퇴직금 아직 안 주셨죠? 그걸로 해결하면 되겠네요."

"퇴직금 같은 소리 하고 있네. 고용주가 자를 마음이 없는데 무슨 퇴직금?"

"와! 사기꾼! 본인이 그만둔다는데 무슨 권리로 막는 건가요?"

"억울하면 네가 좋아하는 법에 신고하든지."

테디는 거짓 신상을 기입하고 입사를 했기에 신고할 수가 없다. 그 사실을 알고 있기에 아카드는 자신 있게 신고하라고 엄포를 놓았다.

"납치하는 것으로도 모자라 사람 약점이나 잡고 그러기예요? 도대체 나한테 왜 그래요?"

"아카데미 보내 줄 테니까 사람들한테 아카데미 학생이라고 뻥치지 말고 상단에서 열심히 일해."

"아니, 무슨 소릴 하는 거예요? 아카데미를 보내 준다고요?"

테디는 황당한 표정으로 물었다.

"너 아카데미 다니고 싶어서 학생 사칭한 거 아냐? 내가 모르는 또 다른 이유라도 있어?"

"그건······."

저렇게 물으니 테디도 할 말이 없다. 다른 이유를 대고 싶은데 마땅히 댈 핑계가 생각나지 않았다.

"평범한 학생들보다 뛰어난 네 실력은 잘 알겠는데, 아카데미 면접이 만만치 않아. 책만 본다고 붙을 수 있는 곳이 아니거든."

"그래서요?"

"그래서긴 뭘 그래서야? 나랑 다니면 남들보다 훨씬 더 풍부한 경험을 할 수 있으니까 따라다니면서 배워. 불평하지 말고."

"고문님의 뜻은 참 고마운데요, 제가 아카데미를 편하게 다닐 그럴 형편이 아니라서요."

테디는 눈을 질끈 감으며 대답했다. 기껏 핑계라고 생각난 게 집안 사정을 들먹이며 갈 수 없다고 우기는 것밖에 없었다.

"내 사람이 공부하고 싶다는데 돈 아끼는 스타일 아니니까 일이나 열심히 해."

"……."

아카드 또한 거짓말 때문에 화가 많이 났을 텐데 추궁하지 않고 자신을 챙기는 모습에 테디는 약간 울컥했다. 동시에 죄책감도 느꼈다.

"그러니까 독방 달라는 이상한 소리는 하지 말고 따라다니면서 심부름이나 잘해."

테디는 갑자기 당황한 표정으로 입술을 삐쭉하고는 몸을 뒤로 뺐다.

테디를 놀리는 재미가 쏠쏠한지 아카드는 테디 얼굴을

보며 추가 공격을 날렸다.

"그리고 넌 내 취향이 아니니까 걱정하지 마."

방 하나 달라는 요구는 절대 하지 말라는 최후통첩.

테디가 한동안 어이가 없다는 표정으로 쳐다보다가 점점 가까워지는 아카드의 가슴을 확 밀쳐 버렸다.

"고문님도 제 취향 아니거든요? 별꼴이야."

놀림당하는 느낌이 들어서 화가 났는지 테디는 맞은편 자리로 옮겨 버렸다.

아카드와 테디가 투닥거리는 사이 불도그 한 마리와 회색 고양이 한 마리가 푹신한 소파에서 두 사람을 바라보며 한심한 표정을 짓고 있었다.

─찌질이, 설마 내가 생각하는 그거 아니지?

─왜 아니겠어요. 저 멍청한 계약자는 아직까지 향기 좋은 인간이 남자인 줄 안다니까요.

─야! 그게 말이 돼? 콧수염 하나 붙이기는 했지만 향기가 같은데 어떻게 만날 붙어 다니면서 모를 수가 있어? 아무리 인간이 둔해도 정령사쯤 되면 모를 수 없는데?

─제가 괜히 멍청이라고 하겠어요. 겉만 멀쩡하지 완전 둔하다니까요.

─아싸! 당장 계약자 놀려 주러 가야지.

라그니스는 소환되자마자 계약 해지를 들이밀며 협박한

아카드에게 쌓인 것이 많았는지 무거운 엉덩이를 들어 올렸다. 그러자 옆에 있던 회색 고양이가 겁도 없이 불도그의 꼬리를 물었다.

—위대하신 라그니스 님! 잠시만요!

—이 새끼, 죽을래? 꼬리를 물어?

—잠시만 고정하시고 제 얘기를 들어 보세요. 인간 세상에서는 좋은 술일수록 묵혀 둔다고 하잖아요.

—그래서 뭐! 여기서 술 이야기가 왜 나와!

회색 고양이는 으르렁거리는 불도그 곁으로 조심스럽게 다가갔다. 아카드가 테디에게 정신이 팔려 있는 것을 확인한 고양이는 작은 목소리로 불도그를 향해 말했다.

—계약자가 굳이 물어보지도 않았는데 향기 나는 인간이 여자라는 사실을 알려 줄 필요가 있을까요?

—오호, 우리끼리 알고만 있자?

—맞습니다요. 이런 재밌는 광경을 구경할 수 있는 기회를 없앨 순 없지 않겠습니까요?

—어이쿠, 이거 좋은 생각이네. 이 자식! 인간 세상에 먼저 소환되더니 똘똘해졌네.

그렇게 불도그와 회색 고양이는 얌전하게 한 자리에서 아카드를 보며 비웃고 있었다.

＊　　　＊　　　＊

더우면서도 습한 다인 왕국의 날씨는 들쑥날쑥하다.

방금 전까지 쏟아지던 폭우가 거짓말처럼 멈췄다. 회색
빛 하늘은 언제 그랬냐는 듯이 사라지고, 구름들 사이로 성
스러운 빛줄기가 강물을 비추며 강물이 어떤 보석보다 반
짝거렸다.

저 멀리 나르스 영지의 낡은 성문이 보이고 웃통을 벗은
채 밭일을 하는 농부들의 모습도 하나둘씩 보이기 시작한
다.

"이제야 사람 구경을 하네."

"……."

단단히 삐졌는지 창밖을 보는 테디는 들은 척도 하지 않
는다.

'단단히 골이 난 모양이군.'

아카드는 한 번 더 놀려 줄까 하다가 당근이 필요한 시점
이라는 것을 알고는 헛기침을 했다.

"하는 거 보고 심부름만 잘한다면 방을 하나 내줄 수도
있지."

"……."

아카드가 당근을 던졌음에도 테디는 묵묵부답이다. 바깥

에 재밌는 것이라도 있는지 테디의 얼굴은 창가에서 조금도 움직이지 않았다.

"테디, 내 말 듣고 있어?"

아카드가 조금 화난 목소리로 음성을 높였다. 그러자 테디가 고개를 돌렸는데, 이상한 것을 본 사람처럼 당황한 표정이다.

"이 마을 이상해요. 온통 붉은색이에요."

"뭐?"

아카드가 창문으로 고개를 돌렸다. 테디 말대로 마을 전체가 붉은색이다.

주변의 산은 나무 한 그루 발견할 수 없는 벌거숭이 상태다. 엎친 데 덮친 격으로 붉은 살을 드러낸 민둥산은 폭우로 인해 녹아내리고 있었다.

때문에 성문이 가까워질수록 강물의 색깔이 점점 붉어지고 있었다.

길거리에는 산사태로 집과 가족을 잃은 사람들이 땅을 치며 울고 있고, 곳곳에 구걸하는 아이들이 석상처럼 우두커니 서 있었다.

"이럴 수가. 저기 저 사람들 어떻게 해요?"

천 쪼가리로 하의만 가린 아이들과 불쌍한 사람들의 모습에 테디는 울먹이며 고개를 돌려 버린다.

아카드의 표정도 심각하게 변했다. 블랙마켓의 정보원을 통해 나르스 영지의 사정을 미리 들었음에도 불구하고 실제 상황을 보자 쓴웃음이 나오고 만다.

녹차로 유명한 다인 왕국이지만 사실 주 수입원은 벌목과 채광이다. 노틸러스 제국이 대륙 최고의 곡창지대라면, 다인 왕국은 최고의 산림지대라고 불릴 만큼 나무가 풍부하다.

4대 상단 중 벌목 사업과 광물 사업의 큰손인 스탠 상단이 세워진 곳이 다인 왕국이다. 그러니 품질의 우수함과 풍부함은 두말할 필요가 없을 정도다.

그런 이유로 창밖의 풍경은 아카드와 테디에게 엄청난 충격으로 다가왔다.

아카드는 아이들을 도와주겠다며 마차에서 내리려는 테디를 겨우 말렸다. 자신들은 조언자의 역할로 온 것이지 참견하기 위해 온 것이 아니니 함부로 영지민들의 삶에 관여하는 것은 실례였다.

"실례지만 어떻게 오셨습니까?"

"영주님의 초청으로 왔습니다."

성문에 도착한 아카드 일행은 마차의 창문을 내리고 경비병에게 소개장을 내밀었다. 경비병은 소개장을 읽어 보더니 순간적으로 경계 어린 눈빛을 보였다.

경비병은 황급히 사람 좋은 표정을 지었지만 아카드는 놓치지 않았다.

아카드는 원래 며칠 동안 영지의 실태를 조사하고 영주에게 보고서 하나 써 주고 제국으로 돌아갈 예정이었다. 그런데 문지기의 표정을 보니 쉽지 않아 보였다.

꽤 복잡한 일에 얽혀 버린 것 같았다.

"최고의 와인을 생산하는 나르스 영지에 오신 걸 환영합니다. 숙소는 정하셨습니까?"

경비병은 여행자를 걱정해 주는 눈빛으로 물었다.

"아직 잡지 못했습니다만 예약을 해야 하는 상황입니까?"

"교회 축제가 내일부터라 빈 방이 별로 없을 겁니다."

"처음 방문하는 여행자를 위해 숙소를 부탁드려도 되겠습니까?"

아카드는 다인 금화 하나를 꺼내며 흔들었다. 아카드가 직접 숙소를 구할 수도 있지만 귀찮은 일이 생길 것 같아 경비병에게 부탁했다.

"이런 건 필요 없는데."

경비병은 말은 그렇게 하면서도 얼른 금화를 집어넣는다. 그러고는 인심을 크게 쓴다는 표정으로 조그맣게 기침을 했다.

"사실 이런 말하면 영지에서 가장 큰 여관을 운영하시는 대장님이 화를 내시겠지만."

잠시 뜸을 들인 경비원은 자신의 이름이 적힌 것으로 보이는 명함을 주며 은밀한 목소리로 말을 이었다.

"크림슨이라는 작은 여관이 있는데 아늑하고 음식 맛도 끝내 줄 겁니다. 제 이름이 적힌 명함을 주면 좀 더 신경 써 줄 겁니다."

아카드는 명함을 품속에 넣고는 마차를 출발시켰다. 아카드 일행은 날이 저물기 시작한 무렵에야 '크림슨'이라고 적힌 여관에 도착했다.

*　　　*　　　*

식당 테이블에는 강에서 잡은 민물 생선과 야채 요리가 세팅되어 있었다. 육류라고는 찾아볼 수 없고, 생선 요리 위주로 만든 음식밖에 없었다.

아카드는 요리를 보며 고개를 갸웃했다. 그 모습을 본 테디가 눈을 흘겼다.

"고문님, 음식 가리지 마세요. 바깥의 사람들을 보고서도 음식에 불평하면 벌 받아요."

"그게 아니야."

"거짓말하지 마세요. 방금 고개를 흔들었으면서."

"거짓말은 뺑쟁이인 네가 하는 거고, 난 아니야."

"자꾸 놀리지 마시죠."

테디가 발끈했지만 아카드는 계속 이해가 가지 않는다는 말투다.

"이 음식 이상하지 않아?"

"꽤 먹을 만하거든요?"

"이곳의 특산품이 뭔지 알아?"

"와인 아니에요? 와인을 파는 노점상들이 꽤 많던데."

"눈이 장식용은 아니군. 정확하게 말하면 '타낫'이라는 독특한 포도 품종으로 만든 레드 와인이지. 그런데 이 식탁에 레드 와인과 어울리는 요리가 하나라도 보이나?"

흔히 레드 와인에는 육류와 치즈를, 화이트 와인에는 해산물과 채소를 함께 올리는 것이 상식이다.

"여기만 그런 것이 아닐까요?"

아카드는 고개를 흔들었다.

"오는 동안 노점상에서 파는 음식들을 보니 전부 생선들뿐이야."

"정말요?"

아카드의 말을 들어 보니 그런 것 같기도 하다. 테디의 기억 속에도 생선 구이, 생선 꼬치, 조개 찜, 고동 요리를 파는 곳은 보았지만 그 흔한 염통 요리 한 번 본 적이 없다.

"주인장."

"네. 손님."

아카드의 부름에 파리를 쫓던 주인이 다가왔다. 간만에 온 손님이 음식을 더 시키지 않을까 노심초사하는 표정으로 아카드의 눈치를 살폈다.

"메뉴에 해산물 음식밖에 없군요. 주방장이 육류 음식을 할 줄 모르나 봅니다?"

"그럴 리가 있겠습니까? 고깃값이 너무 비싸서 찾는 손님이 없어서 들여 놓질 못했습니다."

"특별히 비싼 이유라도 있습니까?"

"그것이⋯⋯."

아카드는 주인장을 향해 조용히 금화 하나를 내밀었다.

"이러실 필요까지는 없는데."

주인장의 얼굴이 환해지면서 탁자 위의 금화는 순식간에 사라졌다. 그는 주변을 살피며 단골들의 눈을 피해 조용히 입을 열었다.

"예전에는 넘칠 정도로 육류 요리가 있었습니다. 레드 와인에는 스테이크가 최고의 궁합 아닙니까?"

아카드가 주인장의 말에 동의한다는 표시로 고개를 끄덕였다.

"그놈들 때문입니다."

"그놈? 세상 물정이 어두운 여행자라 못 알아듣겠습니다."

"이름이 뭐더라? 어마어마하게 큰 상단이라고 하던데, 스탕이라고 했던가?"

"4대 상단이라 불리는 스텐 상단 말입니까?"

뭔가를 기억해 내려고 애쓰던 주인장은 아카드의 말에 무릎을 탁 쳤다.

"맞아요, 스텐 상단. 그놈들이 영지에 발을 들여놓으면서 사달이 시작되었습니다."

10년 전만 해도 나르스 영지에는 나무가 울창했고, 밤만 되면 소몰이꾼과 양치기로 인해 성문이 마비될 지경이었다. 모든 것이 풍요롭고 부족함이 없던 영지에 어둠이 드리운 것은 스텐 상단이 들어서면서부터다.

아내를 일찍 여의고 하나 남은 자식마저 제국 아카데미로 떠나보낸 영주에게 스텐 상단은 재혼을 권유했다. 처음에는 먼저 떠나보낸 아내 때문에 거절을 하던 선대 영주는 스텐 상단의 지부장이 초대한 식사 자리에서 20살의 어린 여인을 보자마자 한눈에 반했다.

거기서부터 불행이 시작되었다.

젊은 아내에게 빠진 영주가 정사를 멀리하면서 영지 상

황이 악화되기 시작했다. 스텐 상단이 심어 놓은 가신들의 발언권이 높아지면서 영지의 상행위는 스텐 상단이 독점하는 상황에 이르렀다.

산을 가득 메우던 나무들은 스텐 상단의 무분별한 벌목 사업으로 사라졌다. 그것으로도 부족해 영지민들에게 시세의 반값도 안 되는 가격으로 육류를 제공하면서 들판을 가득 메우던 소와 양은 자취를 감추기 시작했다.

육류 가격의 폭락으로 가축을 기르는 영지민들이 사라지자 스텐 상단은 이빨을 서서히 드러내기 시작했다. 그들은 고깃값을 시작으로 천천히 물품의 가격을 올리기 시작했다.

소득은 줄었는데 물가가 올라 버리면서 영지민들의 생활은 점점 궁핍해져 갔다.

그나마 스텐 상단의 나무꾼으로 일하는 영지민들은 입에 풀칠이라도 하였지만, 축산업을 포기하고 일자리도 얻지 못한 영지민들은 굶어 죽지 않기 위해 자진해서 노예로 들어가는 상황까지 벌어졌다.

다행스러운 것은 영지가 스텐 상단 손에 완전히 넘어가기 전에 현 영주가 작위를 물려받았다는 것이다.

노틸러스 제국 아카데미에서 선진 교육을 받은 현재의 영주는 어떻게 해서든지 영지를 소생시키기 위해 갖은 노력을 아끼지 않았다. 양산화되지도 않은 특이한 포도 품종을 제국 마법공학연구소에서 제공받아 영지에 퍼트리고 수확물로 와인 사업을 벌였다.

지금에 와서는 나르스 영지에서 생산된 와인 사업이 결실을 맺어 가면서 타국에 수출까지 하는 성과를 보였다.

하지만 스텐 상단에게 경제권을 빼앗긴 후유증이 너무 심했다.

와인 산업 하나만으로 영지를 살리기에는 턱없이 모자랐다. 영지 전체가 스텐 상단에게 노예화가 된 상태라 언제 넘어가도 이상하지 않은 상황이었다.

와인 산업 하나만 가지고는 다 죽어 가는 영지에 숨만 겨우 붙어 있는 상태라고 볼 수 있었다.

"절대 제가 말했다고 소문내면 안 됩니다."

"저는 아무것도 들은 것이 없습니다."

아카드의 대답에 영지의 사정을 털어놓은 주인은 안심하는 표정을 지으며 주방으로 사라졌다.

"고문님, 보통 일이 아닌데요."

"내일 아침 한 번 둘러보고는 떠나자."

"그냥요? 아무것도 하지 않고?"

"꼬여도 보통 꼬인 게 아니야. 답이 보이질 않는군."

아카드는 고개를 흔들었다.

자신이 영주라면 수단과 방법을 가리지 않고 수를 써 보겠지만 이곳은 타인의 영지다. 괜히 어설프게 관여했다가는 스텐 상단의 공격을 받을 수도 있고, 영주에게는 내정 간섭처럼 여겨질 수도 있다.

식사를 하는 동안 아카드와 테디는 아무 말이 없었다. 두 사람은 입으로 음식을 먹고 있지만 각자의 생각에 빠져 있었다.

아카드는 어떻게 해야 발을 쉽게 뺄 수 있을까 고민 중이었고, 테디는 어떻게 해야 사람들에게 도움을 줄 수 있을까 고민했다.

그때 허름한 거지 하나가 들어왔다.

"한 푼만 줍쇼."

"저리 꺼져! 재수 없게 어디 더러운 몸을 식탁에 들이대!"

식탁에서 식사를 하던 사람들이 인상을 찌푸리며 거지를 쫓아낸다. 여기저기서 얻어맞고 욕을 먹던 거지는 아카드와 테디가 있는 식탁으로 다가왔다.

거지가 들고 온 깡통에 금화 하나를 넣으려던 아카드의 눈빛이 반짝였다. 깡통 바닥에는 필기체의 글씨가 새겨져 있었다.

자정이 되면 광장에 나와 주시기를 부탁하오. 안내자를 보
내겠소.

안드레 폰 나르스 드림.

땡그랑.

아카드가 깡통에 금화를 떨어뜨리자마자 거지는 고개를
계속 숙였다.

"감사합니다. 복 받으실 겁니다."

"이놈의 거지새끼가 또 왔네."

몽둥이를 들고 나온 주인장의 모습에 거지는 재빨리 여
관을 빠져나갔다.

거지의 뒷모습을 곁눈질로 살펴보던 아카드는 포크를 들
고 아무 일도 없다는 듯이 식사를 계속했다.

*   *   *

모두가 잠자리에 든 자정 무렵.

포도 농장의 인부들과 노점상들은 철수했다. 나르스 영
지의 거리는 고요한 정적만이 감돌았다.

한때 나르스 영지의 광장 주변에는 다인 왕국에서도 손
꼽히는 규모의 벌목장들이 많았다. 그러다 보니 과거에는

밤늦게까지 일을 하고 술 마시러 온 인부들로 인해 새벽까지 연 식당들이 많았다.

하지만 지금은 구걸하는 노숙자들만이 새벽 광장의 구석진 곳을 차지하며 암울한 영지의 분위기를 대변하고 있었다.

아카드가 광장에 모습을 나타내자 어둠 속에서 노숙자들 무리에 있던 한 사람이 은밀하게 접근했다.

"오셨습니까?"

자세히 살펴 보니 여관에서 구걸하던 거지다.

아카드는 거지를 향해 물었다.

"당신이 안내자요?"

"영주님께서 기다리십니다. 어서 가시지요."

앞장선 거지의 발걸이 바빴다. 영지를 장악한 스텐 상단의 간자들이 곳곳에 숨어 있는 상황이기에 거지의 마음은 급할 수밖에 없었다.

광장의 골목을 끼고 안쪽으로 들어가려는 찰나였다.

"기사단장인 자네가 거지로 변장할 정도로 급했나?"

"그냥 거지로 쭉 살지그래?"

거지의 안색이 홱 변했다.

"어떤 놈이냐!"

"크크크. 곧 죽을 놈이 알아서 뭐하려고?"

골목에서 어둠 속에 숨어 있던 열 명의 사내들이 모습을 드러냈다. 그들은 스텐 상단의 편에 선 자들이었다.

그에 반해 거지의 정체는 기사단장이었다. 선대 영주에 이어 현 영주를 지키기 위해 정체를 숨기고 뜻을 함께할 사람들을 모으고 있었다.

"네놈들이 감히!"

"아직 정신 못 차리는군. 아직도 네놈이 기사단장인 줄 착각하느냐!"

사내들은 과거에 영지의 기사들이었다.

하지만 전대 영주가 정신 팔린 틈을 타 스텐 상단의 편에 섰고, 욕심에 눈이 멀어 기사도를 버리고 영지민들을 수탈하는 데 가장 먼저 앞장선 자들이다.

"어딜 그렇게 급하게 가시나?"

사내들 뒤에서 한 남자가 나타났다.

풀뿌리를 캐 먹을 정도로 어려운 영지 상황에도 떳떳하게 화려한 옷을 입은 남자는 스텐 상단의 부지부장이다.

"함정에 걸렸구나!"

거지로 변장한 기사단장은 스텐 상단의 부지부장이 나타나자 '아차!' 하는 표정으로 그들을 노려보았다.

스텐 상단의 지부장이 현 영주를 허수아비로 만들기 위해 곳곳에 감시의 눈을 두고 있다는 것은 알고 있었다.

하지만 자신에게까지 함정을 파 놓았을 줄은 상상도 못했다.

"대륙을 지배하는 곳이 4대 상단이라는 말은 들었지만 대단하구려."

"흐흐. 스텐 상단의 눈을 피할 수 있을 것이라고 생각했느냐?"

"언제부터 알고 있었소?"

"네놈의 그 알량한 충성심으로 봐서 허수아비 영주를 버릴 놈은 아니고 그럼 영지 안에 숨었다는 건데, 그 정도도 못 찾을 줄 알았느냐?"

"그럼 사라진 내 부하들도……?"

"영주의 눈물 어린 편지를 숨기고 영지 밖에 도움을 청하러 가던 네놈 수하들 말이냐? 제법 머리를 써 각기 다른 방향으로 영지를 빠져나가려고 했지만 모두 물고기 밥이 되었지."

"짐승만도 못한 것들."

기사단장의 입에서 침울한 목소리가 흘렸다.

스텐 상단의 부지부장은 한때 이름을 날렸던 기사단장이 무너지는 모습이 재밌는지 조소를 흘리며 말했다.

"허수아비 영주의 팔다리를 잘라 내기 위해 네놈이 영주성 밖으로 나오기만을 기다렸다. 아직까지 기사단장을 믿고 허수아비 영주 편에 서 있는 인사들이 꽤 있거든."

"악랄한 놈들!"

기사단장의 표정이 어두워졌다. 그는 무거운 목소리로 물었다.

"망해 가는 영지에 아직도 원하는 것이 남았더냐?"

"원래는 영주를 쫓아내고 이곳을 팔아 버릴 생각이었는데 허수아비 영주도 꽤 쓸모가 있더라고. 어디서 이상한 포도를 들여와서 만든 와인이 제법 인기가 많다지?"

"······."

스텐 상단의 부지부장은 기사단장의 무너지는 모습을 천천히 즐겼다.

"이곳을 뺏은 후, 스텐 상단의 상표를 달아 와인을 팔 생각이다. 어차피 천한 것들을 강제로 부려 먹으면 인건비도 절약되고 남는 장사가 아니더냐."

기사단장은 모든 것을 체념한 듯 힘없는 목소리로 아카드에게 말했다.

"괜히 나 때문에 목숨을 잃게 생겼구려. 싸움이 벌어지면 최대한 시간을 끌어 보겠으니 일행을 데리고 얼른 도망가시오."

"저들의 수준은 어느 정도입니까?"

"네?"

생각지도 못한 질문에 기사단장은 고개를 돌려 아카드를 쳐다보았다.

"그러니까 검기를 일으킨다거나 그 이상의 위협적인 능력을 가지고 있는 자가 있습니까?"

"없습니다만."

아카드는 바닥에 떨어져 있는 나무 작대기 하나를 들고는 조용히 입을 열었다.

"미친개에게는 몽둥이가 약이지요."

＊　　＊　　＊

"보시다시피 내가 검은 옷을 입고 있어서 먼지 묻는 것을 질색하는 사람이지. 지금이라도 조용히 물러나면 목숨은 살려 줄게."

스텐 상단 부지부장은 순간 멍한 표정으로 아카드를 쳐다보았다. 그러다가 그는 하도 기가 막힌지 웃음을 터트렸다.

"푸하하핫. 살다 살다 이런 미친놈은 처음이네."

아카드는 혀를 끌끌 차며 고개를 흔들었다.

"지금 내 기분이 꽤 나쁜 상태야. 좋은 기회 줄 때 잡아라."

부지부장의 얼굴이 무섭게 변했다.

"얼굴은 예쁘장하게 생긴 녀석이 미쳐도 단단히 미쳤구나."

순간 주변에 있던 사내들이 험상궂은 표정으로 아카드를 위협했다.

"역시 미친개는 몽둥이가 답인가?"

아카드가 나서려고 하자 기사단장이 양팔을 벌리고 앞길을 막았다. 어떤 능력이 있는지는 잘 모르겠지만, 영지를 도와주러 온 손님을 다치게 할 수는 없었기에 기사단장은 아카드 앞을 가로막고 사내들에게 말했다.

"이 사람은 죄가 없다. 아무것도 모르고 영지에 온 사람이니 보내 주거라."

"딱 보아하니 허수아비 영주의 초청으로 온 거 같은데, 하필 데려와도 저런 미친놈을 데려오냐. 내가 직접 손을 대기 전에 저 녀석의 혀를 잘라라. 그럼 심각하게 고민을 해 보지."

부지부장은 마치 큰 선심을 쓰는 양 말했다.

이미 듣지 말아야 할 스텐 상단의 치부에 관한 이야기가 나왔고, 앞으로의 계획도 흘러나왔다.

부지부장은 말로는 고민을 해 본다고 했지만 절대 살려 둘 생각이 없었다.

기사단장의 안색이 창백하게 변했다. 하필 잡혀도 왜 오늘이란 말인가.

영지에 큰 도움이 될 사람이라며 기대하고 있을 영주의 얼굴을 떠올리니 면목이 없었다.

'잡히더라도 내일이나 모레 잡히면 좋았을걸.'

오늘이 지나면 스텐 상단 놈들에게 유린될 영주와 영지민들을 생각하니 눈물이 핑 돈다.

"어리석은 녀석들. 상인이라는 녀석이 기회를 주는데도 걷어차는군. 귀찮으니까 한꺼번에 덤벼라!"

부지부장은 어이가 없고 기가 막혔다.

"미쳐도 단단히 미쳤군. 애들아, 후딱 끝내고 술이나 한잔 걸치러 가자!"

사내들이 일제히 무기를 꺼내 들고 아카드에게 달려들었다.

'실리안.'

영지에 퍼져 있던 바람들이 아카드 주변으로 모여들었다. 반갑다는 듯이 살랑대는 바람들이 아카드에게 힘을 실어 주자 온몸에 활력이 넘치고 깃털처럼 가볍다.

사내들이 무기가 한꺼번에 아카드에게 집중되었다.

하지만 아카드의 눈에는 한없이 느리게 보였다. 바람의 힘이 깃들다 보니 아카드의 신체는 한없이 빨라지면서 상대적으로 다른 사람의 움직임이 느리게 느껴진 탓이다.

아카드는 상체를 살짝 비틀어 그들의 공격을 흘려 버렸다. 오른쪽 사내의 복부를 왼쪽 팔꿈치로 찍어 버린 후 왼쪽 사내의 머리를 작대기로 찍어 버렸다.

웁! 우드득!

복부를 찍힌 사내는 거품을 물고 쓰러졌고, 작대기로 맞은 사내는 두개골이 으스러지는 소리가 들린다.

"기분 안 좋다고 했지?"

아카드의 일방적인 공격이 시작되었다.

어설픈 사내들의 공격을 피하는 아카드의 움직임에는 여유가 넘쳤다. 사내들 틈을 파고들며 유유히 지나갈 때마다 그들은 반항 한 번 하지 못하고 그 자리에서 쓰러졌다.

"뭐야? 뭐냐고!"

"허걱! 지금 무슨 일이 벌어진 거지?"

동료의 죽음에 아카드를 공격하던 사내들은 자신의 눈으로 보면서도 믿을 수가 없었다. 무기를 내려치는 순간 사라져 버리고, 나타날 때마다 동료들을 하나씩 처치하는 상대의 움직임에 속수무책으로 당할 수밖에 없었다.

"맙소사!"

거지로 변장한 기사단장도 아카드의 모습에 입을 떡하니 벌렸다.

지금은 비록 적으로 만났지만 앞에 선 사내들은 자신의 부하였다. 자신이 가르쳤기 때문에 그들의 무력 수준에 대해서는 누구보다 더 잘 알고 있다.

저들의 무력 수준은 C급.

비록 검에 기력을 발현할 수는 없지만 일반인에 비해 2배 이상의 완력을 가진 자들이다.

자신이 간신히 검에 기력을 발현하는 B급이긴 하지만 세 명이상 상대할 자신은 없었다. 더구나 앞의 청년처럼 한 방에 보내 버릴 능력은 더더욱 없다.

기사단장의 눈에는 이 상황이 거짓말처럼 느껴졌다.

감탄하는 사이 싸움은 멈춰 있었다.

바닥에 서 있는 사람은 스텐 상단의 부지부장 하나였다. 나머지 사내들은 차가운 돌바닥에 싸늘한 시신이 되어 누워 있었다.

시신들은 죽으면서도 믿어지지 않았는지 눈을 감지 못했다.

"어, 어떻게……?"

부지부장은 자신의 수하들의 죽음이 믿어지지 않는지 몸을 부들부들 떨었다. 그의 귓속으로 악마의 목소리가 들려왔다.

"내가 손을 쓰기 전에 스스로 혀를 잘라라. 그럼 살려 줄

지 말지 고민해 보지."

아카드는 큰 선심을 쓰는 말투로 부지부장이 했던 말을 그대로 돌려주었다. 마치 어른이 어린아이를 달래는 듯한 말투다.

상대가 너무 쉬웠다.

아카드는 천재적인 두뇌로 대륙 최강자라고 불리는 모건 백작에게 검술을 배웠다. 그뿐만 아니라 블라디우스에게는 자객술을, 마리아드 총관에게서는 마법 이론까지 배워서 몽땅 외우고 있었다.

그동안은 마나를 받아들일 수 없는 신체 조건으로 인해 그림의 떡이라 숨겨 왔지만, 정식으로 정령들과 계약을 맺고 라그니스에게 정령사의 마나 운용법에 대해 배웠다.

정령사의 능력은 놀라웠다.

자연의 기운을 머리뿐만 아니라 가슴, 단전까지도 보낼 수 있었다. 그로 인해 검술은 물론이고 지식만 있다면 마법까지 운용할 수 있다는 것을 깨달았다.

물론 동급의 기사와 검술로 대결하면 이길 수는 없지만 정령사의 가능성은 무궁무진했다.

아카드는 정령사가 왜 되기 힘든지, 흑마법사들이 왜 기를 쓰고 정령사를 죽이려 했는지 이해할 수 있었다.

오늘은 아카드가 검술을 처음 시험해 보는 날.

바람의 기운을 담아 검술을 펼쳤는데도 이 정도인데, 불의 기운을 담아 펼치기라도 하는 날에는 어떻게 될까?

아카드는 생각만 해도 기대감에 가슴이 두근거렸다.

"지금 뭐라고 했느냐? 혀를 자르라고?"

"귀찮게 했던 말 또 시키면 어렵게 잡은 기회마저 날아갈 거야. 꼴에 부지부장까지 올라갔으니 계산은 되겠지?"

부지부장은 아카드의 놀림에 이성을 잃었다.

"미친놈이! 죽고 싶어 환장을 했구나."

남들에게는 숨겨 왔지만 부지부장은 가슴에 고리가 세 개 달린 B급 라이센스를 가진 마법사다.

그는 풍부한 마법 지식으로 자신의 시녀에게 매혹 마법을 펼쳐 전대 영주를 유혹하도록 지시했다. 전대 영주가 자신의 시녀에게 완전히 넘어온 후에는 남들이 의심하지 못하도록 음식마다 독을 섞어 서서히 죽게 만든 장본인이기도 했다.

'막판에 천한 년이 배신만 하지 않았어도 진작 내 손에 영지가 떨어졌을 텐데.'

영지를 망가뜨릴 목적으로 보낸 시녀는 시간이 지나면서 진심으로 영주와 사랑에 빠지고 말았다. 자상하고 따뜻한 전대 영주의 인품에 빠져 버렸기 때문이다.

그녀의 배신을 눈치 챈 부지부장은 자신의 계획이 들통

날 것을 염려해 직접 그녀를 죽였다. 그 뒤 실의에 빠진 전대 영주 하나를 요리하는 것은 누워서 떡먹기였다.

비록 하나뿐인 후계자가 영지로 돌아오는 바람에 영지를 집어삼키려던 계획은 미루어졌지만, 부지부장은 자신 있었다.

그리고 시작된 숙청 작업.

영주에게 충성을 맹세한 가신들을 의문의 사고로 위장하여 독살하면서 하나씩 제거해 나갔다.

남은 것은 영지민들이 우상으로 여기는 기사단장 하나뿐이었다.

'오늘 드디어 허수아비 영주의 손발을 모두 잘라 버릴 기회가 왔는데.'

지부장은 두 팔을 서서히 들어 올렸다. 그의 양손에 맺힌 불덩이가 아카드의 급소를 향해 날아왔다.

지부장의 심정을 대변하듯 불덩이는 맹렬하고 사나웠다.

하지만 지부장은 엄청난 실수를 하고 있다는 사실을 알지 못했다.

그는 불의 마법은 아카드에게 아무런 위협이 되지 않는다는 것을 전혀 모르고 있었다.

'라그니스.'

―에이씨, 아무리 계약을 맺었다고 해도 너무한 거 아

녀? 내가 노예도 아니고 말이야.

'계약 무를까?'

―하면 될 거 아니야! 심심하면 협박질이네. 하필 걸려도 이런 악덕 계약자한테 걸릴 게 뭐람.

라그니스는 투덜거리며 아카드에게 힘을 실어 주었다.

'불이 이렇게 반갑게 느껴지는 건 처음이군.'

아카드는 불구덩이 속에 뛰어든 나방처럼 불덩이를 무시하며 지부장을 향해 앞으로 나아갔다.

"어? 어? 위험하오!"

기사단장의 외침에도 아카드는 전혀 발걸음을 멈추지 않았다. 오히려 더 편안해 보이는 얼굴이다.

불덩이는 순식간에 아카드를 덮쳤다.

아카드는 천천히 자신의 두 손을 들어 다가오는 불덩이를 그대로 후려쳤다. 그대로 아카드의 손바닥을 녹여 버릴 것처럼 삼킨 불덩이는 놀랍게도 지부장에게 그대로 날아갔다.

"헉!"

자신이 쏜 불덩이가 고스란히 자신에게 날아오자 놀란 지부장이 방패 모양의 불을 소환하며 충격을 흡수했다.

아카드는 불덩이에 정신이 팔린 부지부장에게 파고들어 아래에서 위로 주먹을 날렸다.

"으아악!"

부지부장의 몸이 실 끊어진 연처럼 뒤로 날아갔다.

쿵!

부지부장은 얼굴의 형태를 알아볼 수가 없었다. 처참하게 함몰되었을 뿐만 아니라 성하더라도 알아보지 못할 정도로 살이 녹아 버린 것이다.

결과는 즉사.

저런 엄청난 공격을 받고 신체가 약한 마법사가 살아 있을 리가 없었다.

비웃음 소리로 가득했던 골목이 조용해졌다.

기사단장은 이 모습을 보며 경악을 금치 못했다.

'저게 사람이야, 드래곤이야? 도대체 정체가 뭐지?'

기사단장이 받은 충격은 상상 그 이상이었다. 그는 입에 침까지 흘리며 아카드를 쳐다보았다.

"뭐합니까?"

"네. 네?"

아직도 정신을 못 차렸는지 기사단장은 아카드의 말을 이해하지 못했다.

"저를 데리러 온 거 아닙니까? 절 부른 사람에게 데려가야 하는 게 당신의 임무 같은데?"

"맞습니다. 잠시만 기다려 주시겠습니까?"

기사단장은 그때서야 정신이 들었는지 아카드에게 양해를 구하고는 놀란 가슴을 진정시켰다.

'제법 자신을 추스를 줄 아는 자로군. 문제는 저것들인데 말이야.'

아카드는 바닥에 널려 있는 시체들을 보며 눈살을 찌푸렸다. 부지부장이란 자의 말을 종합해 보면 이들이 꽤 오랜 시간 동안 계획을 세워 왔음을 알 수 있었다.

다인 왕국의 수도에도 나르스 영지에 대한 소문이 퍼지지 않는 것을 보면 스텐 상단에서 손을 써 정보를 차단하고 있다고 봐야 한다.

'내가 여기 있다는 사실을 스텐 상단이 알아채는 것은 시간문제라는 건데. 꽤 귀찮은 일에 끼어들었어.'

자신 때문에 4대 상단 중 두 개가 박살 났다. 이 일을 무마하기 위해 목숨을 무릅쓰고 제국은행장과 독대까지 하면서 시간을 끌었다.

'스텐 상단에서 작업하는 영지가 분명한 거 같군. 지금 내 정체가 드러나면 곤란한데.'

자신이 다인 왕국에 있고 스텐 상단까지 건드렸다는 사실을 소로스 은행장이 눈치챘다면 기회를 놓치지 않을 것이다. 메디아 가문이라는 영향권을 벗어난 자신은 물론이고, A&M 투자상단이라는 배를 침몰시키기 위해 양동작전을 벌일 것이 분명하다.

'어떻게 시간을 끌어야 그들에게 최대한 늦게 전해질 수 있을까?'

아카드는 기사단장을 쳐다보았다.

"혹시 영지를 살리기 위해 초빙했던 마법사나 기사들은 없습니까?"

"왜 없겠습니까? 영주님께서 전 재산을 털어 유명한 마법사를 불러봤지만 쥐도 새도 모르게 저들의 밥이 되었습니다."

아카드는 다급히 기사단장의 팔목을 잡았다. 아카드의 엄청난 힘을 확인한 기사단장이 흠짓 놀랐다.

"유명한 마법사라는 인물은 어떤 계열의 마법사였습니까?"

"아마 바람 계열이라고 했던 거 같은데."

"그래요?"

기사단장의 말을 듣자마자 아카드의 입꼬리가 스윽 올라갔다.

'실리안.'

―왜 또 불러!

'일 하나 해야겠다.'

　　*　　　*　　　*

　아카드는 기사단장에게 말해 영주와의 만남을 다음으로 미뤘다. 하늘이 점점 밝아지고 온몸에 피를 묻힌 상황에서 돌아다니다가는 발각될 확률이 높았기 때문이다.

　"오늘 기사단장과 저는 광장에서 만난 적이 없습니다. 무슨 말인지 아시겠습니까?"

　"알겠습니다. 아직 저와 아카드 님은 만난 적이 없습니다."

　기사단장은 아둔한 사람이 아니었다. 그는 아카드의 말이 무슨 의미인지 단번에 알아챘다.

　"광장 주변에서 시체 같은 것을 본 것 같은데 누구의 짓일까요?"

　"영주님이 초빙했던 사람들 중 마법사가 끼어 있었던 거 같은데, 그자의 소행이 아닐까요?"

　아카드는 확인차 기사단장에게 한 번 더 질문했다. 그러자 기사단장은 재빨리 아카드가 원하는 대답을 알아채고 현명하게 말했다.

　두 사람은 광장으로 되돌아오기 전에 초빙된 마법사가 묻혔다는 무덤으로 갔다. 나무 묘비 하나만 세워져 있는 무덤을 판 뒤, 마법사의 얼굴을 확인하고는 시체를 강물에 버렸다.

광장에서 있었던 사건을 되살아난 마법사의 복수극으로 꾸미기 위해서다.

스텐 상단에서 마법사의 소행이라고 여긴다면 최상의 결과겠지만, 다른 사람의 짓이라고 알아채더라도 그만큼의 시간을 벌 수 있기에 시도해 볼 만한 가치가 있었다.

"만약 스텐 상단이 저에게 관심을 가진다면 당신과 영주는…… 말 안 해도 알아들으실 거라 믿습니다."

"그럴 일이 있겠습니까. 절대 아카드 님께 피해가 가지 않도록 하겠습니다."

기사단장은 잔인한 기억이 떠올랐는지 몸을 부르르 떨었다.

충성을 맹세한 영주를 지키기 위해서도, 자신이 살아남기 위해서도 오늘의 일은 무덤까지 가져가야 했다.

'그래도 희망이 보여.'

아카드는 그동안 영지의 어려움을 해결하기 위해 초빙한 인사들과는 차원이 달랐다. 말이 안 된다고 생각하지만, 어쩌면 나르스 영지가 과거의 모습을 찾을 수도 있겠다는 희망이 스멀스멀 피어났다.

아카드와 헤어지고 다시 노숙자들 틈으로 숨어든 기사단장은 떠오르는 태양을 바라보며 신에게 기도를 올렸다. 기도드리는 단장의 얼굴에 희망이라는 빛이 조금씩 스며들었다.

*   *   *

아무리 여독이 쌓여 몸이 무거웠지만 습관이라는 것은 무서웠다.

커튼 사이로 스며드는 아침햇살에 눈을 뜬 테디는 고양이 걸음으로 조심스럽게 창가로 다가갔다. 창문 너머에서는 작은 새의 지저귐 소리가 들리고, 바쁘게 움직이는 영지민들의 모습이 눈에 들어왔다.

테디는 옆 침대에 아카드가 정신없이 쓰러져 자고 있는 모습을 보자 안도의 한숨이 나왔다.

테디가 닫혀 있던 나무창을 열고 밖으로 얼굴을 내밀었다. 새벽바람의 차가운 기운 때문에 몸을 잠시 떨었지만 상쾌한 기분을 느낄 수 있었다.

변덕스러웠던 다인 왕국의 궂은 날씨도 오늘 하루만큼은 화창하고 맑게 펼쳐져 있어 가만히 있어도 미소가 절로 나온다.

'저 사기꾼만 아니면 평화로운 여행인데.'

테디는 자고 있는 아카드 쪽을 바라보며 눈을 흘겼다. 마음 같아서는 이마를 한 대 때려 보고 싶었지만 이런 경험을 시켜 준 것에 대해 고마운 마음도 든다.

'그런데 사람이 저렇게 움직이지 않고도 잘 수 있나?'

혹시나 하는 생각에 아카드가 덮고 있는 모포를 살짝 젖혀 본 테디는 아카드의 얼굴을 보자마자 화장실로 뛰어가 급하게 적신 수건을 가져와 아카드의 이마에 올렸다.

얼굴에는 땀이 비 오듯이 흐르고 테디가 만질 때마다 움찔거렸다. 평소의 아카드라고는 생각할 수 없을 정도로 처량한 모습이다.

"고문님, 정신 좀 차려 봐요."

움직이는 것이 힘겨운지 아카드는 한쪽 눈만 힘겹게 들어올렸다.

"어디 아파요? 치료사 불러 올게요."

"그냥 있어. 한숨 자고 나면 나을 거야."

어제 먹은 생선 요리를 먹고 체한 것은 아닐까 싶어 치료사를 부르러 가는 테디를 아카드가 손을 뻗어 간신히 붙잡았다.

아카드는 얼굴을 찌푸렸다. 잠깐 팔을 올렸음에도 근육들이 비명을 질렀다.

—그러니까 나를 소환하면 금방 끝낼 수 있는 것을, 무식하게 어울리지도 않는 검술을 펼치니 저 모양이지.

─그러게 말입니다. 제가 조금 더 오래 관찰한 바로는 저 인간 엄청 미련합니다. 그러니까 신경을 끄시는 게 정신 건강에 좋을 것 같습니다.

─이 새끼가! 누가 감히 내 말에 끼어들래? 죽을래?

가뜩이나 손 하나 까딱거릴 힘도 없는데 머릿속에서 라그니스와 실리안이 떠들어대자 골이 띵하다.

아카드가 이렇게 된 것은 준비되지 않은 육체로 한계를 뛰어넘는 육탄전을 펼친 대가였다. 즉, 몸의 기운이 육체를 넘어설 때 나타나는 자연스러운 근육통이다.

시간이 지나면 회복되겠지만 지금은 꼼짝없이 누워 있는 거 말고는 도리가 없다.

"죽이라도 가져올게요."

"혼자 먹고 와."

"아플수록 잘 먹어야 하거든요!"

지척에서 수건으로 이마를 닦아 주던 테디가 목소리를 높이자 아카드의 인상이 또다시 찌푸려진다.

오늘만큼은 갑과 을이 바뀔 수밖에 없었다.

*　　　*　　　*

아침이 밝자마자 나르스 영지는 발칵 뒤집어졌다.

영지의 실권을 잡고 있던 스텐 상단 핵심 인물들의 시체가 발견된 것이다.

영지민들은 자신들의 고혈을 잔인하게 빨아먹던 스텐 상단의 부지부장이 죽었다는 소식에 놀라면서도 기쁜 표정을 지었다.

"드디어 그 망할 놈이 죽었다며?"

"쌤통이다. 아직 신이 살아 계시다는 증거지."

"십 년 묵은 체증이 싹 내려가는 기분이네. 그것들 때문에 죽어 나간 인간들이 한둘이어야지."

"누가 죽였을까?"

"예전에 우리 영지에서 독살당한 마법사가 살아나서 복수했다던데?"

"옛끼! 이 사람 농담이 심하네. 죽은 사람이 어떻게 살아나나?"

"마법사니까 마법으로 죽은 척을 했겠지. 무덤에 가 보니까 시체도 사라졌다던데?"

"그 일 때문에 스텐 상단 놈들이 발칵 뒤집혔다고 하네."

"정말 마법사가 살아났을까?"

"아닌 말로, 아무 이유 없이 시체를 왜 파헤치겠나. 관 뚜껑을 열고 땅을 파서 탈출한 것이 틀림없다니까."

"지금 그거 때문에 스텐 상단 놈들이 여관, 식당 가릴 것

없이 사람이 숨을 만한 곳은 죄다 뒤지고 다닌다네."

"마법사를 본 적이 있거나 행적을 알려주는 사람에게는 포상금 천 골드를 주겠다고 떠들고 다닌다던데?"

"나도 신고나 해서 팔자나 고쳐 보려나?"

"천 골드고 나발이고 스텐 상단 놈들을 누가 싹 쓸어 주면 소원이 없겠네."

출처는 알 수 없지만, 마법사가 부활해서 복수하러 다닌다는 소문은 해가 중천에 뜨기도 전에 나르스 영지 전체에 퍼졌다.

무지한 데다 마법사라는 존재 때문인지 대부분의 영지민들이 소문을 믿는 눈치다.

이 사건에 대한 시선은 제각각이지만 결론은 한결같았다. 과정이 어떻게 됐든 간에 스텐 상단의 불행을 바라보는 영지민들의 속은 후련했다.

*   *   *

"잠시 검문이 있겠습니다."

아카드와 테디가 머무는 숙소에 사내들이 들이닥쳤다. 그들은 영지를 수호한다는 명목 하에 스텐 상단의 하수인 노릇을 하는 자경대원들이었다.

"무례하게 이 무슨 실례인가요?"

"죄송합니다. 범인을 찾고 있어서 말입니다. 협조 부탁드리겠습니다."

다른 방 같으면 욕설을 퍼붓고 다 때려 부쉈겠지만, 청년들의 복장이나 외모가 범상치 않아 보였기에 일단 경어를 쓰며 조심스럽게 다가갔다.

"살펴보아라."

우두머리로 보이는 덩치 큰 사내의 명령에 방 안을 수색하던 중 한 자경대원의 움직임이 멈췄다.

"대장님, 이거 보십시오."

명령을 내린 대장의 큰 덩치가 테디를 매섭게 노려보며 부하에게 다가갔다.

대장이 다가가자 부하가 내민 것은 금괴.

하나도 아니고 여섯 개나 되는 금괴가 아카드의 캐리어에서 발견되었다. 자경대원들이 탐욕스러운 눈빛으로 서로를 바라보며 대장의 명령만 기다리고 있었다.

"수상한 물건이 발견되었군요. 함께 가 주셔야겠습니다."

"금괴에 문제가 있나요?"

"흐흐흐. 문제가 있는지 없는지는 지금부터 조사해 봐야죠."

아카드는 기절한 상황에서 테디 스스로 결정을 내려야 하는 상황이 도래했다. 테디의 머릿속에는 '아카드라면 어떻게 이 상황을 벗어났을까?' 라는 생각만 가득했다.

"요즘 자경대원분들의 고생이 이만저만이 아니라고 하던데 사실인가요?"

테디의 표정이 바뀌었다. 방금 전 그들을 적으로 대하던 눈빛을 버리고 환하게 웃으며 자경대장에게 다가갔다.

"영지의 안전을 위해서는 당연히 해야 하는 의무 아니겠습니까? 그렇지, 얘들아!"

"말이라고 하십니까? 우리가 없으면 이 영지는 진즉에 없어졌을 겁니다."

"영주는 우리한테 열 번 엎드려 절해도 부족한데 말이지."

어디 가나 쓰레기들의 성향은 어찌 그리 똑같은지. 예전 구시가지에서 맥주 마스터 라거의 선술집에 쳐들어 온 기사들과 전혀 다를 것이 없었다.

"그럼 이건 저희 여비로 사용하고……."

테디는 아카드의 금괴를 처음 발견한 자경대원에게 다가가 손에 든 것 중 세 개를 빼앗았다. 금괴를 빼앗긴 자경대원이 금방이라도 달려들 자세를 취했지만 대장에 의해 저지되었다.

"여러분 손에 들고 있는 금괴는 수고비로 드렸으면 하는데……."

"대장님 안 됩니다. 우리가 다 먹을 수 있는데……."

자경대장에게 달려가는 부하를 보며 테디는 재빨리 결정타를 날렸다.

"당신들이 들고 있는 금괴는 교회에 기부할 예정이었어요. 그런데 신부님께 달려가 자경대원들에게 압수당했다고 하면 어떻게 될까요?"

"흠."

자경대장은 번뜩이는 눈알을 굴리며 고민했다.

두 사람의 행색을 보니 있는 집 자제들로 보였다. 그렇다는 것은 금괴를 되찾기 위해 어떤 식으로든 고소가 들어가고 형식적으로나마 조사를 거치게 된다는 것을 의미한다.

그렇게 되면 윗분들의 귀에 들어갈 것이 뻔하고, 금괴 여섯 개 중의 한 개도 얻어내기 힘들어진다.

더 큰 문제는 교회다. 교회가 개입하게 되면 금괴를 다 뺏기는 것은 물론이고 헌금을 훔친 죄로 목숨을 잃을 가능성이 크다.

수염만 없으면 여자라고 해도 믿을 만큼 예쁘장하게 생긴 저 청년의 말대로 세 개만 욕심내는 것이 옳은 선택으로 생각되었다. 당장 얻는 금괴는 적어 보이지만, 윗분들 모르게 챙길 수 있으므로 안전하고 수입도 훨씬 커진다.

"이방인이 자경대원을 이렇게 생각해 주시다니. 몸 둘 바를 모르겠습니다. 여행자의 길에 신의 축복이 있으시길."

어울리지 않게 신의 이름을 올린 자경대원들은 대장의 눈짓에 썰물처럼 빠져나갔다.

"휴우."

테디는 엄청난 부담감 속에 있다가 긴장이 풀렸는지 바닥에 털썩 주저앉았다.

"잘했어. 생각보다 쓸 만한데?"

익숙한 목소리와 함께 어깨를 두들겨 주는 힘없는 손길을 느낀 테디가 고개를 돌렸다.

언제 일어났는지 아카드는 침대에 앉아 기특한 표정으로 테디를 바라보았다.

"죄송해요. 제 것이 아닌데 제 마음대로 결정해 버렸어요."

"잘했어. 그 상황에서는 그게 최선이야."

아카드는 만 이천 골드라는 엄청난 거금을 눈앞에서 뺏겼음에도 불구하고 아무렇지 않다는 표정을 지었다. 오히려 테디를 격려한 뒤, 탁자에 놓여 있는 식은 죽이라도 먹기 위해 숟가락을 들었다.

"제가 데워 올게요."

"됐어. 빨리 먹고 갈 데가 있어."

"지금 그 상태로 어딜 가요?"

숟가락으로 먹는 게 답답한지 아카드는 그릇 전체를 들고는 죽을 들이마시기 시작했다. 그릇을 비운 후 아카드의 눈빛은 사냥감을 노리는 맹수처럼 변했다.

"투자를 안 했으면 몰라도, 금괴 3개나 투자했으니 뽑아 먹으러 가야지."

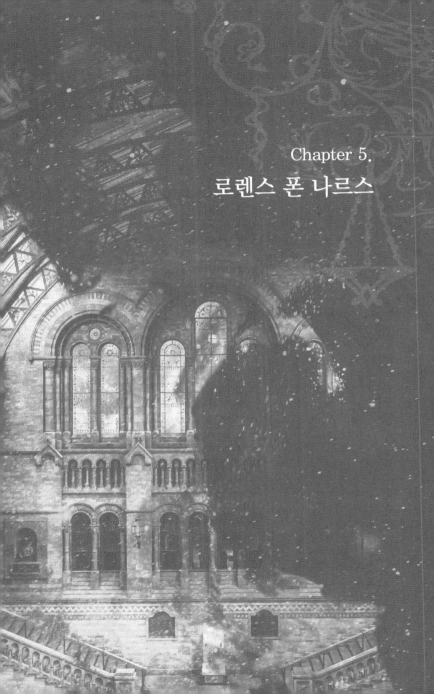

Chapter 5.

로렌스 폰 나르스

　억수같이 퍼붓는다는 말이 딱 어울리는 표현이다.

　여관 문을 나섰을 때 뒤쪽에서 쏟아지던 비는 결국 아카드와 테디 일행을 따라잡았다. 그나마 다행인 것은 사나운 빗줄기가 다가오기 전에 교회에 도착했다는 점이다.

　"여기는 교회잖아요? 투자한 것을 뽑아 먹으러 간다더니 기껏 비 오는 날에 끌고 온 곳이 여기예요?"

　"너한테 말하면 알아? 조용히 따라오기나 하시지."

　"치잇. 많이 배우라고 했으면서. 순 거짓말쟁이."

　아카드는 교회 입구에 도착하자마자 걸음을 멈췄다.

　나르스 영지로 오는 마차에서 아카데미에 합격할 수 있

도록 배우라고 한 것은 자신이기 때문이다.

아카드는 한숨을 쉬며 간단히 설명한다.

"적지에 왔으면 가장 먼저 해야 할 일이 뭘까?"

"적에 대해 조사해 보는 거?"

대답을 하는 테디의 아리송해하는 표정에 아카드는 피식 웃었다.

"맞아. 정보를 탐색하기 위해 여기 온 거야."

"교회에서 정보를 얻는다고요?"

아카드는 교회의 문을 활짝 열고는 테디에게 손짓했다.

"들어가 보면 알아. 따라와!"

교회는 영지민들이 내는 헌금도 중요하지만 여행자와 순례자에게 잠자리를 제공하면서 얻는 기부금이 주 수입원이다.

아무래도 가난한 영지민들은 돈이 없어 곡식을 대신 바치지만 여행자들은 현금으로 기부한다. 이런 이유로 교회는 이방인을 반기는 편이었다.

"신의 평안이 여행자의 머리 위에 함께하시길."

"아멘."

"아멘."

예상대로 낯선 청년 둘이 교회 안으로 들어오자 꾸벅꾸벅 졸던 신부가 환한 미소로 다가온다.

아카드는 능숙하게 십자가 앞으로 다가가 성호를 그었다. 테디도 얼떨결에 아카드를 똑같이 따라했다.

다음 순서는 신부가 그토록 고대하는 헌금의 시간.

아카드가 봉헌함으로 다가가자 신부가 긴장을 하며 귀를 살짝 움직였다.

얼마나 헌금을 하는지 반드시 확인하고야 말겠다는 표정이다.

텅!

봉헌함에 울리는 소리가 이상하다. 엄청 묵직한 것이 절대 동전의 소리는 아니었다.

아카드는 봉헌함을 힐긋거리는 테디의 뒷덜미를 잡고 교회 안을 구경했다. 벽에 모자이크로 새겨진 성화와 천장에 화려하게 수를 놓은 스테인드글라스를 감상하며 아카드는 과장되게 탄성을 지었다.

그 사이 신부는 재빨리 봉헌함으로 다가갔다. 자물쇠를 열고 봉헌함 속을 살펴보던 신부의 눈이 왕방울만 하게 커졌다.

신부의 눈앞에는 금화도 아닌 묵직한 금괴가 놓여 있었다.

이 망할 영지에 부임한 후 얼마나 신에게 불평불만을 쏟아냈던가.

"오, 신이시여."

신부가 나르스 영지에 부임한 이후 이렇게 기쁜 마음으로 신에게 감사한 적이 있나 싶을 정도로 환희에 찬 목소리로 기도했다. 신부의 얼굴에는 웃음꽃이 활짝 피고 온몸은 금괴로 인해 흐물흐물거릴 지경이었다.

"신의 축복이 영원히 형제님의 자손 대대로 이어지기만을 기도하고 축복드립니다."

아카드와 테디가 다가오자 신부는 양팔을 두 사람의 머리에 올리고 축복했다.

"감사합니다. 신부님."

"영지에 머무는 동안 교회가 형제님의 집이라고 생각하고 편하게 들러 주십시오."

"하하하. 매일 들르면 신께서 제 소망을 더 빨리 들어주실 거 같습니다."

"형제님에게 소망이 있습니까?"

아카드는 십자가를 아른거리는 눈빛으로 바라보며 조심스럽게 입을 열었다.

"이곳의 영주님이 제 아카데미 선배님이신데, 요즘 많이 힘들어하시더군요. 이곳에서 신부님에게 영주님과 함께 축복을 받았으면 하는 게 저의 작은 소망입니다."

"흠."

아카드의 소망을 들은 신부가 잠시 망설였다.

영주는 지금 반감금 상태다.

스텐 상단에 모든 주도권을 빼앗겨 영지 회의에 모습을 드러낸 지도 꽤 오래되었고, 영주님의 안전을 명분으로 영주 성에서 한 발자국도 못 나오고 있었다.

몰래 빠져나오려고 해도 영주 성을 지키고 있는 기사들이 스텐 상단에 줄을 댄 자들이라 불가능하다.

설상가상으로 영주에게 충성을 맹세한 기사단장도 행방불명되는 바람에 영주는 새장 속에 갇힌 앵무새 신세로 전락하였다.

아무리 다인 왕국이 교회의 힘이 막강하다고 해도 이곳은 변방에 위치한 작은 영지다. 그런데 명분도 없이 영주를 교회로 데려왔다가 사고라도 터지면 스텐 상단의 인물들과 얼굴을 붉혀야 한다.

"오랫동안 보지 못한 선배를 볼 수 있다면 신에게 더 감사 기도를 드리고 싶군요."

망설이는 신부에게 아카드는 안주머니에 손을 넣어 슬쩍 금괴 두 개를 더 보여 주었다.

신부의 눈이 휘둥그레진다. 그리고 결심했다.

"형제님의 소원이 그토록 간절하니 신께서 반드시 응답하실 겁니다."

"언제쯤이면 저의 기도를 들어주실까요?"

"오늘부터 성녀 축일 행사가 열리니 내일쯤이면 형제님의 소망이 이루어지지 않을까 조심스럽게 판단해 봅니다만."

"그럼 저는 숙소에서 감사의 축복을 내려 주시기만을 기도하고 있겠습니다."

아카드는 신부의 열렬한 배웅을 받으며 교회를 나섰다.

테디가 교회의 문이 닫히자마자 몸을 돌렸다. 나오자마자 아카드를 올려다보더니 따지기 시작했다.

"정보 탐색하기 위해 왔다면서요? 정보는 개뿔! 아까운 금괴만 날리셨네요?"

"난 금괴 한 개 이상의 가치는 얻었다고 생각하는데?"

"영주와의 만남을 성사시켜 주는 조건으로 금괴를 기부한 것 말고는 모르겠는데요?"

"모르겠으면 공부를 해. 진정한 스승은 음식을 차려 줄 뿐이지 음식을 떠먹여 주지는 않아."

"음식이 영 시원찮으면요?"

아카드는 테디가 대들자 머리를 헝클어뜨렸다.

"이 영지를 떠날 때쯤에는 최고의 음식이란 걸 깨닫게 될 거야. 날 믿어."

그제야 아카드가 자신을 놀리고 있다는 것을 눈치챈 테

디는 '흥!' 하는 소리와 함께 아카드를 무시하고 앞으로 걸어갔다.

아카드는 웃음을 참으며 테디의 뒤를 따라갔다.

*　　　　*　　　　*

어느새 밤이 흐르고, 숙소 문 밖에서 작은 인기척이 들렸다.

—일어나. 밖에 거지 왔어.

실리안의 목소리에 침대에 누워 있던 아카드가 천천히 일어났다.

"아카드 님, 계십니까?"

테디도 바깥에서 나는 소리에 눈을 뜨고 아카드 옆으로 붙었다.

아카드는 침실에 있던 작은 촛대에 불을 붙이고 문을 열었다.

"누구신가요?"

"어제 밥 먹었을 때 구걸하던 거지."

"엥?"

"그때는 상황이 상황인지라 소개도 못 드렸습니다. 나르스 영지의 기사단장인 레이든입니다."

테디가 기사단장의 얼굴을 살펴본다.

구걸을 하며 여관 주인장에게 쫓겨났던 거지의 모습은 사라졌다. 그때는 행색과 냄새 때문에 알아채지 못했지만, 중후하고 중년 못지않은 풍채의 하얀 수염이 가득한 노인이 방 안으로 들어왔다.

"일단 앉지."

"감사합니다. 아카드 님."

"테디도 이리 와서 앉아."

아카드는 아랫사람 부리듯이 노인에게 말했다.

기사단장은 아카드의 하대에 당연하다는 듯이 침대 옆에 있는 탁자로 다가가 앉았다.

'공경심이라곤 눈곱만큼도 없어.'

테디는 툴툴거리며 난로에서 따뜻하게 데워진 주전자를 가져와 차를 대접했다.

아카드는 자리에 앉은 기사단장 레이든을 바라보았다. 현재 영지 내부의 속사정을 가장 잘 알고 도움을 줄 수 있는 사람이다.

고집이 세고 완고해 보이는 첫인상에 건장한 체격을 가지고 있는 것이 마치 기사의 표본 같았다.

기사단장은 차를 마시며 전대 영주부터 현재의 영주에 이르기까지 겪었던 사건들을 이야기했다. 스텐 상단의 폐

해와 만행에 관한 이야기를 할 때는 핏대를 올리며 목소리가 올라갔다.

"스텐 상단을 돕는 자가 있단 말입니까?"

"전대 영주 때부터 옥스 영지에서 나르스 영지를 노리고 있다는 소문이 자자했거든요."

레이든은 아카드를 바라보며 그가 미처 알지 못했던 상황을 설명했다.

옥스 영지는 나르스 영지와 강 하나를 두고 붙어 있는 이웃 영지다. 옥스 영지의 영주는 오래전부터 나르스 영지를 집어삼키고 대영주의 자격으로 중앙에 진출하려는 숙원을 가지고 있었다. 때문에 강 하나를 사이에 둔 옥스 영지와 나르스 영지는 크고 작은 분쟁들이 제법 있어 왔다.

고산지대인 옥스 영지에 반해 평지를 끼고 있는 나르스 영지는 비옥한 편이다. 나무 말고는 뚜렷한 수입이 없는 옥스 영주 입장에서는 강 건너편의 농장들을 보며 침을 삼켰을 것이다.

다인 왕국이 아니라 다른 왕국이었으면 금방이라도 영지전을 선포해 쳐들어왔을 것이다.

하지만 다인 왕국은 교권이 강한 곳이다. 교회의 힘이 왕권과 지방 영주의 힘보다 강하다.

군을 일으키려면 추기경의 허가가 반드시 필요하다.

거기다가 나르스 영지의 전대 영주는 독실한 교회 신자로 유명하다. 매달 교회에 헌금과 기부를 철저히 하면서 교황에게 호의적인 평가를 받는 인물이다.

옥스 영지가 아무리 영지전을 하고 싶어도 교회에서 절대 허락해 줄 리가 없다.

"그러니까 기사단장의 주장은 옥스의 영주가 스텐 상단과 손을 잡았다는 건가?"

"주장이 아니고 사실이오."

"증거는? 옥스 영지가 개입된 증거는 있고?"

"그건 없지만 상황을 보면 옥스 영지와 스텐 상단이 손을 잡은 것은 틀림없습니다."

"그건 당신 생각이고."

아카드는 찻잔을 들고 입으로 가져가면서 생각에 잠겼다. 기사단장이 내부 사정에 대해 이야기했지만 여전히 이해되지 않는 부분이 있었다.

'내가 모르는 뭔가 있어.'

나르스 영지는 옥스 영지에 비해 비옥하다고는 하나 스텐 상단이 개입할 정도는 아니었다. 나르스 와인이 꽤 유명해졌다고 하지만 목재와 광물류를 취급하는 스텐 상단이 이것을 노리고 덤볐다고 하기에는 뭔가가 부족했다.

'뭔가 숨기고 있어. 이유를 찾아볼까?'

기사단장 레이든은 자신의 이야기를 가볍게 듣는 아카드의 태도가 이상하게 여겨졌다.

　　"도움을 줄 수 있겠소?"

　　"뭘 줄 수 있느냐에 따라 대답이 달라지겠지."

　　아카드는 가볍게 손을 저으며 웃었다.

　　"교회 행사가 끝나고 대영주회의가 열립니다. 그곳에 참석해 주십시오. 영주님이 대영주회의에서 아카드 님을 비어 있는 총관 자리에 임명하실 겁니다."

　　"시선을 끌 수 있는 미끼가 되어 달라? 위험부담이 너무 큰데."

　　"영주님께서 많은 기대를 가지고 계십니다."

　　아카드는 흥미 없다는 표정으로 딴청을 피운다.

　　"글쎄, 그건 그쪽 영주 생각이고. 난 위험부담에 대한 보상은 확답을 받아야겠으니 그쪽 영주에게 전해."

　　"……."

　　기사단장 레이든은 아무런 확답을 할 수 없었다. 현재 영주는 감금 상태나 다름없었기 때문이다.

　　"일단 영주님께 전해드리겠습니다."

　　"좋은 대답을 기다리지."

　　기사단장 레이든이 나가자마자 아카드는 테디를 쳐다보았다.

"테디. 네가 꼭 해 줘야 할 일이 있어."

아카드는 뜻 모를 말을 하더니 의자를 당겨 테디에게 가까이 다가갔다.

"갑자기 왜 이래요?"

"테디. 지금부터 내가 하는 말 잘 들어. 이번 일은 너의 역할이 중요해."

아카드는 테디가 당황하든지 말든지 계속 말을 이었다.

"네가 할 일은 정찰과 회유, 그리고 교란이야."

"그런 거 잘 못해요."

테디는 아카드의 단어를 듣자마자 손을 절레절레 흔들었다. 정찰까지는 어떻게 해 보겠지만 회유와 교란은 자신의 성격으로 할 수 있는 일이 아니었다.

"영지민들을 살리기 위한 일인데도?"

"영지민들을 살려요?"

아카드는 일단 테디를 안심시킨 후 옆에 앉혔다. 그러고는 테디가 할 일에 대해 풀어 놓았다.

'어쩌지. 난 못 할 거 같은데?'

이야기를 들을수록 테디의 얼굴이 심각해졌다. 아카드가 밝힌 중요하지만 위험해 보이는 계획이 자신의 손에 달려 있다고 생각하니 가슴이 두근거렸다.

아카드는 장시간에 걸쳐 계획을 알려주었다.

"이 일은 절대 비밀을 유지해야 해. 남들 귀에 새어 나가면 끝장이야. 알겠지?"

테디는 굳은 표정으로 고개를 끄덕였다.

계획은 감탄이 날 정도로 훌륭했지만 자신이 중요한 역할을 맡았다는 사실에 겁이 났다.

"걱정하지 마! 네가 저지를 실수 정도는 이미 염두에 두고 있어. 긴장하지 말고 시키는 대로 하면 돼!"

테디는 아카드를 노려보았다. 격려해 줘도 모자랄 판에 얄밉게 말하는 아카드를 한 대 때려 주고 싶었다.

"넌 잘할 거야. 그러니까 너무 긴장하지 말고 푹 자."

테디는 돌아누운 아카드의 등 쪽으로 몰래 주먹을 휘두르더니 침대에 올라갔다. 이불을 얼굴까지 덮은 테디의 얼굴에는 굳은 결의가 가득했다.

* * *

아침에 일어난 아카드는 세면 후 새 슈트로 갈아입었다.

그래 봐야 같은 검은색 정장이지만 새 옷 특유의 촉감이 기분을 좋게 만들었다.

잠시 후, 여관 주인이 문을 두들겼다.

"공자님. 식사가 준비되었습니다."

여관 주인은 문을 열고 방 안을 두리번거렸다. 아카드는 거울을 보며 재킷을 걸치고 있었고, 나머지 일행은 이불을 뒤집어쓰고 계속 잠들어 있다.

"일행분 식사는 어떻게 할까요?"

"계속 자게 놔두게."

"알겠습니다. 공자님 식사만 준비하겠습니다."

말을 마친 주인은 재빨리 내려갔다.

여관 주인이 사라지자마자 거울에 비친 아카드의 눈빛이 차갑게 바뀌었다.

간단히 빵과 우유로 아침식사를 끝낸 아카드가 여관 문을 열고 나서자 사제 한 명이 그를 기다리고 있었다.

"주님의 축복이 아침의 태양처럼 그대의 품에 머물길."

"감사합니다. 항상 신의 축복에 감사드립니다."

아카드는 사제의 안내를 받아 가며 광장 중심가에 있는 교회로 향했다.

─계약자. 누가 뒤에서 따라온다.

'알고 있어. 실리안은 뭐하고 있나?'

─향기로운 인간 옆에 붙어 있다.

라그니스의 대답에 아카드는 고개를 끄덕였다.

최근 정령을 소환하는 시간이 늘어나면서 그의 마나가 증가하였다. 그로 인해 정령들의 활동 범위가 넓어지면서 전투 이외에도 여러 가지 용도로 사용할 수 있게 되었다.

대표적인 것이 정찰과 경호.

사람의 눈에 보이지 않는 정령을 보내어 도청을 하거나, 주요 인물을 감시 및 경호하는 것도 가능하게 되었다.

실리안이 테디를 따라다닌다는 사실에 아카드는 마음이 놓였다. 웬만한 불량배 정도는 실리안이 자체적으로 처리할 것이고, 감당 못할 적이 나타나더라도 정령과 오감을 공유하기 때문에 금방 알아챌 수 있다.

아카드는 아무 걱정 없이 사제를 따라갔다.

감시자들은 자경대원들이다.

스텐 지부장으로부터 이방인을 감시하라는 명령을 받은 그들은 사람들 틈에 섞여 조심스럽게 아카드 뒤를 따라붙었다.

지붕에 하얀 십자가가 붙어 있는 교회당이 아카드의 눈에 들어왔다. 사제의 뒤를 따라 교회의 문을 열고 들어서자 성스러운 분위기가 느껴졌다.

정면에는 십자가가 보이고 안에는 아무도 보이지 않았다. 빈 의자만이 교회를 지키고 있는 가운데 구석에서 신부가 조용히 눈짓했다.

"신께서 형제님을 사랑하시나 봅니다. 이렇게 빨리 응답하시다니요."

"신부님의 기도 덕분 아니겠습니다."

서로의 덕담이 이어지고 신부는 한쪽 방향을 향해 눈짓
했다.

"고해성사를 하실 때가 된 거 같습니다만?"

"사는 게 바쁘다 보니 신이 저를 잊지 않았을까 두렵습
니다."

"신은 신실한 형제님의 정성을 기억하고 계실 겁니다."

아카드와 신부가 도착한 곳은 고해소. 사람들이 자신의
죄를 고백하는 곳이다.

아카드가 딱딱한 나무 의자에 앉고 고해소의 미닫이문이
열렸다.

"당신이 영주?"

"나르스 영지에 오신 것을 환영합니다. 후배님."

아카드가 살짝 놀란 표정을 지었다.

고해소의 문이 열리고 레이스로 자신의 얼굴을 가린 여
인이 웃으며 아카드를 바라보았다. 아카드는 영주가 여자
라고 생각도 못 했는지 당황한 표정이다.

그녀의 이름은 로렌스 폰 나르스. 호리호리한 몸매에 보
통의 남자만큼 큰 키, 은색의 머리는 섹시한 목덜미가 보일
정도로 짧은 단발이다.

테디와 비교해 보면 훨씬 미남자로 보이지만 목젖이 보

이지 않는 매끈한 목선과 봉긋한 상체의 가슴 선이 그녀가
여자라는 것을 증명했다.

*   *   *

"외부인이 영지에 머물 동안 보고만 있었소?"

"단순히 여행자들일지도 모른다는 생각에 감시만 붙여
놨습니다."

"가만히 놔둘 생각이시오?"

"저희 상단 본부에서도 이방인들의 정체에 대해 아무
런 언급이 없는 걸 보면 단순한 여행자들이 아닐까 싶습니
다."

"지부장을 믿지 못하는 건 아니지만, 바늘구멍에 둑이
무너질 수 있다는 걸 기억하시오."

"다시 한 번 수도에 사람을 보내 이방인들에 관해 조사
하겠습니다. 걱정하지 마십시오. 영주님."

비밀스러운 공간에서 스텐 상단의 지부장과 옥스 영주가
밀담을 나누고 있었다.

'단순한 여행자라도 수도 지부에서 무슨 말이라도 있어
야 정상인데. 수도에 무슨 일이라도 있는 것인가?'

외부인에 대해 수도에 있는 스텐 상단에서 정보를 보내

주지 않은 건 의외였다. 스텐 상단이 나르스 영지에 개입된 이상 임무를 완수하기까지 단순한 여행자라도 소식을 알려 주는 것이 보통이었다.

'요즘 제국 때문에 수도 지부에서도 바쁜 모양이군.'

지부장은 대수롭지 않게 생각했다.

'상단에서 정보를 보낼 필요가 없을 만큼 하찮은 인물인 걸로 판단한 것이 아닐까?'

일처리가 철저하고, 다인 왕국 곳곳에서 활동하는 정보원을 보유한 스텐 상단이다. 그런 곳에서 아무런 소식을 주지 않는다는 것은 신경 쓸 필요가 없다는 의미라고 지부장은 생각했다.

"언제쯤 이곳에 옥스의 깃발을 꽂을 수 있겠소?"

"이미 영지민이 소유한 땅은 물론, 대다수 가신들의 땅역시 시세보다 높은 가격으로 매입이 끝났습니다."

"이번 달이 넘어가기 전에 가능하시겠소?"

"최대한 빨리 끝내도록 노력하겠습니다."

옥스 영주는 지부장을 재촉했다.

'대영주가 되고 싶어 몸이 달았군. 이런 인간일수록 다루기가 쉬운 편이지.'

지부장은 옥스 영주를 보며 속으로 비웃었다. 주변 영지를 통합하여 대영주가 되고 싶은 옥스 영주의 욕심 탓에 스텐 상단 입장에서는 손쉽게 나르스 영지를 집어삼킬 수 있었다.

옥스 영주의 자금으로 비옥한 농장을 사들이고, 식량을 미끼로 영지민들을 노예로 만들려는 계획이 척척 진행되고 있었기 때문이다.

'어차피 네놈이 나르스 영지를 차지하더라도 쓸모없는 땅만 차지하게 될 것이야. 영지민들과 농장 대부분은 스텐 상단 소유로 되어 있을 테니.'

옥스 영주는 나르스 영지의 농장 따위에는 관심을 끊은 지 오래다. 오직 이곳에 자신의 깃발을 꽂는 것에만 눈이 멀었다.

스텐 상단 입장에서는 자기 돈 한 푼도 들이지 않고 나르스 영지의 비옥한 땅과 영지민들을 상단 소유로 만들어 버린 셈이다.

"최대한 빨리 끝내도록 노력하겠습니다."

"명심하시오. 이번 달 내에 그 건방진 년이 내 앞에서 무릎 꿇고 비는 꼴을 보지 못하면 우리의 약속은 무효가 될 것이오. 명심하시오."

"저희 상단이 끼어든 이상 불가능은 없습니다. 곧 대영주가 되실 분께서 이렇게 간이 작아서야."

"대영주? 하하하하."

지부장의 말에 옥스의 영주가 화통하게 웃음을 흘렸다.

"내 중앙정부에 올라가면 그동안 지방 영주라고 무시했던 것들을 싹 다 쓸어버릴 것이오. 앞으로도 지부장께서 많이 도와주셔야 할 것이오."

"이미 대영주님과 저희 상단은 동지가 아닙니까? 앞으로도 잘 모시겠습니다."

옥스 영주의 목소리에 힘이 잔뜩 들어갔다.

그동안 옥스 영주는 중앙으로 진출하기 위해 대영주들에게 뇌물도 바치고 교회 쪽에도 선을 대 보았으나 소용이 없었다. 대영주가 되기 위해서는 영지민의 숫자와 영지의 크기가 일정 기준에 도달해야 하기 때문이다.

옥스 영지의 인구수와 병력은 대영주 자격을 얻는 데 부족함이 없었지만 영지의 크기가 항상 걸림돌이었다.

주변이 산으로 둘러싸여 있어 개발이 불가능하고, 사람이 살 만한 땅이 한정되어 있어 영지민의 숫자가 한정될 수밖에 없었다.

결국 대영주가 되기 위해 나르스 영지를 힘으로 밀어 버리려고 했지만, 번번이 교회가 앞을 막았다. 전대의 나르스 영주가 워낙 독실한 신자로 소문난 데다, 대대로 교회에 기여한 바가 많기에 교회에서 영지전을 허락하지 않았다.

그렇게 옥스 영주가 3대째 중앙정부에 진출하지 못하고

지방 영주로 울분을 삼킬 때 지금의 스텐 상단 지부장과 만났다.

스텐 상단 지부장은 본부에서 내려온 모종의 임무 탓에 다인 왕국 전역을 조사하고 있었다. 식료품 사업을 담당하던 월 상단이 망하면서 식품 사업에 진출하기 위해 차나 기호 식품을 생산할 만한 토지를 물색하는 것이다.

다인 왕국 곳곳을 누비던 스텐 상단 지부장 눈에 나르스 영지가 들어왔다.

나르스 영지는 비옥한 화산재 지형에 강수량도 적절하고, 고산지대에 위치하고 있어 구름이 만들어 주는 자연 그늘이 있었다. 고부가가치 사업으로 떠오르는 차 식품이나 대륙에 잘 알려지지 않은 커피를 키우기에 천혜의 조건이었다.

그뿐만이 아니었다.

나르스 영지에는 고대에 사라졌다고 전해지는 희귀한 약재가 자라고 있었다. 이 영지만 손에 넣으면 스텐 상단이 대륙 굴지의 상단으로 우뚝 서는 것은 시간문제였다.

처음에는 나르스 영주를 찾아갔다.

전대 영주를 만나 영지 사용권을 주는 대가로 매년 엄청난 금액을 제시했으나 거절당했다. 그때만 해도 명석했던 전대 영주는 영지 운영에 상단이 깊게 개입하면 효율성만 따지게 되고, 그렇게 되면 영지민들의 생활이 어려워진다고 판단했다.

결국 스텐 상단의 지부장은 나르스 영지를 호시탐탐 노리는 옥스 영주를 찾아갔다. 지부장은 원하는 땅을 영구 임대하는 조건으로 옥스 영주와 손을 잡았다.

"이방인들을 감시하고 있겠지?"

옥스 영주가 나가자마자 지부장은 옆에 있던 덩치 큰 사내를 지목했다.

엄청난 덩치의 사내는 자경대장. 아카드와 테디의 방에 쳐들어가 금괴를 강탈했던 인물이다.

"여관을 벗어나는 즉시 따라붙고 있습니다. 절대 저희 눈을 벗어날 수 없습니다."

"아직 부지부장을 살해한 마법사의 흔적은 찾지 못했나?"

지부장은 무서운 얼굴로 자경대장을 쳐다보았다.

얼마 전 기사단장을 잡으러 갔던 부지부장과 자경대원들이 시체로 발견되었다. 범인으로 의심되는 자는 아카드 이전에 나르스 영지에 방문한 바람 계열 마법사로 결론지었다.

시체에서 바람의 마나 흔적이 발견된 상황이니 의심할 여지가 없었다.

아카드와 테디를 의심하기에는 나이가 너무 어렸다. 불의 계열 마법사인 부지부장과 기사 경력이 있는 자경대원을 몰살시킬 정도의 실력은 어느 정도 연륜이 있는 마법사가 아니면 불가능하기 때문이다.

"마법사가 살아났으면 저희만으로 무리입니다."

"수도에서 마도사급 마법사 한 분이 지원하러 오는 중이다. 그러니까 마법사와 기사단장의 위치만 찾아내. 알겠나?"

"넵. 반드시 찾아내겠습니다."

자경대장의 목소리에 잔뜩 힘이 들어가 있었다.

자경대장은 목숨을 잃은 부하들이 떠올랐는지 예전과는 비교할 수 없을 정도로 의욕을 드러냈다.

두 사람의 머릿속에는 살아난 마법사를 잡을 궁리만 가득했다. 아카드와 테디에 대한 경계심은 조금도 없었다.

*　　　*　　　*

아침 일찍 여관 주인 몰래 빠져나온 테디와 실리안은 나르스 영지의 모든 돈을 끌어모으는 스텐 상단 지부로 들어섰다.

그곳에는 상인 하나가 고객에게 큰 소리를 치고 있었다.

대충 들어봐도 이자 때문에 다투는 것으로 보였다.

"분명히 한 달 이자는 10골드라고 하지 않았습니까?"

"고객님. 계약서를 자세히 보셔야죠. 이자는 사정에 따라 항상 변할 수 있다고 적혀 있지 않습니까?"

"그게 말이 됩니까? 아무리 이자가 변할 수 있다고 해도 그렇지, 열 배나 오르는 것이 말이 됩니까?"

"나르스 영지의 땅값이 계속 떨어지는 상태라 상단 입장에서는 어쩔 수 없습니다."

"허허! 한 달 전만 해도 이자가 오를 위험은 없다고 하지 않았소? 절대 이런 이자는 낼 수 없소!"

"고객님. 그런 식으로 나오신다면 저희는 계약서에 명시된 대로 담보로 맡기신 영지를 압수하는 수밖에 없습니다."

상단의 직원이 손님에게 계약서 제일 아래에 작게 적힌 글씨를 붉은 펜으로 표시하며 보여 주었다. 손님은 손을 부들부들 떨며 발걸음을 떼지 못했다.

"당신들 사기야! 처음 계약과는 완전히 말이 다르잖아! 이런 중요한 사항을 보이지도 않게 아래에 적은 것은 사기라고!"

"이 양반이 쓴맛을 보려고 환장했나? 사람이 화장실 갈 때랑 나올 때랑 표정이 다르면 안 되지. 빌려 갈 때는 언제고 갚을 수 없다고?"

"신고할 거야. 영주님께 신고할 거라고."

"이 계약서의 지장은 누가 찍은 걸까? 신고해 볼 테면 신고해 봐."

"그건……."

"다음 주까지 갚지 못하면 당신 땅은 우리 상단 소유가 되니 잘 생각하시오."

손님으로 왔던 사내의 표정이 파리하게 변했다. 계약서에 찍힌 지장이 자신의 것인 이상 재판에 가 봤자 질 것이 분명했다.

"이건 사기야. 사기라고."

"얘들아. 손님 가신다. 배웅해드려라."

직원의 말 한마디에 무섭게 생긴 자경대원들이 다가왔다. 그들은 손님으로 왔던 사내의 옆구리를 들어서는 문밖으로 던져 버렸다.

"허흐흐흐."

사내는 스텐 상단 지부 입구에 주저앉았다. 상단 입구의 간판을 넋이 나간 표정으로 바라보며 움직일 줄을 몰랐다.

처음에는 싼 이자에 돈을 빌려준다고 감언이설로 꼬시더니 한 달 만에 원래 이자의 열 배를 내란다. 포도 농사로 근근이 살아가는 사내의 입장에서는 도저히 이자를 감당할 수 없었다.

"사기꾼 자식들! 아버지에게 물려받은 땅을 네놈들에게 빼앗길 거 같으냐! 내 눈에 흙이 들어가기 전까지 한 발자국도 내 땅에 못 들어온다! 이놈들아!"

사내는 상단의 입구를 바라보며 악에 받친 목소리로 소리쳤다.

사내의 목소리를 듣고도 내다보는 사람 하나 없었다. 상단 직원들은 하루에도 수도 없이 저런 사람들을 상대해 왔고 어떻게 처리하면 되는지 훤하게 알고 있었기 때문이다.

상단 내부에서 이 상황을 지켜보던 테디는 속으로 치를 떨었다.

'아무것도 모르는 영지민들을 속여 등골을 빼먹는 악마 같은 놈들. 이러고도 사람이라고 할 수 있을까?'

땅을 담보로 맡기고 돈을 빌린 사내가 사기를 당한 것으로 보인다.

계약서의 내용에는 싼 이자처럼 보이게 하고, 뒷면에 깨알만 한 글씨로 독소 조항을 적는 수법은 한때 제국에서도 유행했던 수법이다. 워낙 피해자가 많이 속출해 황실과 원로원에서 제국은행을 압박해 금지시킨 악랄한 사기 수법이다.

테디는 생각 같아서는 당장에라도 사내에게 다가가 도와

주고 싶었다. 하지만 아카드도 없는 상황에서 함부로 도와
주려고 했다가는 무슨 봉변을 당할지 몰랐다.

'어떻게 해야 저 자식들의 사기 행위를 증명할 수 있을
까?'

테디는 상단 사무실에서 사람들의 행위를 살펴보았다.

그때, 싼 이자라는 광고에 속아 계약서를 작성하는 또 한
마리의 어린양이 눈에 들어왔다.

테디는 말려 보고 싶었지만 꾹 참고 얼른 그 사람 곁으로
다가가 그들이 작성하는 계약 행위를 집중하며 관찰했다.

꽤 떨어진 거리임에도 불구하고 테디는 그들의 사기 행
각의 핵심을 알아낼 수 있었다.

앞면은 또렷한 글씨로 표준 계약서 형식으로 법에 의거
한 내용만 적혀 있고, 뒷면에는 아무 글자도 없었다.

여기까지의 과정만 보면 아무런 문제가 없었다.

문제는 계약이 성사된 이후였다.

상단 직원이 계약서를 두 장 가져왔다.

그리고는 금고에서 커다란 도장을 들고 왔다.

독소 조항이 각인된 문제의 그 도장이다.

직원은 도장에 붉은 잉크를 살짝 묻혀 상단 보관용 계약
서에 꾹 찍어 누른 후 곧바로 대출자용 계약서에 찍었다.

"다 됐습니다. 확인해 보십시오."

직원이 자신만만하게 대출자용 계약서를 내밀었다.

'요놈 봐라? 아주 밑바닥 사기를 치네?'

테디는 한눈에 그들의 사기 행각을 파악했다.

'아주 기초적이면서도 간악한 술수에 당했군.'

계약서를 위조하는 사기에는 몇 가지 방식이 있다.

계약서 자체를 통째로 위조하는 고난이도 위조술이 있다면, 도장 흘리기라는 불리는 저급한 수법도 있다.

지금 앞에서 벌어지는 것이 도장 흘리기라는 수법이다.

자신들의 계약서에는 독소 조항이 선명하게 명시되어 있지만, 각인된 도장을 잉크에 살짝 누르고 자신들의 계약서에 한 번 찍은 뒤 대출자용 계약서에는 흐릿하게 찍는 꼼수다.

가뜩이나 도장에 음각된 글자들은 깨알처럼 작다.

돈 빌리는 사람은 자신의 계약서에 찍힌 흐릿한 문자를 알아볼 방법이 없다. 돈을 빌렸다는 기쁜 마음과 관례라는 상단 직원의 말에 그냥 지나쳤을 것이다.

'쯧쯧. 저러니 순진한 영지민들이 속을 수밖에.'

테디는 혀를 끌끌 찼다.

"자. 이제 여기에 지장을 찍으시지요."

직원은 돈다발을 흔들며 미소를 지었다.

아무것도 모르는 손님은 직원이 하라는 대로 지장을 찍

었다. 그러고는 선이자를 뗀 현금을 받아서는 기쁜 마음으로 상단 밖으로 나섰다.

테디는 스텐 상단의 능숙한 사기 현장을 보며 혀를 찼다.

'이건 위조야. 위조.'

고객이 알아볼 수 없게 은근슬쩍 독소 조항을 첨가하는 것은 노틸러스 제국에서는 중죄에 해당한다. 거기다가 선이자까지 떼는 것은 사채업자나 하는 짓이지, 거대 상단이 할 짓이 아니다.

방금 나간 고객은 처음에는 앞면에 명시된 이자를 열심히 갚으면 될 것이라고 생각하겠지만 큰 착각이다. 방금 전 쫓겨난 사내처럼 다음 달에는 난데없이 엄청난 이자가 돌아올 것이 분명했다.

'한두 번 해 본 솜씨가 아니야.'

테디가 그렇게 생각하고 있을 때, 방금 전 계약을 끝마친 직원이 다가왔다.

"무엇을 도와드릴까요?"

친절하지만 뱀 같이 교활한 눈동자가 테디를 위아래로 훑어보았다.

"저희 스텐 상단에서는 영지민뿐만 아니라 여행자에게도 큰 도움을 드리고 있답니다."

뻔뻔한 얼굴로 다가오는 직원의 표정에는 기대감이 서려

있었다.

'오호. 나에게 사기를 쳐 보시겠다?'

테디는 감사한 표정으로 고개를 끄덕였지만, 그들의 행태에 치를 떨었다.

하지만 전혀 내색하지 않았다.

오히려 테디는 감동한 목소리로 직원의 손을 잡았다.

"아버지가 오래전에 영주님께 받은 땅이 있거든요. 방금 땅값이 내려갔다는 소리가 있던데, 상담 좀 받을 수 있을까요?"

직원은 땅이라는 이야기에 눈을 번쩍 떴다. 그는 또 한 명의 호구를 잡았다고 생각했는지 친절하게 의자로 안내하며 테디를 바라보았다.

"어느 곳의 땅인가에 따라 가치는 달라질 수 있겠지요. 땅의 위치에 대해 이야기를 나누실까요?"

Chapter 6.

만드라고라

"어서 와. 먼 길 오느라 고생이 많았지?"

처음에는 존댓말로 시작된 대화가 순식간에 반말로 변했다. 나르스의 영주 로렌스는 선배인 것을 내세우며 아카드를 후배처럼 대했다.

"도착하고 보니 개판도 이런 개판이 없더군. 아직까지 살아 있는 것이 용할 정도야."

"그러니까 후배님이 신경 써 주면 안 될까? 아카데미 최고의 인재라고 총장님이 극찬을 하던데."

아카드의 직설적인 말에 로렌스는 살짝 얼굴이 굳었지만 곧바로 밝은 표정으로 기분을 맞추었다.

"간 보지 말고 본론으로 들어가지. 피차 감시당하는 입장에서 시간 낭비는 집어치우자고."

순간 로렌스의 눈에 이채가 서렸다. 순식간에 지나가 버렸지만 아카드 옆에서 졸고 있는 불도그 라그니스는 그것을 놓치지 않았다.

—가소롭네. 흑마법사가 마왕 앞에서 암흑 마법으로 재롱을 부리다니.

불도그로 소환된 라그니스가 안타까운 눈으로 로렌스를 바라보며 고개를 흔들었다. 엄청난 신경전을 벌이는 로렌스의 모습이 마왕 앞에서 흑마법을 자랑하는 애송이처럼 보였기 때문이다.

실제로 로렌스는 아카드의 표정과 손짓 하나에도 민감하게 반응하며 속내를 알아내려고 애쓰는 중이다. 하지만 생각과 달리 아카드의 표정에서는 아무것도 읽을 수 없었다.

"날 도와주러 왔다며? 화끈하게 도와줄 거지?"

"얼마만큼 줄 수 있는데? 아니지. 뭘 줄 수 있지?"

"어차피 자기도 과제하러 온 거 아니야? 여기서 성과 하나는 세우고 가야 기말 점수 받을 거 아냐?"

"성과는 무슨? 다 망해 가는 영지에 숨만 붙여 놔도 영감탱이한테 칭찬받을 거 같은데."

"망해 가긴 누가 망한다고 그래! 이 영지에는 엄청난 잠재력이 있다고."

"잠재력이 뭔데?"

잠재력이라는 말에 아카드의 눈빛도 생기를 띄었다. 거액을 교회에 기부하며 영주를 만나려고 했던 가장 중요한 이유였다.

'겨우 아카데미 학생일 뿐인 애송이에게 털어 놔도 될까?'

로렌스는 고민에 빠졌다.

나르스 영지의 엄청난 잠재력은 자신과 오랫동안 가문에 충성한 기사단장, 두 사람만이 알고 있었다.

워낙 엄청난 사업 아이템이기에 현재 포도 농사와 와인 제조 사업으로 위장하고 있는 상태였다.

준비되지 않은 상태에서 다른 곳에 소문이라도 난다면 이제는 스텐 상단과 옥스 영지 문제가 아니게 된다.

"할 말 없으면 일어나지. 당신과 마찬가지로 나도 감시를 받는 몸이라 교회에서 늦게 나가면 의심을 받을지도 몰라."

아카드는 로렌스가 입을 꾹 다물어 버리자 미련 없이 자리에서 일어났다. 상대가 뭔가를 숨기고 있다면 아카드 입장에서도 엄청난 모험을 하며 위험을 무릅쓸 이유가 없기 때문이다.

"비밀을 알려 주면 도와줄 수 있어?"

철문처럼 닫혀 있던 로렌스의 허스키한 목소리가 아카드의 발걸음을 잡았다.

"비밀의 가치가 얼마나 큰가에 따라서 내 대답이 달라지지 않을까 싶은데."

"엄청나게 큰 비밀이야. 다인 왕국에서 가장 부자가 될 수도 있을 만큼 위험한 비밀이기도 하고."

"당신 말처럼 엄청난 비밀이라면 꼭 내가 도와줘야 할 이유가 있을까? 다른 힘 있는 영주들에게 부탁해도 될 거 같은데?"

"다른 영주들은 믿을 수 없어. 외부의 조력자가 필요해."

로렌스는 입술을 깨물며 고개를 흔들었다.

그 모습을 본 아카드는 다시 고해소 의자를 당겨 자리에 앉았다.

"엄청난 비밀을 듣기 전에 정말 궁금한 게 있어. 내가 당신 영지의 문제를 해결해 줄 수 있다고 믿나?"

"아니. 못 믿어. 하지만 총장님의 안목은 믿어."

로렌스는 고개를 흔들면서도 또렷한 눈동자로 아카드를 주시했다.

"총장님께서 이렇게 말씀하셨거든."

"······."

"당신이 해결 못 하면 총장님께서도 해결할 수 없다고 말씀하셨어. 그러니 총장님이 철석같이 믿는 당신이라면 난 믿을 수 있어. 총장님이 그렇게 칭찬하는 사람은 처음 봤거든."

"미치겠네. 영감탱이가 노망이 들어도 단단히 들었구나."

아카드는 투덜투덜거리며 인상을 찌푸렸다. 그러나 그의 눈동자는 재밌는 사냥감을 본 야수처럼 바뀌어 있었다.

"시간 없으니까 얼른 비밀이나 말해. 당신이 말하는 나르스 영지의 엄청난 잠재력이 뭐지?"

로랜스는 고개를 잠시 떨구며 한 번 더 고민했다. 그렇지만 고민하는 시간은 방금 전보다 짧았다.

그녀는 작은 주먹을 말아 쥐고는 아카드를 노려보며 입을 열었다. 배신하면 죽여 버리겠다는 살벌한 눈빛으로.

"우리 영지에서 만드라고라가 발견됐어. 또한 대륙에서 유일하게 나르스 영지에서만 재배가 가능하다는 판정을 받았어."

"누구에게?"

"우리 영지에서 살해당한 바람 마탑의 마법사가 확인까지 해 줬어."

말을 마친 아카드는 한동안 아무 말도 하지 않았다. 그만큼 위험하고도 엄청난 수익이 보장되는 영물이 발견된 것이다.

'어쩐지 보잘것없는 땅에 비해 스텐 상단이 제법 공을 들인다고 했더니 노리는 게 이거였구나. 이러면 생각보다 이야기가 커지는데……'

만드라고라.

사람의 모습을 한 뿌리 작물로 고대 드래곤이 존재하던 시대에나 존재했다고 여겨지는 전설의 약초다. 고서를 찾아보면 지상에 모습을 드러내는 과실은 마약 효과가 있어 치료사들이 마취제로 사용했다.

문제는 사람 모양을 한 뿌리에 있었다.

'다 죽어 가던 노인도 만드라고라 한 뿌리면 벌떡 일어난다.'고 할 정도로 남성에게는 최고의 정력제로 여겨지기 때문에 만드라고라 무게의 10배 이상의 금을 줘도 안 바꾼다고 기록되어 있었다.

더 큰 문제는 만드라고라가 발견되면 필연적으로 교회와 마탑이 달라붙는다는 점이다.

만드라고라의 숨겨진 기능 중 하나가 마법사의 마나고리를 자극하는 점이다. 만드라고라를 먹는다고 해서 마법사가 능력이 바뀐다거나 갑자기 대마도사가 되는 것은 아니지만, 분명한 것은 한계를 뛰어넘는 데 도움을 준다는 것이다.

만약 나르스 영지에서 만드라고라가 생산된다는 것이 알려진다면 물불 안 가리는 마법사들이 영지를 쑥대밭으로 만들어 놓을 것이라는 것은 쉽게 예상할 수 있었다.

그에 반해 교회에서는 만드라고라를 악마의 열매로 규정하고 생산을 금지하고 있는 상황이다. 만드라고라가 가지고 있는 최음 성분과 이성을 유혹하는 기능으로 인해 교회에서는 만드라고라를 악마의 열매로 규정하고 있었다.

나르스 영지에서 만드라고라가 생산되는 것을 교회가 알아채기라도 한다면 성기사단을 보내어 불태워 버릴 것이 자명한 일이다.

'이건 내가 먹기에는 뜨겁고 남에게 주기는 아까운 상황이네.'

아카드는 만드라고라로 인해 발생할 부작용들까지 생각하니 머리가 지끈거렸다. 그렇다고 이 상황에서 발을 빼자니 너무 아깝다.

"후배님, 도와줄 거지? 나 도움받고 입 싹 닦는 뻔뻔한 인간 아니야. 이번 위기만 벗어나게 해 주면 내가 한몫 단단히 챙겨 줄게."

아카드는 로렌스의 질문에 쉽게 대답하지 못했다.

보아하니 자신이 가진 물건이 어떤 영향을 미칠지 생각도 못 한 표정이다. 엄청난 보물을 들고 어쩔 줄 몰라 하는 어린아이 같은 표정이다.

"도와줄 거지?"

"거대 상단, 그것도 4대 상단이랑 싸워 가며 내가 도와줄 이유라도 있나?"

도와주면 어떤 대가를 줄 것인지 아카드는 돌려서 물었다.

"이참에 우리 영지에 뼈를 묻는 게 어때?"

"뭐?"

"나랑 같이 영지를 운영하는 건 어떠냐는 뜻이야."

로렌스는 얼굴을 앞으로 들이밀며 물었다.

그녀는 제국 아카데미 재학 시절 중성적인 매력으로 남학생들에게 최고의 인기를 끌었다. 자신의 매력으로 남자들을 적절하게 이용할 줄 아는 여성이었다.

하지만 상대를 잘못 골랐다.

로렌스는 아카드의 입이 열리자마자 뒤로 넘어갔다.

"못생긴 얼굴 들이대지 마. 그나마 도와주고 싶은 마음까지 싹 사라지려고 하니까."

아카드의 대답에 로렌스는 충격을 받았는지 멍한 표정이 되었다. 그러든지 말든지 아카드의 말은 계속 이어졌다.

"농담으로 시간 버릴 생각 없으니까 간단하게 말하지."

"와, 충격인데? 남자한테 못생겼다는 말은 처음 들어봐."

로렌스는 뺨을 잔뜩 부풀리며 투정을 부렸다. 다른 남자에게는 충분히 귀여워 보일 수 있는 행동이었다.

"당신을 도와주지. 대가는 영지 수익의 반. 받아들이겠어?"

"뭐 이런 미친놈이 다 있어! 뭐? 수익의 반?"

"싫으면 다른 사람의 도움을 받든가."

위층에서 발자국 소리가 들렸다. 로렌스의 날카로운 목소리에 망을 보던 신부가 내려오는 모양이다.

"저 문이 열리면 난 갈 거야."

아카드의 차가운 대답에 로렌스는 치를 떨었다. 발자국 소리는 점점 커지고 잠시 후면 문이 열릴 것이다.

"만드라고라의 가치는 잘 알고 있겠지? 50%는 완전 도둑놈 심보라고!"

"결정은 당신이 하는 거야. 할 거야? 말거야?"

"10%. 더 이상은 안 돼!"

"협상은 없어."

아카드는 냉정하게 말을 잘라 버렸다.

신부는 문 앞에 다다른 상황.

로렌스의 얼굴은 점점 다급하게 변했다.

"하루만 시간을 줘. 생각 좀 해 보게."

"하루가 지나면 조건은 10%씩 늘어난다."

"와아! 보기와 달리 순 날강도네!"

끼이익.

손잡이가 돌아가고 초조하게 예배당에서 망을 보던 신부가 들어왔다.

"큰 소리가 나는 거 같은데."

"어떻게 하면 신을 외면하고 속세를 따르는 자들을 처단할지 논의 중이었습니다. 그렇지 않습니까?"

아카드는 표정 하나 바뀌지 않고 거짓말을 하며 로렌스를 바라보았다. 잠시 당황했던 로렌스도 표정을 바꾸고 레이스를 쓴 채로 두 손을 모아 고개를 숙였다.

"이야기는 잘 나누셨습니까?"

"영주님의 독실한 신앙심에 많이 반성하고 갑니다. 이 교회가 부흥하는 것도 시간문제처럼 보이는군요."

"다 하나님의 축복이지요."

아카드의 말에 돈 냄새를 맡았는지 신부의 표정이 활짝 펴진다.

"그럼 전 이만 나가 보겠습니다. 영주님은 속세 무리들의 감시가 있으니 천천히 나가십시오."

로렌스는 초조해졌다. 저 도둑놈이 비밀을 알고 있는 이상 교회를 빠져나가 버리면 어떤 일이 벌어질지 몰랐다.

'이대로 나가 다른 사람에게 소문이라도 내 버리면 나르스 영지는 끝장이야.'

로렌스는 다급하지만 부드럽게 입을 열었다.

"후배님. 영지에 머무는 동안 필요한 거라도 있습니까?"

계단을 올라가는 아카드의 입꼬리가 살짝 올라갔다.

'됐군. 내 조건을 받아들이겠다는 말이지?'

아카드는 천천히 계단을 올라가는 신부의 뒤를 따르며 대답한다.

"필요한 건 없습니다만 이 영지를 보니 파랑새 한 마리만 있었으면 참 좋겠다는 생각이 드는군요."

"내일 아침은 날이 밝을 것 같으니 희망의 파랑새 한 마리를 볼 수 있지 않을까 싶네요. 후배님."

아카드는 기사단장을 밤에 보내라는 신호를 은유적인 표현으로 대신했다. 로렌스는 그 말의 의미를 알아채고 능숙하게 대답했다.

그 말을 끝으로 아카드와 신부의 모습은 사라졌다.

홀로 남아 있는 로렌스의 표정은 복잡 미묘했다.

실패하면 스텐 상단에게 영지를 뺏길 것이고, 위기를 벗어난다면 향후 영지를 부유하게 해 줄 만드라고라의 반을 아카드에게 뺏긴다.

어떻게 해서든지 뺏길 수밖에 없는 로렌스는 아무도 없는 계단을 바라보며 작게 중얼거렸다.

"작은 도둑을 잡으려다가 큰 도둑을 불러온 건 아닌지 걱정되네."

*   *   *

아카드는 여관으로 돌아왔다.

정확히 말하면 여관 외벽에 뭔가 알 수 없는 표식 하나를 새겼다. 블랙마켓 정보원들만이 알아볼 수 있는 암호다.

만드라고라의 실체를 자신의 눈으로 보지는 못했지만, 혼자 해결할 수 있는 상황이 아닌 것은 분명하다. 그래서 블랙마켓의 도움이 필요했다.

"그런데 왜 이렇게 시끄러워?"

여관의 외벽이 들썩일 정도로 소란스러운 소리에 아카드는 여관의 출입문을 열고 들어갔다. 그러고는 곧바로 굳어버렸다.

"우와. 예쁘장하게 생긴 청년이 끝내주는구먼."

여관 1층 식당에서 우레와 같은 박수를 받으며 영지민들이 중앙의 테이블을 둘러싸고 있었다.

탁!

"한 잔 더!"

중앙 테이블에 앉아 있는 청년은 나무 잔을 내려놓으며 큰 소리로 여관이 떠나갈 듯이 외쳤다.

입 주변에는 노인을 연상할 만큼 흰 거품 수염을 달고 나무 잔을 채우는 액체에서 눈을 떼지 않는 청년의 정체는 테디.

여관에 몰려든 영지민들은 재미있어 하며 연이어 자신의 잔에 있던 맥주를 테디의 잔에 부어 준다.

생전 처음 보는 예쁘장한 청년.

정체는 모르겠지만 영지민들 틈에 끼어 맥주를 마신 손님들에게 한 잔씩 쫙 돌린 데다 엄청난 주량을 자랑하니 환영을 받을 수밖에 없었다.

또한 아름답기로 유명한 자신들의 영주보다 훨씬 더 아름답게 생긴 테디의 모습에 여관은 들썩이고 있었다.

"자자, 내 잔도 받아야지. 이 정도로 취해서야 어디 남자 구실 제대로 하겠어? 쭉 들이키게나. 벌컥벌컥!"

아카드의 얼굴에 힘줄 하나가 튀어 올랐다.

'마을 돌아다니며 정보 수집이나 하랬더니 술판을 벌여?'

화난 것은 아카드뿐이 아니었다.

아카드를 따라다니던 불도그 라그니스도 한쪽을 노려보며 맹렬하게 짖어대고 있었다. 라그니스는 테디 옆에서 생선 안주를 먹고 있는 실리안을 바라보며 고함을 쳤다.

—저 망할 놈이 찬물도 위아래가 있는데 감히 내 허락도 없이 처먹어? 저 꼴통새끼 오늘 한번 죽어 봐라.

아카드가 손에 붙잡고 있던 끈을 놓자마자 불도그 한 마리는 맹렬하게 회색 고양이를 향해 쏜살같이 달려간다.

—악! 라그니스 님이 언제 오셨대요?

실리안은 목숨의 위협을 느꼈는지 잽싸게 여관 구석구석으로 도망치기 시작했다. 붉은 핏대가 서린 눈으로 달려오는 라그니스에게 잡히면 소멸할지도 모른다는 위기감을 느낀 것이다.

—너 이 새끼! 거기 안 서?

—라그니스 님 같으면 서겠어요? 잡히면 죽을 게 뻔한데.

곧바로 여관은 불도그와 고양이의 추격전 덕분에 개판이 되고 손님들의 흥은 최고조에 달했다.

"난 고양이가 잡힌다에 1골드!"

"말도 안 되는 소리! 개는 고양이를 절대 잡을 수 없다고! 안 잡힌다에 1골드!"

취객들의 관심이 실리안과 라그니스에게 쏠려 있는 사

이, 아카드는 화난 얼굴로 테디에게 다가갔다.

"너 여기서 뭐하냐? 내가 지시한 숙제가 있을 텐데."

"하흠! 우리 사기꾼 왔어? 이리 와서 한 잔 따라 봐."

테디는 나무 잔을 아카드의 얼굴에 들이밀었다. 얼마나 마셨는지 나무 잔을 들고 있던 손이 휘청거렸다.

"얼른 방에 들어와."

"싫어! 내가 네 부하야? 어디서 이래라 저래라야! 너 내가 누군 줄 알아!"

"요즘 오냐오냐 해 주니 겁을 상실했구나."

"아, 몰라! 몰라! 나 졸려. 업어 줘."

"뭐?"

테디는 업어 달라는 말을 하고는 탁자에 머리를 꼬라박았다. 그러고는 아카드가 흔들어도 요동도 하지 않는다.

"아! 이 꼴통. 미치겠네."

마음 같아서는 버려두고 가고 싶다.

하지만 아카드는 생각과는 다르게 테디를 들쳐 메고는 계단을 올라갔다.

"어디 가! 술은 다 마시고 가야지."

취객 하나가 테디가 업혀 가는 모습을 발견하고 소리쳤다.

"아무리 급해도 술을 남겨 두고 자리에서 일어나는 건

예의가 아니지!"

"마셔라, 마셔라."

절묘한 타이밍에 취객들의 장단이 날아든다.

아카드는 숙소까지 따라올 것 같은 취객들의 행동에 오만상을 찌푸리며 테디가 마시던 나무 잔을 한 번에 들이켰다.

와! 와!

"미치겠네. 타지에서, 그것도 여자도 아니고 남자한테 흑기사 노릇 할 줄은 상상도 못 했네."

여기저기서 환호성이 터지고 또다시 잔을 채우려는 취객이 등장하자 아카드는 손을 뻗었다.

"주인장, 이분들에게 술 한 잔씩 돌려. 계산은 내가 하지."

"우와! 진정한 남자다!"

"역시 미녀…… 아니 미남을 차지할 만해."

아카드의 말이 떨어지기가 무섭게 여기저기서 박수 소리가 터져 나온다.

여관 주인장은 얼른 아카드 옆으로 다가와 손을 벌렸다.

"10골드면 충분하겠지?"

"그게…… 그걸론 부족합니다."

"손님들에게 맥주 한 잔 돌리는데 10골드로는 부족하

다? 나한테 바가지 씌우는 건가?"

아카드의 묵직한 저음에 주인장은 어쩔 줄 모르는 표정을 지었다.

"한 잔이면 충분합니다요. 그런데 저쪽 분이 손님들에게 돌린 술값도 계산해 주셔야 해서……."

아카드는 화를 참기 위해 몇 번의 숨을 내쉬었는지 모른다. 그러고는 업고 있는 테디의 엉덩이를 움켜쥐었다.

"아…… 파."

테디는 엉덩이에서 오는 고통에 신음 소리를 내더니 다시 잠들어 버렸다.

"얼. 만. 데!"

아카드의 살기 어린 목소리가 주인장에게 향했다. 그러자 주인장은 몸을 살짝 떨고는 조심스럽게 입을 열었다.

"백…… 골드는 주셔야."

"아후, 이런 시골 여관에서 얼마나 마셔야 백 골드라는 계산서가 나올 수 있지?"

"여기 업혀 있는 공자님이 공짜로 푼 맥주만 백 잔이 넘습니다."

주인장의 말에 아카드는 할 수 없이 백 골드를 쥐여 주고는 계단을 올라갔다.

올라가는 내내 그의 한숨은 끊이질 않았다.

'이걸 두들겨 팰 수도 없고. 완전 돌아 버리겠네!'

*   *   *

고온 다습한 다인 왕국의 여름은 펄펄 끓는 냄비 속을 연상케 할 만큼 덥고 짜증 난다.

테디는 바깥에서 짖어대는 매미의 울음소리에 날이 밝았다는 것을 깨달았다.

"아흑. 물."

"저게 누굴 부려먹으려고. 확!"

아카드는 간밤에 기사단장 레이든이 가져다 놓은 물건들을 살펴보다가 옆에서 나는 소리에 침대를 바라보았다.

테디는 이미 무거운 몸을 일으키고는 고개를 흔들었다. 속 쓰림이 심한지 고개를 푹 숙이고 가슴 부근을 문질렀다.

아카드는 주전자를 가져가서는 테디의 머리 위로 기울였다.

"앗! 차거! 지금 뭐하는 짓이에요."

테디는 자신의 머리를 부여잡더니 재빨리 침대를 박차고 일어났다.

"고문님. 미쳤어요?"

"미친 게 누군지 잘 생각해 보지? 술을 그만큼 마신 것으로도 모자라 나한테 손님들 술값까지 떠넘겨?"

아카드가 따지고 들자 테디는 움찔거리더니 이윽고 고개를 돌려 이쪽으로 돌아본다.

태양이 중천에 떠 후끈거리는 공기 속에서 고통스러운 표정으로 아카드를 쳐다보는 테디. 그 눈에는 눈물이 글썽였다.

"뭐야? 아직 술에서 덜 깼냐?"

아카드가 반쯤 웃으며 묻자 테디는 혓바닥을 내밀며 고개를 끄덕였다.

"……아파요."

"어디가?"

"속이 너무 아파요."

아카드는 눈살을 찌푸리며 미리 시켜 놓은 토마토 스프가 담긴 쟁반을 스윽 밀었다.

"고문님! 감사합니다."

테디는 입속에 붉은 토마토 스프를 머금은 채로 정신없이 먹어 댔다.

"그만큼 먹어 대고도 배가 고팠나 보네."

아카드는 만족스러운 표정을 짓더니 다시 탁자로 돌아가 그 위의 물건으로 고개를 돌렸다.

'이거 만드라고라가 확실해?'

조심스럽게 종이박스의 포장을 열자마자 실리안과 라그니스가 관심을 보인다.

—오호. 이게 아직 인간 세상에 남아 있었나?

—그러게요. 흑마법사들이 워낙 긁어모아서 씨가 말라 버린 줄 알았는데요.

아카드는 정령들의 반응에 진품이라는 것을 알 수 있었다. 그는 한 번 더 확인을 위해 정령들에게 물었다.

'이 영지에서 생산된 것이 맞나? 혹시 다른 곳에서 구해 온 건 아니고?'

—쿵쿵. 확실해. 흙냄새가 이 근방의 기운을 머금고 있는 것을 보아 가까운 곳에서 캐낸 것이 틀림없어.

'다른 곳에서 캐내고 여기서 잠깐 심었을 가능성은?'

—흙의 기운과 만드라고라 속의 기운이 똑같아. 계약자 넌 속고만 살았나.

바람의 정령 실리안이 툴툴거리며 대답했다. 예전 같으면 '인간들은 말이야~'라고 잔소리를 퍼부었겠지만, 정식으로 종속 계약을 한 뒤로는 말투가 많이 순화되었다.

'그렇다면 진짜란 이야긴데.'

내심 가짜길 바라는 마음이 없잖아 있었다.

제국도 아니고 타지에서 사고를 치기에는 위험한 요소가 너무 많았다. 이런 엄청난 물건에 끼어들다가 잘못되기라도 하면 객지에서 목숨을 잃을 위험성이 다분했다.

'이렇게 되면 진짜로 모험을 해 봐야 한다는 이야긴데.'

일단 조건은 좋다.

만드라고라라는 엄청난 정보를 알고 있는 사람은 영주와 자신 그리고 스텐 상단의 지부장뿐인 거 같다. 스텐 상단의 공격적인 행보를 보면 지부장도 어느 정도 아는 것이 분명했다.

다행스럽게도 지부장 뒤에 있는 옥스 영주는 이 사실을 모르는 거 같다.

아마 상인의 끝없는 욕심이 동업자에게도 이 사실을 숨긴 거 같았다. 그렇지 않다면 군사적으로 우위에 있는 옥스 영지가 이런 엄청난 물건을 보고 가만히 있을 리가 없었다.

아무리 교회의 눈치를 본다지만, 엄청난 보물이 있는데 가만히 두고 볼 영주는 없다. 엄청난 돈으로 추기경을 매수해서라도 점령했을 것이다.

아카드는 옥스 영주가 나르스 영지의 가치를 하찮게 여기고 있는 것이 틀림없다고 결론을 지었다.

'그렇다면 어떻게 큰 그림을 그린다?'

아카드의 눈빛이 서서히 가라앉았다.

"아! 이제야 살 거 같네. 휴우."

고개를 돌려 보니 테디는 그릇까지 깨끗이 비운 뒤에 배를 두들기며 침대에 걸터앉아 있었다. 그러면서도 아카드가 물을 뿌려 댄 것에 대한 앙금이 남았는지 꾸짖는 말투로 입을 열었다.

"사람이 그러는 거 아니에요. 고문님이 지시한 일도 하고 영지민들의 정보도 캐내려면 그만한 금액은 활동비로 인정해 주셔야죠. 인정머리 없게시리."

"얼마나 귀중한 정보를 캐냈기에 100골드 이상의 술값을 뿌렸는지 천천히 이야기나 해 볼까?"

딸꾹!

테디는 갑자기 딸꾹질이 났다. 아카드가 자신을 노려보며 다가오고 있어서다.

"이야기 전에 먼저 씻고 올게요. 딸꾹!"

말이 끝나기도 전에 테디는 재빨리 욕실로 도망가 버렸다.

Chapter 7.
인과응보

　초라하고 볼품없는 집들이 늘어서 있다.

　아카드와 테디가 집 안으로 들어가 주변을 살펴보니 돈 될 만한 물건은 하나도 없다.

　낡은 가구들과 이가 빠진 식기들, 걸레로 써도 시원찮은 천 조각들이 이불과 식탁보로 쓰이고 있다. 집 안에서 풍기는 칙칙한 냄새와 습기에도 테디는 내색하지 않고 참았다.

　"이런 곳에 살면 정상적인 사람도 병에 걸리겠어."

　"고문님. 남의 집에 와서 그러는 건 실례예요."

　테디가 집주인의 눈치를 살피며 핀잔을 주었다. 그러나 아카드는 대놓고 눈살을 찌푸렸다.

'대출 한 번 잘못 받아서 집안 전체가 풍비박산 났군.'

상단의 인물들은 돈에 목숨을 건다. 돈 앞에서는 수단과 방법을 가리지 않는, 피도 눈물도 없는 인간들이 상인이라는 집단이다.

"처음에는 포도 농사로 돈 좀 만졌습죠. 생산되는 즉시 영주님이 사 주시고 돈 걱정 없이 살았습니다."

오늘 방문한 집 주인은 스텐 상단에서 이자 문제 때문에 쫓겨났던 사내다.

그의 직업은 포도 농장을 운영하는 농부.

처음에는 새 영주가 구상한 와인 사업의 포도 납품 농장으로 지정되면서 부족함 없이 살았다. 그러나 밤마다 농장에 원인을 알 수 없는 동물들이 나타나 포도밭이 망가지고, 물가가 점점 오르면서 대출에 손을 댔다.

처음에는 위기를 벗어났다는 생각에 다행이라고 생각했지만 얼마 지나지 않아 이자가 원금을 능가하는 상황에 이르면서 이 지경까지 오게 되었던 것이다.

"저뿐만이 아닙니다요. 땅을 조금이라도 소유하고 있는 사람들 모두 스텐 상단에 당했습니다"

사내의 눈에서는 억울한 심정이 고스란히 담긴 눈물이 바닥에 떨어졌다. 대출을 받은 지 1년도 되지 않은 상황에서 이미 농장을 뺏긴 지는 오래고, 무너지기 일보 직전의

이 집마저 뺏길 상황이다.

억울한 자신의 심정을 호소하기 위해 영주 성에 찾아갔으나 바쁘다는 이유로 문전박대를 당했다. 이 상황에서 힘없는 농부가 기댈 곳은 어디에도 존재하지 않았다.

농부는 스텐 상단에 대한 증오가 골수에까지 치밀었다. 더구나 영지민의 재산과 안전을 보호할 의무가 있는 영주마저 모습을 드러내지 않고 있으니 영주에 대한 불신도 극에 달해 있었다.

"아빠!"

갑자기 방문한 손님들로 인해 숨어 있던 어린 딸이 농부의 목을 끌어안았다. 아버지가 눈물 흘리는 모습에 용기를 내 달려온 것이다.

"아빠를 괴롭히지 마!"

"우리는 아빠를 도우러 온 사람들이야."

테디는 농부를 껴안은 여자아이에게 다가가 한쪽 무릎을 굽히고 친절하게 머리를 쓰다듬었다.

"거짓말! 어른은 다 거짓말쟁이야!"

그동안 보아 왔던 스텐 상단의 행패 때문인지 일곱 살 정도 되어 보이는 여자아이는 테디의 말을 믿지 않았다.

"정말인데. 언니…… 아니 오빠가 재밌는 거 보여 줄까? 실리안!"

"앗. 고양이다!"

테디는 자신의 뒤를 졸졸 따라다니는 회색 고양이 실리안을 여자아이 앞에 내려놓았다.

'애 지금 뭐하는 짓이야. 내가 고양이인 줄 아나.'

일곱 살 여자아이에게 끌려가는 실리안의 표정은 엄청 불편해 보였다. 심술궂은 표정으로 뒷발에 힘을 주었으나 아카드의 협박 어린 눈짓 한 방에 바람의 정령 실리안은 일곱 살 소녀의 장난감이 되어야만 했다.

"테디. 아이 데리고 들어가 있을래?"

"그래도 될까요?"

테디는 잘됐다는 표정으로 일곱 살 소녀를 데리고 방 안으로 들어갔다.

"귀한 집 자제분이신 거 같은데, 무슨 일로 저를 찾아 오셨습니까?"

농부의 목소리에는 경계심이 가득했다.

농부는 앞의 청년이 자신을 도와줄 거라는 테디의 말을 믿지 않았다. 영주까지 영지민들을 버린 상황에서 도움을 주겠다는 타인의 말을 믿을 수 없었다.

하지만 아카드의 이야기를 듣던 농부의 표정은 점점 밝아졌다. 앞의 청년이 상인들과 전혀 다른 사람이라고 느꼈기 때문이다.

"스텐 상단에게 당한 사람들이 많습니까?"

"그거야 이를 말입니까? 그놈들 때문에 내년에는 영지민 모두가 소작농이 될 판이오."

"그들 모두를 모아 줄 수 있겠습니까?"

"모아서 뭐 하려고 합니까?"

"소송해서 재판으로 뺏어야지요."

농부는 기가 찬 표정으로 아카드를 본다.

'순진한 거야? 멍청한 거야?'

농부는 그렇게 외치고 싶은 것을 간신히 참았다.

"우리 같은 사람들이 신고해 봤자 누가 쳐다나 본답니까? 누구는 신고를 안 해 본 줄 압니까?"

농부의 입가에 씁쓸하고 허탈한 웃음이 흘러나왔다.

소송을 걸어도 받아 줄 리도 없겠지만, 거대 상단과 싸워서 이길 확률은 제로에 가깝다. 순진하게 도와준다는 말에 속아 청년의 말에 혹한 자신이 한심하게 느껴졌다.

"공자님께서는 승산이 있을 거라고 생각합니까?"

"해 보지도 않고 왜 포기합니까?"

"아직 어려서 세상 돌아가는 걸 잘 모르는 모양인데……."

"당신들이 정식으로 고소한다면 무조건 이길 수 있을 거라고 봅니다만."

농부는 앞에 있는 잘생긴 청년이 거짓말을 하고 있다고

생각했다.

아무리 농부들을 모아 영주 성으로 쳐들어간다고 해도 기사들에게 두들겨 맞지 않으면 다행이다. 청년은 과연 이런 사정을 알까 싶었다.

점점 농부의 안색은 어두워졌다.

희망이 쓸데없는 절망으로 바뀔 때 나오는 자연스러운 모습이다.

"대신 한 가지 일을 더 해 주셔야겠습니다. 지금 당장 스텐 상단으로 가서 돈을 빌리세요."

"공자님 미쳤소? 돈을 빌리고 내어 줄 담보도 없지만 돈을 빌리라니? 당신 혹시 상단의 하수인이요?"

어두워진 농부의 안색은 점점 더 붉어진다. 그러나 아카드는 표정 변화 하나 없이 화난 농부의 마음에 부채질했다.

"딸을 생각해야지. 더 잃을 것도 없잖아? 계약서를 보지 못해서 확신할 수는 없지만 명시된 이자를 다 갚으려면 당신 재산을 다 쏟아부어도 못 갚아."

"무슨 말씀이십니까?"

"상인들이 어떤 종족인지 모르지? 재산을 몰수하고도 모자랄 거 같으면 노예로 부려 먹지. 노예로 부려먹다가 죽으면 어떻게 하는지 모르지?"

"……."

"시체를 해부해서 내장까지 파내서라도 손해 보지 않으려고 달려드는 놈들이 상인이야. 그런 놈들이 당신 딸을 가만히 둘까?"

"저, 저는 어떻게 해야 합니까?"

농부의 얼굴은 창백함을 넘어 사색이 되었다.

자신은 어떻게 되어도 상관이 없었다. 하지만 늘그막에 얻은 딸은 절대 불행해서는 안 된다. 눈에 넣어도 아프지 않을 딸이 나쁜 녀석들에게 끌려간다는 생각에 농부는 정신이 번쩍 들었다.

"너무 앞서가지 말고 시키는 대로만 하세요. 그럼 아무 일도 없을 테니까."

아카드는 자신의 계획을 조용히 설명했다. 농부는 이야기가 진행될수록 눈이 커지고 손발이 떨렸다.

"정말 시키는 대로만 하면 아무 일도 없을까요?"

"지금 내 말을 의심하는 겁니까?"

"아, 아닙니다. 믿습니다. 믿어야지요."

농부는 이야기를 들으면서 확실히 앞의 청년이 뭔가 다르다는 것을 깨달았다.

엄청난 계획을 이야기하면서도 표정 변화 하나 없는 차가운 모습과 자신감 넘치는 말투.

농부는 아카드의 눈빛을 보며 어쩌면, 이라는 생각이 들었다. 잘하면 영지민들의 등골을 빼먹는 상단에게 한 방 먹일 수 있을 거 같기도 하다.

"대단하십니다. 그런 방법이 있을 줄은 생각도 못 했습니다."

아카드를 무시하던 눈빛은 사라지고 농부는 존경스러운 눈빛으로 변했다.

'그렇게 기막힌 방법이 있을 줄이야.'

하지만 문제가 하나 있었다. 농부가 조심스러운 표정으로 아카드에게 물었다.

"그럼 전 어떻게 되는 겁니까? 위조죄로 제가 잡혀 가게 되면 우리 딸은 누가 챙긴답니까?"

아카드의 계획대로라면 재산도 찾고, 상단 놈들에게 복수할 수 있지만 딸이 눈에 밟혔다.

하지만 의심은 하지 않았다. 앞에 서 있는 청년을 믿었다.

"크흠. 그 문제가 남았군."

아카드는 미처 생각하지 못했는지 헛기침을 하며 대답했다.

"그건 영주와 상의해서 금방 풀려나도록 협상하지요. 그동안 따님은 영주 성에 머물 수 있도록 해 주겠소."

"영주님이 약속만 해 주신다면 저는 무조건 공자님 말씀대로 하겠습니다. 사기를 사기로 해결한다라! 정말 기대됩니다."

농부는 처음과는 전혀 다른 모습으로 바뀌었다. 표정에 생기가 감돌았다.

"절대 비밀을 지키셔야 합니다. 아니면 어떻게 될지 더 잘 아시겠지요?"

"걱정하지 마십시오. 반드시 명령대로 행동하겠습니다."

아카드는 농부의 어깨를 두들겨 주고는 자리를 벗어났다.

그때였다.

아카드의 앞을 가로막는 호리호리한 체구의 그림자가 나타났다.

"사기를 사기로 해결한다는 게 무슨 말이죠?"

테디가 마지막 대화를 엿들었는지 따지기 시작했다. 허리에 양팔을 갖다 대고 서 있는 테디의 모습을 보며 아카드는 피식 웃었다.

"애들은 모르는 어른들만의 세계가 있어. 너무 많이 알려고 하지 마. 다쳐!"

아카드는 여관에 도착할 때까지 종알종알 테디의 잔소리를 들어야 했다.

*   *   *

스텐 상단에서는 나르스 영지의 땅을 매입하느라 정신이 없었다. 그들이 옥스 상단의 자본을 등에 업고 토지를 매입한 이유는 다인 왕국에만 존재하는 특이한 법 때문이다.

영주는 반 이상의 토지를 소유해야 직위를 유지할 수 있다. 만약 다른 사람이 반 이상의 토지를 매입할 경우 영주는 바뀐다.

법에 명시된 이 조항 때문에 옥스 영주의 사주를 받은 스텐 상단은 끊임없이 토지를 사들이고 있었다.

물론 자발적으로 땅을 파는 영지민은 소수에 불과했다. 그들은 오랫동안 대를 이어 가업을 물려받은 자들이기 때문에 땅을 판다는 것은 상상도 할 수 없었다.

그래서 생각한 것이 예전 제국은행에서 유행했던 대출 상품을 응용한 방법이었다. 땅을 담보로 돈을 빌려 준 후, 변동 이자 조항을 앞세워 이자를 납부하지 못하는 사람에게 땅을 빼앗은 것이다.

1년 넘게 공을 들이고 자본을 쏟아부었지만 아직까지 목표했던 반 이상의 토지를 가지지는 못했다. 시간이 지나면서 대출에 관한 나쁜 소문이 퍼지기 시작했기 때문이다.

땅을 담보로 대출을 받으려는 영지민들의 숫자는 점점

줄어들고 있었다.

"아직 매입해야 할 땅은 남았는데 사무실에는 파리만 날리고, 큰일이네."

스텐 상단의 지부장은 입맛을 다시며 직원들과 자경대원들을 쳐다보았다.

"얼마 전 한 늙은이가 행패를 부린 이후로 상단 부근에 개미 새끼 한 마리도 보이지 않습니다."

대출 담당 직원의 말에 지부장이 옆에 있던 재떨이를 던졌다.

"어이쿠."

"그걸 내 앞에서 말이라고 하냐? 이제 목표했던 땅 매입이 얼마 안 남았는데 여기서 뭐하고 있어. 얼른 돌아다니면서 광고지라도 돌려!"

"알겠습니다."

직원들이 순식간에 빠져나가고 사무실에는 자경대원들밖에 남지 않았다.

"네놈들은 뭐해? 이자 갚지 못하는 놈들에게 가서 땅이라도 뺏어 오라고! 맞다. 행패를 부렸다는 녀석의 이자 만기가 오늘이지?"

"당장 땅을 몰수하는 건 그렇지 않습니까? 일반적으로 만기일을 좀 늦춘 후에 최후 통첩장이라도 날리고 뺏어야

하는데."

"행패 부린 놈에게 그런 자비를 베풀어 줄 이유가 없지. 당장 뺏어 와!"

"알겠습니다."

지부장의 고함 소리에 자경대장과 대원들이 얼른 자리에 일어났다. 각자 뒤에 있는 연장을 챙기고 나서려는 순간 상단의 문이 열렸다.

"대출하러 왔소."

오랜만에 들리는 호구의 목소리에 지부장의 표정이 밝아졌다. 그런데 호구의 얼굴을 보자마자 지부장의 얼굴이 구겨졌다.

"네놈은!"

호구의 정체는 얼마 전 사무실에서 행패를 부렸던 농부였다.

"빚도 갚고 돈도 좀 융통했으면 하는데 가능하겠소?"

호구가 손에 쥐고 있던 봉투를 흔들며 지부장의 얼굴을 노려보았다. 그 모습에 지부장과 자경대원들은 묘한 표정으로 서로의 얼굴을 쳐다보았다.

*　　*　　*

아카드와 만났던 농부는 땅문서를 손에 들고 스텐 상단으로 쳐들어갔다. 물론 땅문서는 아카드가 전해 준 것이다.

지부장은 의외라는 표정으로 땅문서를 재차 자세히 살폈다. 아무리 살펴보아도 영주의 직인이 찍힌 진짜 땅문서가 분명했다.

'이런 가난뱅이에게 이 정도의 땅이 남아 있었나?'

쥐꼬리만 한 땅이 전부인 줄 알았던 지부장으로서는 전혀 상상도 못 했던 상황이다.

'이 땅만 손에 넣으면 나르스 영지를 얻을 수 있어!'

땅문서를 쥐고 있던 지부장의 손이 떨리기 시작했다. 평소의 지부장이라면 직접 찾아가 조사했을 것이다. 그러나 나르스 영지를 뺏을 수 있다는 생각에 지부장은 흥분했다. 할 수만 있다면 눈앞의 농부를 죽여서라도 뺏고 싶은 심정이었다.

"잠시만 기다려 주게. 확인 좀 하겠네."

"누구는 시간이 남아도는 줄 아시오. 얼마를 대출받을 수 있는지 이야기만 해 주시오. 안 그러면 다른 사람을 찾아 가겠소."

"우리 말고는 땅을 사 줄 수 있는 사람이 없을 텐데?"

"왜 없소! 신부님이 있지 않소. 가뜩이나 며칠 전 일로 기분도 나쁜데 확 가 버릴까 보다."

교회로 가 버리겠다는 말에 지부장을 펄쩍 뛰었다.

"이 사람이 왜 이리 흥분하시는가. 사람이 돈 문제가 걸리면 토닥거리기도 하고 그러면서 친분을 쌓는 거 아니겠나."

지부장은 얼른 벽에 걸린 영지 지도를 살펴보며 땅문서의 땅이 어디에 있는지만 살폈다. 가난뱅이 농부 주제에 자신에게 수작을 부릴 거라고는 상상도 못 한 탓이다.

'대박이다! 우리가 가지려던 그 땅이야!'

땅의 위치를 확인한 지부장은 환호성을 지르고 싶은 심정이었다. 그 땅은 전대 영주가 만드라고라를 발견했다는 위치와 매우 가까웠기 때문이다.

잠시 후 자경대장이 지부장에게 다가와 귓속말로 보고했다.

"수풀이 우거져 있고, 나무의 흔적을 보아 사람의 발길이 닿지 않은 버려진 땅이 분명합니다. 아무래도 오랫동안 놀려 둔 것이 아닌가 싶습니다."

자경대장의 말에 지부장은 헛기침을 하며 농부를 바라보았다. 그러고는 조심스럽게 물었다.

"언제부터 이 땅을 소유하게 되었나?"

"무슨 문제라도 있는 것이오!"

"아니. 너무 궁금해서 그러네. 이렇게 큰 땅을 가지고 있으면서 왜 이자를 납부하지 못했는지 궁금해서 말일세."

지부장은 살살 달래며 농부에게서 답을 얻으려고 노력했다. 그 노력이 통했는지 농부는 별거 아니라는 말투로 입을 열었다.

"어젯밤 장롱에서 찾아냈소. 굶어 죽으라는 법은 없는지 조부님이 애용하시던 장롱을 정리하다가 발견했소. 그래서 돈 줄 거요, 안 줄 거요."

사실 그 땅은 영주가 교회에 영구 임대한 땅이었다. 보통 영지에 교회가 들어서면 영주는 일정한 땅을 교회에 기부한다.

신부가 금전적으로 어려움을 겪지 않도록 교회에서 정한 율법이다. 하지만 교회는 소유가 금지되어 있다.

그런 이유로 교회가 속한 영지의 영주는 영구 임대 형태로 기부하는 형식을 따른다.

아카드는 이런 사정을 파악하고 10년 넘게 버려지고 사용하지 않았던 교회 소유의 땅문서를 손에 넣었다. 여기에는 신부의 협조가 결정적이었다.

거금을 교회에 기부하면서 신부를 완전히 자신의 편으로 만들었기에 가능한 설계였다.

엄청난 크기의 땅.

한 방에 나르스 영지를 집어삼킬 수 있다는 생각에 지부장은 아카드가 던진 미끼를 덥석 물었다.

눈앞에 보물이 아른거리지만, 지부장도 닳고 닳은 상인이다. 절대 표정으로 드러내지 않으며 깐깐한 태도로 농부를 바라보았다.

"워낙 오래된 땅이라 포도 농사를 짓기도 힘들고 쓸데가 별로 없소. 그러니까 너무 큰 기대는 하지 마시오."

지부장은 인상을 찌푸리며 땅의 가치를 깎아내렸다.

"그럼 일어나야겠소. 여기서 빌린 원금과 이자는 오늘내로 갚을 것이니 기다리시오."

농부는 기분 나쁘다는 표정으로 벌떡 일어났다.

"잠시만 기다리시오. 사람 말을 끝까지 들으셔야지."

지부장은 다급히 농부의 옷깃을 잡고 자리에 앉혔다.

어떻게 찾아온 기회인데 다른 곳으로 가다니. 절대 있을 수도, 있어서도 안 되는 일이었다.

지부장은 노련한 상인답게 능구렁이 같이 차분한 표정을 지었다. 절대 상대가 자신의 심정을 알아채지 못하게 가슴을 진정시켰다.

"직원들이 평가한 것이 그렇다는 거고, 처음 하는 거래도 아니고 우리 상단의 단골이신데 우대해드려야지요."

"일주일이면 금방 갚을 수 있으니 걱정 말고 빌려 주시오."

농부는 걱정 말라는 말투로 호언장담했다.

'걸렸구나, 이 멍청한 자식.'

지부장은 '올 게 왔구나!' 라는 심정으로 재빨리 농부에게 물었다.

"만약 일주일 안에 갚지 못하면 어떻게 하겠소?"

"이 땅을 넘기겠소이다."

이 대답을 기다렸다는 듯이 지부장이 회심의 미소를 지으며 얼른 계약서를 가져왔다. 그는 혹시나 농부의 마음이 변할까 싶어 얼른 지장을 찍었다.

"가져와."

맞은편의 사내도 도장을 찍는 것을 확인한 지부장은 과거에 농부와 맺었던 계약서를 확인시켜 주었다. 그러고는 곧바로 찢어 버렸다.

"확인하셨습니까?"

"돈도 주시오."

지부장이 고개를 끄덕이자 자경대장이 자루 하나를 가져왔다. 농부가 펼쳐 보니 금화가 잔뜩 들어 있었다.

"섭섭하지 않게 다른 고객보다 좀 더 넣었습니다. 만족하십니까?"

"이만 가 보겠소."

농부는 미련 없이 자리에서 일어났다. 그러고는 사무실 문을 박차며 나갔다.

"흐흐흐. 이제 일주일만 기다리면 나르스 영지의 주인이 바뀌겠군."

역시 노력은 배신하지 않는다.

지부장은 막상 목표를 이루고 나니 초조해졌다. 좋은 일과 나쁜 일은 항상 붙어 다닌다는 격언이 떠올랐는지 자경대장을 불렀다.

"일단 저 자식을 감시하고, 혹시나 돈 갚으러 올지도 모르니 상단 사무실로 한 발자국도 못 들어오게 막아."

"알겠습니다."

잠시 후 자경대장과 대원들이 사무실 밖으로 향했다.

"절대 한 치의 실수도 용납할 수 없다. 이번 일만 성공하면 촌구석을 벗어나 부상단주로 승진할 수 있을 거야."

지부장의 표정은 세상을 다 가진 것 같았다.

*   *   *

스텐 상단 지부 사무실 맞은편에는 차를 마실 수 있는 작은 가게가 있었다.

찻집에서 느긋하게 차를 마시던 아카드는 한쪽을 바라보며 고개를 끄덕였다. 그는 방금 문을 열고 나온 농부와 눈이 마주쳤다.

'성공했군.'

아카드는 지부장이 자신이 던진 미끼를 물었음을 확인했다.

첫 번째 계획이 성공했으니 두 번째 계획을 실행할 단계.

아카드는 느긋하게 기다리며 다음 계획을 실행할 조력자를 기다렸다.

"이건 범죄예요. 엄연히 사기 교사죄에 해당한다고요."

테디는 맞은편에 앉아 아카드를 노려보았다.

'사기를 사기로 대항하겠다고? 완전 미친 짓이야.'

아무리 스텐 상단이 악행을 저질렀어도 범죄로 처단한다는 것은 테디의 상식에 어긋나는 짓이다.

"그러지 말고 다른 방법을 찾아봐요."

"내 앞에서 어설픈 성선설을 이야기하려거든 그만두시지. 세상은 욕심에 따라 움직인다고 배웠거든."

"그런 말이 어디 있어요."

"역사를 조금만 공부해 봐도 쉽게 알 수 있지. 아, 아카데미 학생이 아니라고 했지? 그래서 순진한 건가?"

아카드는 테디의 말은 들은 척도 하지 않았다. 오히려 테디를 향해 약을 올렸다.

"당신 정말!"

"쉿! 도와줄 손님이 오셨으니 나중에 이야기하자고."

아카드의 말이 끝남과 동시에 한 사내가 테이블로 다가 왔다.

"아카드 님이십니까?"

"블랙마켓 소속인가?"

"만나 뵙게 돼서 영광입니다. 주인님께 당신을 대하듯이 아카드 님을 모시라고 명령받았습니다."

사내는 아카드의 얼굴도 똑바로 못 쳐다볼 정도로 공손한 자세를 보였다.

사내의 정체는 블랙마켓에 속한 도둑이다. 만만한 영주의 성은 순식간에 털어 버릴 정도로 손재주가 뛰어난 사내다.

아카드는 두 번째 계획을 위해 필요한 사람을 요구했다.

"혼자 왔나?"

"총 다섯 명입니다. 사람들 눈에 띨까 봐 아지트에서 기다리고 있습니다."

아카드는 블랙마켓 소속 사내에게 봉투 하나를 내밀었다.

사내는 봉투를 열어 아카드의 계획을 숙지했다. 그는 다 읽은 후 봉투를 태워 버렸다.

"언제까지 실행하면 됩니까?"

"일주일 안에 결과물을 받아 봤으면 하는데. 가능하겠나?"

"이런 촌구석 상단 지부 정도는 누워서 떡먹기입니다. 5

일 안으로 모든 일을 끝내겠습니다."

사내는 자신감 넘치는 표정으로 아카드를 바라보았다. 그는 맡겨만 달라는 말투로 자신 있게 말했다.

"서류에 적힌 약도로 찾아가면 사기당한 사람들의 계약서를 받을 수 있을 거야. 위조업자의 실력은 확실하겠지?"

"마음만 먹으면 다인 왕국의 모든 화폐를 위조할 수 있을 정돕니다. 믿고 맡겨 주십시오."

말을 마친 사내는 찻집을 벗어났다. 사내가 사람들 틈으로 사라지자 테디가 탁자를 두들기며 아카드의 시선을 끌었다.

"설마 제가 생각하는 그거 아니죠?"

"생각하는 게 뭔데?"

"도둑질 사주와 공문서 위조."

"눈치는 빠르네. 어디 가서 굶어 죽진 않겠어."

아카드는 볼일이 끝났는지 일어났다. 기지개를 펴며 걸어가는 아카드 뒤를 테디가 바싹 따라붙었다.

"나랑 이야기 좀 해요."

"아, 배고프다. 맛있는 음식이나 먹으러 가 볼까?"

"지금 밥이 넘어가요?"

"여기에 특별한 음식이 있는데 알고 있어?"

"말 돌리지 마요. 그런 범죄를 저지르고도 음식이 넘어가요?"

"망고 좋아해?"

"망고?"

테디의 얼굴이 확 밝아진다.

"다인 왕국의 특상품인 망고를 못 먹어 봤다니 실망인데?"

"망고맛 주스는 먹어 봤는데."

"여기가 워낙 고온 다습해서 아직까지 싱싱한 망고가 있을지 모르겠네. 상할까 봐 꿀에 절여 놨을라나?"

"꿀에 절여요?"

테디는 의아한 얼굴로 되물었다. 보관을 위해 소금에 절인다는 것은 들어 봤지만 꿀에 절인다는 것은 처음 들어 본 것이다.

"밤꿀에 절인 망고 맛은 일품이지."

테디는 방금 전 화냈던 것도 잊어버릴 만큼 아카드의 입에 집중하고 있었다.

"차와 과일로 유명한 다인 왕국에서는 귀족들이 과일을 오랫동안 먹기 위해 과일을 얇게 잘라서 나무통 속에 차곡차곡 쌓아 놓거든. 그런데 여기서 문제가 생긴 거야."

"어떤 문제요?"

"수분이 빠져 버려서 식감이 떨어진다는 문제점이 발견됐어. 그래서 이에 대처하기 위해 과일을 쌓을 때 사이에 꿀과 생강즙을 뿌려. 그런 상태에서 두 달만 지나면 부드러우면서도 촉촉한 통조림이 될 거야. 한번 먹어 보면 절대 그 맛을 잊을 수가 없지."

테디는 그 맛을 상상하는지 침까지 흘리며 바라보고 있었다.

'네가 음식에 약하다는 사실쯤은 예전부터 알고 있었지.'

잔소리에서 벗어난 아카드는 테디의 입을 가리키며 인상을 찌푸렸다.

"거기 침이나 좀 닦지. 드럽게시리."

아카드의 지적에 테디는 얼른 정신을 차렸다. 그러고는 뭔가 눈치를 챘는지 가재미눈으로 아카드를 째려보았다.

"절 너무 우습게 보는 거 아니에요? 아무리 음식으로 유혹해도 그냥 넘기지 않을 거예요."

"어…… 어?"

테디의 역습에 도리어 아카드가 한 방 먹은 표정이 되었다.

"대신, 나쁜 놈들을 다 잡고 나면 제 부탁 하나 들어주세요."

"어떤 건데?"

"그건……."

테디는 잠시 망설이더니 아카드의 어깨를 툭 치며 달려갔다.

"꿀에 절인 망고를 사 주시면 말씀드릴게요."

아카드가 정신을 차렸을 때 테디는 저만치 앞서가고 있었다.

'당했군.'

아카드는 테디의 뒷모습을 바라보며 당했다는 표정으로 고개를 절레절레 흔들었다.

밤이 흐르고 달의 기운이 절정에 달하는 자정.

스텐 상단 지부에 도둑이 들었다.

그 소식을 듣자마자 지부장은 속옷 차림으로 달려왔다.

예상대로 현금을 모아 둔 금고는 텅텅 비어 있었다.

혹시나 하는 마음에 지부장은 창백해진 얼굴로 계약서를 모아 둔 금고로 향했다. 역시 누군가 금고를 열어 본 흔적을 발견할 수 있었다.

그러나 계약서는 그 자리에 있었다.

만약을 위해 계약서를 세어 보았지만 숫자는 그대로였다.

지부장이 조금만 더 신중했더라도 봉투에 묻은 잉크 자국을 발견할 수 있었겠지만, 계약서가 그대로 있다는 안도감에 지부장은 금고를 닫아 버렸다.

결국 이번 사건은 좀도둑의 침입으로 규정되고 경비를 24시간 강화하는 선에서 조용히 마무리되었다.

Chapter 8.

눈에는 눈, 이에는 이

　나르스 영주 성의 아침.

　침대에서 일어난 로렌스는 머리를 빗고 화려한 드레스로 갈아입었다.

　나르스 영지를 대표하는 초록색의 드레스로 갈아입고 거울을 바라보는 로렌스의 얼굴에는 굳은 각오가 서려 있었다.

　잠시 후 시녀장이 문을 두들겼다.

　"영주님, 식사 준비가 끝났습니다."

　평소에 아침을 먹지 않는 로렌스는 갑자기 식욕이 돌았다.

　'긴장을 해서 그런지 배가 고프네.'

로렌스는 문 앞에서 기다리는 시녀장을 보며 활짝 웃었다.

"준비해 주세요. 오늘은 여러분들과 함께 먹고 싶네요."

나르스 영주인 로렌스는 시녀장을 따라 식당으로 향했다.

"모두 앉아서 같이 먹어요. 지금까지 저를 아껴 주신 분들의 기운을 받고 싶어서 그래요."

"흑흑. 영주님, 약한 소리 하지 마세요."

"반드시 영주님이 이기실 거예요."

오늘은 대영주회의가 열리는 날.

나르스 영지의 모든 가신뿐만 아니라 중요 인사들도 참석하는 가장 큰 행사다.

영지에 일어나는 대소사는 물론이고, 후계자 선정이나 영주의 혼사 같은 중대한 일은 대영주회의를 통해 결정하는 것이 관례다.

'오늘 옥스 영주도 참석한다고 했지? 과연 네놈들 뜻대로 될지 두고 보겠다.'

기사단장이 전해 준 정보에 의하면 역도들의 거사일은 오늘이었다. 곧 있으면 열릴 회의에서 자신이 보유한 토지를 문제 삼아 영주의 자리에서 끌어내릴 계획을 세우고 있다는 것이다.

그동안 영주 성에 갇혀 있던 영주와 깊은 교감을 나눈 시녀들이 눈물을 흘리며 흐느끼고 있었다.

"아버지를 보고 싶어."

"저를 따라 오세요."

식사를 마친 로렌스는 시녀장의 안내를 받아 조상들이 잠들어 있는 납골당으로 향했다.

그동안 영주 성을 감시하던 기사들이 로렌스를 따라다녔다.

가는 길에 낯익은 가신들이 영주를 보며 비웃었다. 아버지가 살아계실 때는 자신에게 굽실거리던 자들이다.

"살아생전에는 그토록 아비를 증오하더니, 영주로서의 마지막 날이 될 거 같으니 없던 그리움이라도 생긴 거요?"

납골당으로 가는 길목에 지부장의 비린 웃음소리가 들렸다. 아마 따라다니는 기사들이 자신의 행적을 알린 것으로 보였다.

로렌스는 스텐 상단의 지부장을 무시하며 납골당 안으로 들어갔다.

얼마나 오랫동안 방치되었는지 사방이 먼지로 자욱하다. 전대 영주의 유골이 위치한 방의 문을 열자마자 매캐한 냄새가 코를 찔렀다.

방 안에는 유골함과 함께 네잎 클로버가 그려진 휘장이 길게 늘어져 있었다.

로렌스는 미리 준비한 국화 한 송이를 유골함 앞에 두었다. 그러고는 두 손을 모아 눈을 감고 고개를 숙였다.

　자신을 감시하던 기사들은 여기까지 따라와 건들건들 지루한 듯이 몸을 움직였다.

　"잠시만 자리를 비켜 줘. 아빠랑 둘이 할 이야기가 있거든."

　"저희도 영주님의 명령을 따르고 싶지만 다른 곳에 매인 몸이라 이해해 주시오."

　"잠깐 술이라도 한잔 하고 있으면 안 되겠나?"

　금화가 담긴 주머니를 내밀자 기사들이 서로의 눈치를 보더니 자리를 비켜 주었다.

　로렌스는 아버지의 유골함 앞에 무릎을 꿇었다. 그녀는 간절한 표정으로 아버지의 이름이 적힌 명패를 바라보았다.

　"저는 아빠를 증오했어요. 유일한 자식인 저를 버리고 젊은 여자를 선택한 당신의 판단을 도저히 이해할 수 없었습니다. 도저히 이해할 수가 없었지요."

　로렌스 영주는 소매로 눈을 문지르며 떨리는 목소리를 이었다.

　"이제는 당시의 선택이 자의가 아니고 스텐 상단의 계략이었다는 사실을 알게 되었지만 아직도 당신을 용서하지 못하겠습니다. 그러니까…… 그러니까…….”

그녀는 울음을 참기 위해 어금니를 꽉 다물며 아버지의 이름이 적힌 명패를 노려보았다.

“당신이 정말 미안함을 느낀다면 오늘 힘을 주세요. 그래서 당신을 그렇게 만들고, 내가 평생 당신을 증오하게 만든 그들을 벌할 수 있도록 도와줘요.”

한참을 기도하던 로렌스 영주는 천천히 몸을 돌렸다. 처음 들어왔을 때와는 달리 돌아선 그녀의 눈빛에는 전쟁터의 장수 못지않은 비장함이 감돌았다.

＊　　　＊　　　＊

2년 전부터 영주는 활동하지 않았다.

내부적으로는 스텐 상단과 그들에게 포섭된 가신들의 계략 때문이었지만, 사정을 모르는 외부에는 어리고 약한 영주로 비춰졌다.

회의장에 모인 대다수의 인물들이 영주의 나약함을 질책하고 있다. 그나마 중립적인 자세를 취하는 가신들의 마음까지 돌리려는 계산이 깔려 있었다.

“제가 몇 번을 말하지 않았습니까? 지금 영주는 너무 여리고 약하다고. 우리 영지가 힘을 얻기 위해서는 여기 계신 옥스 영주님과 합쳐야 합니다."

"지금 그걸 말이라고 하시오! 영지를 이웃 영주에게 갖다 바치다니. 가신으로서 할 말이 있고, 못 할 말이 있지!"

아직 영주에게 충성을 바치는 소수파가 곧바로 반박하고 나섰다.

"내가 틀린 말을 했소? 전쟁으로 어수선한 상황에서 우리가 살아남으려면 강한 영주가 필요하다는 말에 반박할 수 있으면 해 보시오!"

스텐 영주에게 포섭당한 가신이 열을 내며 좌중을 선동했다.

"아니, 가신이라는 놈이 뭐하는 짓이냐!"

"말 놓지 마시오! 누구는 반말할 줄 몰라서 참는 줄 아나."

양측은 서로 인신공격까지 서슴지 않았다. 완전 시장판이 따로 없었다.

쾅!

회의장의 소란스러움에 신부가 지팡이를 내리쳤다.

"우리가 이곳에 모인 것은 나르스 영지의 발전을 위해서라는 것을 잊은 것이오?"

"신부님, 의견을 나누다 보면 목소리가 높아질 수도 있지, 성직자답지 않게 뭐 그리 화를 내시오?"

"지부장은 이 상황이 정상적으로 보입니까?"

"저는 신부님이 왜 화를 내시는지 이해할 수가 없습니다. 제가 보기에는 많은 분들이 영지를 걱정하는 것으로 보입니다만."

스텐 상단의 지부장이 능구렁이 같은 표정으로 신부를 쳐다보았다.

"주여."

신부는 의자에 등을 기댄 채 느긋한 표정으로 웃고 있는 지부장을 보자 속에서 열불이 치솟았다.

'이놈들, 조금 이따가도 그런 표정을 지을 수 있는지 두고 보자.'

원래 그는 영지의 일에 전혀 관심이 없었다.

그러나 아카드를 만나게 되고, 추기경이 될 때까지 자금으로 밀어 주겠다는 약속에 교회의 신부는 영주의 편으로 돌아섰다.

어떻게 해서든 나르스 영지를 지켜야 하는 이유가 생겨버린 신부의 눈에 지부장과 지부장 편에 선 가신들은 악마보다도 더 원수처럼 비춰졌다.

'아카드라는 청년을 만난 것은 신의 계시다. 성기사단을 요청했으니 조금만 기다려라. 내 손수 이단자들을 처치하리라.'

신부는 자신이 준비한 비책을 떠올리며 주름 가득한 손
가락에 힘을 주었다.

＊　　　＊　　　＊

영주 성 회의실에서 가신들이 갑론을박을 벌이며 소동을
피우는 사이 하늘은 어두워지고 나르스 성벽 바깥은 쥐새
끼 한 마리도 얼씬거리지 않을 만큼 고요했다.

변화무쌍한 다인 왕국답게 하늘에서는 먹구름이 별과 달
을 지워 버리며 폭우라도 쏟아질 것만 같았다.

"졸지 말고 정신 똑바로 차려."

"대장님, 하늘을 보니 폭우라도 쏟아질 거 같은데 이거
어떠십니까?"

보초를 서던 자경대원 하나가 술잔을 들이키는 손짓을
보내며 장난쳤다.

"이 자식, 죽고 싶으냐? 이럴 때일수록 정신 바짝 차려
야 한다."

"대장님, 적들도 사람입니다. 포도 농장밖에 없는 농지
에 뭘 뺏어 갈 게 있다고 쳐들어오겠습니까?"

"그래도 이놈이!"

자경대장이 눈을 부라리자 대원들은 시무룩한 표정으로

자신이 맡은 곳을 향해 걸어갔다.

"그럼 수고하도록."

경비대장은 대원들의 모습에 피식 웃으며 자신의 숙소로 향했다.

대원들의 말대로 이곳에 쳐들어올 정신 나간 적들은 존재하지 않았다.

방어력이 강해서도 아니고, 병사들이 용맹해서도 아니다.

쳐들어와 봐야 탐낼 만한 자원이 없는 것이다. 숲이 무성해야 할 산은 부끄러울 정도로 벌거벗은 상태고, 변변한 농산품 하나 생산되지 않는 곳이 이곳이다.

그렇다고 요즘 떠오르고 있는 와인을 훔치자니 포도도 수확하지 않은 상태에서 저장 창고에 가 봤자 빈 술통만 나뒹구는 상태.

엄청난 군비를 들여서 나르스 영지를 얻어 봤자 손해만 늘어날 뿐이다.

"잠이나 푹 자 볼까?"

숙소에 도착한 자경대장은 갑옷을 벗고 침대에 그대로 누워 버렸다. 침대 아래에 숨겨 둔 와인병을 꺼낸 경비대장은 한 병을 다 마시더니 그대로 곯아떨어졌다.

얼마나 잠들어 버린 걸까?

경비대장은 바깥에서 들려오는 비상 종소리에 잠에서 깨

벌떡 일어났다.

'어떤 놈이 장난친 건가? 잡히기만 해 봐.'

경비대장은 갑옷도 걸치지 않고 씩씩거리며 바깥으로 나갔다. 성문 계단을 밟고 올라가려는 순간 대원 하나가 혼비백산한 얼굴로 내려왔다.

"대장님! 큰일 났습니다."

"무슨 일이기에 이렇게 소란스러운 것이냐!"

경비대장은 얼마나 화가 났는지 대원의 멱살을 쥐며 소리쳤다.

"성 밖에 적이 쳐들어왔습니다!"

"뭐? 적이 쳐들어와? 지금 나랑 장난하냐?"

"정말입니다. 올라가 보십시오."

경비대장은 대원의 말에 미심쩍은 표정으로 계단을 올라갔다. 그러고는 성 밖이 훤히 보이는 망루로 올라갔다.

"저들이 누구냐! 감히 어떤 놈들이 나르스 영지를 쳐들어온 것이냐!"

경비대장이 망루로 올라가 살펴보니 부하의 말대로 백명에 달하는 기사들이 성 밖에 포진되어 있었다.

*　　　*　　　*

경비대장은 동요하는 대원들을 안심시켰다.

지금은 적들의 정체를 먼저 파악해야 하는 상황. 경비대장은 성벽 중앙으로 내려와 큰 소리로 외쳤다.

"난 나르스 영지의 자경대장이다. 네놈들은 어디서 온 녀석들이냐!"

자경대장이 큰 소리로 외쳤다. 그러면서도 자경대장의 머릿속에는 별의별 생각이 다 들었다.

'옥스 영지 놈들이 배신을 때렸나?'

자신이 알기로 오늘 나르스 영지는 옥스 영지에 편입될 예정이었다. 그로 인해 옥스 영주도 영주 성에 가 있는 상태다.

'혹시 영주의 안전을 위해 도착한 기사들인가?'

곰곰이 생각을 해 보니 자신의 생각이 맞는 거 같았다.

'우리도 곧 옥스 영지 기사가 될 사람들이니 무례를 범하면 큰일 난다.'

만약 저들이 옥스 영지의 기사들이라면 자신의 상관이 될 사람들이다. 그렇다는 것은 지금 잘 보여야 기사단 생활이 편하다는 것을 의미했다.

"혹시 옥스 영지에서 오신 분들이오?"

자경대장의 말투가 공손해졌다.

그러자 말을 탄 기사 하나가 성문 가까이로 다가왔다.

"우리는 옥스 영주님을 보호하는 호위 기사들이다. 얼른 문을 열고 우리를 맞이하라!"

경비대장은 가까이 온 기사를 자세히 보았다. 어둠이 깔려 있어 옥스 영지의 상징인 황소를 볼 수는 없었지만 기사의 상태는 확인할 수 있었다.

'역시 옥스 영지의 기사답구나. 여기서 봐도 그들의 예기를 느낄 수가 있다니. 나도 곧 저렇게 될 수 있을 것이다.'

자경대장은 대륙을 가로지르며 용맹을 펼칠 자신의 모습을 상상했다. 그의 행복한 상상은 부하가 옆구리를 찌를 때까지 계속되었다.

"대장님, 옥스 영지 기사가 온다는 소식은 없었는데, 어떻게 해야 합니까?"

"어떻게 하긴, 얼른 달려가 문을 열어라. 괜히 막아섰다가 윗분들이 아시면 경을 칠 것이다."

"정말 괜찮겠습니까?"

"내가 책임진다. 문을 열어라!"

잠시 후, 문이 열리고 백 명에 달하는 기사들이 전부 성문을 통과했을 때 자경대장이 양손을 모으며 공손하게 걸어왔다.

"나르스 영지에 오신 것을 환영합니다. 저는 자경대장

인……."

스윽.

제일 앞에 있던 기사의 칼이 순식간에 나타났다가 사라
졌다.

떼구르르.

엄청난 피를 뿜으며 자경대장의 목이 상체와 분리되었
다. 자경대장은 아직도 영문을 모르겠다는 표정으로 눈을
부릅뜬 채 목이 잘렸다.

"우리는 신의 뜻을 받드는 성기사단이다. 오늘 교회의
것을 탐내는 무리를 처단하러 왔으니 항복하지 않으면 모
두 신의 벌을 받을 것이다."

자경대를 이끄는 대장은 기사의 칼질 한 번에 목숨을 잃
은 상황.

눈앞에 서 있는 기사들의 압도적인 무력과 서슬 퍼런 기
세를 보니 이길 희망이라고는 전혀 보이지 않았다.

툭! 툭!

앞에 서 있던 자경대원들이 손에 든 무기를 땅바닥에 내
려놓기 시작했다. 앞사람의 행동에 나머지 자경대원들도
손에 들고 있던 무기를 버리고 손을 하늘 위로 들었다.

기사들 사이에서 검은 머리의 청년과 황금색 머리카락을
가진 청년이 말에서 내렸다.

"어이가 없네요. 이 정도 숫자라면 다섯 배의 적도 상대할 수 있을 텐데."

"유능한 부하 백 명보다 무능한 장수가 더 무섭다는 말이 이래서 생겨난 거야. 그러니까 넌 나 같은 상사를 둔 것에 대해 감사해야 해."

"퍽이나 그러시겠죠!"

두 청년의 이름은 아카드와 테디.

테디는 입을 쭉 내밀며 고개를 돌렸다.

아카드는 수성의 이점을 버리고 너무나 쉽게 항복해 버린 자경대원들을 싸늘한 눈빛으로 바라보았다.

"썩어도 너무 썩었군. 재기하는 게 만만치 않겠어."

아카드는 로렌스의 얼굴을 떠올리며 안타깝다는 표정을 지었다.

"아카드 공자 덕분에 손에 피 한 방울 묻히지 않고 들어왔소이다."

성기사를 이끌고 온 수장, 안데르센 2세가 아카드에게 감사의 눈빛을 보냈다.

전날 새벽기도에 참석한 아카드는 신부와 은밀한 거래를 나누었다. 그 자리에서 엄청난 기부금과 블랙마켓이 쥐고 있는 인맥을 보여 주며 그가 추기경이 될 수 있도록 밀어주기로 약속을 맺었다.

그것이 가능했던 이유는 아카드가 자신의 신분을 밝혔기 때문이다.

해적왕 모건 백작의 아들.

그 이름 하나만으로 신부는 쉽게 넘어왔다. 약속의 증표로 지장을 찍은 계약서까지 내미는 아카드의 모습에 넘어가지 않을 수 없었다.

신부는 그 자리에서 교회에서 사용하는 비상 연락 구슬로 구조 요청을 보냈다.

그리고 일주일 후.

블랙마켓 요원들의 안내를 받은 아카드와 테디는 성벽의 개구멍을 통해 바깥으로 빠져 나갔다.

성벽에서 한 시간 떨어진 곳에서 자신을 기다리는 성기사와 합류한 뒤 아카드 일행은 그들과 함께 성문으로 당당히 들어왔다.

"이제는 어떻게 할 생각입니까?"

"누군가 도망친 사람이 있을지 모르니 인원을 나누어 한쪽은 반역자들을 잡아들이고 나머지는 서둘러 회의가 끝나기 전에 영주 성에 도착해야 합니다."

"함께 갑시다."

성기사단을 이끄는 안데르센 2세는 성기사들에게 명령을 내렸다.

나르스 영지민들은 한밤중에 일어난 소동에 어리둥절했다.

몇몇 사람들은 바깥으로 나와 처음 보는 기사들을 보며 신기한 듯이 다가오기도 했다.

만약 성기사단장이 호통을 치지 않았다면 영주 성까지 쫓아갔을 것이다.

아카드와 성기사단 일행의 시야에 영주 성이 들어왔다.

"이제 마지막 축제가 남았군."

아카드가 입가를 말아 올렸다.

하늘에 잔뜩 낀 먹구름들은 어느새 사라지고 초롱초롱한 밝은 달빛이 성기사단 일행을 바라보고 있었다.

*　　*　　*

납골당에서 돌아온 로렌스는 회의장을 향해 걸어가고 있었다. 영지 안에 있는 모든 것이 자신의 것이니 익숙해야 하는 길임에도 불구하고, 회의장으로 향하는 길은 낯설게 느껴졌다.

드디어 결전의 시간이 다가왔다.

자신이 죽든지, 적들이 죽든지 선택의 시간이었다.

조금만 지나면 나르스 가문이 영지의 번영과 영광을 위

해 계속 나아갈지, 적들에게 영지를 뺏기고 죽을지가 결정될 것이다.

회의실 문이 가까워질수록 로렌스 폰 나르스의 가슴은 점점 뜨겁게 달아오르고 있었다.

로렌스가 거대한 문 앞에 다다르자 양쪽에 있던 기사들이 큰 소리와 함께 굳게 닫힌 문을 열어 준다.

"영주님 납시오!"

커다란 문이 활짝 열리고 화려한 불빛과 사람들이 하나둘씩 나타났다.

가장 먼저 가신들이 눈에 들어왔고, 이어서 식솔들, 교회의 신부와 사제들, 그리고 득의양양한 표정으로 앉아 있는 스텐 상단의 지부장도 눈에 들어왔다.

또한 예의에 어긋나게도 남의 영지 회의에 옥스 영지의 영주가 떡하니 찾아와 자신이 주인인 양 반대편에서 로렌스를 주시하고 있었다.

로렌스는 붉은 카펫이 깔린 바닥에 한 발 내디뎠다. 그녀는 남자들보다 더 씩씩한 발걸음으로 영주의 자리에 앉았다.

회의장에 앉아 있는 수많은 사람들이 로렌스의 입이 열리기만 기다렸다.

"오랜만에 뵙겠습니다. 감옥과 같은 방에만 갇혀 있다가 여러분들의 모습을 보니 숨이 좀 트이는 거 같습니다."

로렌스는 모여 있는 이들을 하나하나 둘러보며 미소를 지었다.

"우선⋯⋯."

"영주님께 묻고 싶은 것이 있습니다."

방금 전, 스텐 상단에 포섭되어 영주를 욕하고 옥스 영지에 편입되어야 한다고 주장한 가신이 영주의 말을 끊었다. 다른 영지에서는 상상할 수도 없는 행동이다.

"말씀하세요."

"영주님이 소유하고 계신 땅이 50%가 안 된다는 소문을 들었습니다. 이에 대해 영주님의 답변을 듣고자 합니다."

교회의 신부는 물론 소수의 가신들이 삿대질을 하며 들고 일어났다. 그러나 회의실에 있는 대부분의 사람들은 영주를 바라보며 그 답변을 들어야겠다는 눈빛을 보냈다.

"잘못된 소문입니다."

"증명할 수 있습니까? 영지의 주인이 바뀔 수도 있는 중요한 사항이라 여기 계신 모든 분들이 궁금해하고 있습니다. 진정한 영지의 주인이라면 반드시 밝히고 넘어가야 한다고 생각합니다."

가신의 행동에 로렌스는 부들부들 떨리는 자신의 손을 붙잡았다. 하지만 그녀는 강한 어조로 다시 한 번 말했다.

"제가 잘못된 소문이라고 하는 말, 듣지 못했습니까?"

"글쎄요. 이 사항에 대해서는 똑똑하시고 영지를 위해 많은 일을 하시는 스텐 상단 지부장님의 의견을 들어 봤으면 합니다만."

"옳소! 지부장님의 말을 들어 봅시다."

여기저기서 가신들이 지부장을 연호했다. 신부와 몇몇 가신들이 소리쳐 보지만 대부분이 지부장에게 포섭된 상태라 소수파의 의견은 금방 묻혀 버렸다.

나머지 중립을 지키던 가신들은 이런 혼란스러운 분위기 속에 어떻게 행동해야 할지 종잡을 수가 없는 표정이다.

"안녕하십니까. 스텐 상단의 지부장을 맡고 있는……."

탁!

지부장이 능글능글한 표정으로 입을 여는 순간 로렌스 영주가 부채를 내려치며 말을 끊었다.

"지부장, 제가 이야기하라고 허락하지 않았습니다."

"저는 여기 계신 가신분들을 대신해……."

"제가 허락하지 않았다고 했습니다!"

로렌스 영주의 목소리가 날카롭게 회의실에 울려 퍼졌다.

"당신이 뭘 준비했고, 어떤 걸 가져왔는지 모르겠지만 회의가 끝날 때까지 제 허락 없이는 한 마디도 할 수 없습니다."

강하게 나오는 영주의 모습에 지부장은 억지스러운 웃음을 보이며 자리에 앉았다.

'건방진 년! 감히 나에게 망신을 줘? 네년이 회의가 끝난 후에도 그딴 소리를 하는지 두고 보자.'

지부장은 어금니를 깨물며 로렌스 영주를 노려보았다. 로렌스 영주를 바라보는 지부장의 눈에는 적의와 음탕함이 뒤섞여 있었다.

"여러분이 궁금하게 생각하는 저의 토지 보유량을 밝히기 전에, 영주의 권한으로 공개 재판을 열고자 합니다."

"재판이라니, 그 무슨 엉뚱한 행동입니까?"

"영주가 주관하는 공개 재판은 제 고유의 권한입니다. 엉뚱한 행동이 아니지요."

웅성웅성.

갑자기 회의장 안이 소란스러워지기 시작했다.

영주의 엉뚱한 소리에 가신들의 동요는 쉽게 가라앉지 않았다.

'내게 충성하는 사람이 이렇게 적었단 말이야?'

위기가 닥쳐야 진정한 친구가 가려진다는 말이 있다.

가신들의 절반 이상이 스텐 상단에 포섭된 상태였다. 그들은 자리에서 일어나 맹렬하게 영주를 비난하고 있었다.

로렌스는 자신을 욕하는 가신들과 그 배후에 있는 지부

장을 노려보며 착잡한 마음이 들었다. 예상은 했지만 자신의 편에 서서 자신을 보호해 주는 사람들의 숫자는 너무나 미약했다.

그나마 영주의 의견에 귀 기울여 주던 중립적인 신하들도 서로 눈치만 보고 있었다.

소란은 쉽게 가라앉지 않았다. 이러다가 회의가 끝날 때까지 가신들끼리 고함만 치다 끝날 기세다.

지부장은 자신의 편에 선 대부분의 가신들에게 진정하라는 신호를 보냈다.

'그래. 죽은 사람 소원도 들어준다는데 마지막으로 영주 노릇 한번 해 보시겠다? 허락해 주지.'

지부장의 손짓 한 번에 소란은 거짓말처럼 사라졌다. 이 영지의 진짜 실력가가 누군지 제대로 보여 주는 장면이다.

"도대체 무슨 재판을 하겠다는 거요? 이야기나 들어 봅시다."

지부장은 가소롭다는 목소리로 질문했다.

"근래에 순진한 영지민들에게 사기를 치고 다니는 흉악한 범죄자가 있다고 들었습니다. 땅을 담보로 돈을 빌려 주고 상식에 어긋나는 엄청난 이자를 매겨 땅을 강탈하는 강도라고 하더군요."

"영주는 말을 조심하시오! 강도라니!"

"지부장께서는 강도 사건과 무슨 관련이 있으십니까?"

로렌스는 시치미를 뚝 떼고 태연한 표정으로 지부장을 바라보았다.

"영주께서 뭔가 잘못 알고 계신 모양인데, 그 땅은 우리가 정당한 절차를 거쳐 매입한 것이요."

"그래요? 상황을 보아하니 스텐 상단이랑 연관이 있는 것 같군요?"

"여러분들, 저 영주의 말을 들으셨습니까? 무능한 영주를 대신해 제가 상단의 손해도 감수하면서 굶어 죽는 농민들에게 저리로 돈을 빌려 줬더니 강도라고 합니다. 어떻게 생각하십니까?"

지부장의 말이 끝나기가 무섭게 가신들이 불같이 일어났다. 그들은 영주에게 손가락질까지 해 대며 지부장에게 사과하라고 난리다.

"지부장은 사람들을 선동하지 마시고 자리에 앉으세요. 억울하면 재판에서 무죄를 증명하면 될 거 아닙니까? 뭐 찔리는 거라도 있나요?"

영주의 말에 지부장은 붉으락푸르락하는 얼굴로 코웃음 친다.

'네년이 무덤을 제대로 파는구나. 가난뱅이 몇몇이 몰래 고소라도 한 모양인데 두고 보자.'

지부장은 슬그머니 자리에 앉아 비릿한 웃음을 영주에게
날렸다.

"좋습니다. 어디 그 잘난 증인이라는 인물들 얼굴이나
구경해 봅시다."

지부장의 대답에 옆에 있던 상단 직원이 걱정스러운 눈
빛으로 귓속말을 보낸다.

"지부장님, 지금 분위기에서 농부들이 들어오면 역풍을
맞을 수도 있습니다."

"걱정할 필요 없어. 바깥에 있는 기사들이 우리 편이라
는 걸 잊어버린 거냐? 어차피 입김 한 번에 도망갈 놈들이
니 이곳에 한 발자국도 들여놓지 못해."

지부장은 자신만만한 표정으로 직원에게 말했다.

지부장의 말대로 성을 지키고 있는 기사들은 전부 상단
에 매수된 가신들 소유의 기사들이다. 그들은 오직 지부장
의 명령만 듣는 이들이기에, 지부장은 고소장을 제출한 농
민들이 영주 성에 절대 들어오지 못할 것을 확신했다.

＊　　　＊　　　＊

삼 일 전.

농민 푸룬은 70세가 다 된 나르스 영지의 토박이였다.

푸룬은 얼마 전 선술집에서 맥주를 마시며 친구들에게 이상한 소문을 들었다.

스텐 상단에게 사기를 당해 땅을 뺏긴 사람들을 모아서 소송을 준비하고 있다는 것이다. 이 소문은 영지민들 사이에 빠르게 퍼졌다. 며칠이 지나고 땅을 뺏긴 주변의 지인들이 자신을 찾아왔다.

사기당한 계약서를 모아 소송을 걸자는 지인들의 권유에 푸룬의 고민은 깊어졌다. 잘못하면 자경대원들에게 맞아 죽을 수도 있는 상황이기에 한 집안의 가장인 푸룬은 온 가족을 불렀다.

농장 일을 돕는 아들들과 며느리들, 손주들 앞에서 푸룬은 소송에 관한 이야기를 나누고 있었다.

"바깥에서 사기를 당한 영지민들이 소송을 준비한다는 소문을 들어 봤겠지? 나에게도 함께해 달라는 요청이 들어왔는데 너희들의 생각은 어떠냐?"

"이래 죽으나 저래 죽으나 마찬가지 아닙니까? 남들은 계란으로 바위 치기라고 할지라도 이대로 당할 수만은 없는 노릇입니다."

"저도 형님의 의견에 찬성입니다. 다만 아버지께서 걱정하시는 대로 가족들의 안전이 확보된 후에 움직여야 할 겁니다."

두 아들들은 푸룬의 결정에 따르겠다는 의사를 표시했다. 다만 가족들의 안전이 우선이라는 작은 아들의 말에 푸룬도 고개를 끄덕였다. 자신도 같은 생각이다.

"가족의 안전이 보장된다고 하면 어떻게 하겠느냐? 보복을 당할지도 모르는데 괜찮겠느냐?"

"어차피 여긴 곧 옥스 영지로 넘어간다는 소문이 파다합니다. 그렇게 되면 저희들은 전부 노예가 될 게 뻔하지 않습니까? 그 전에 발악이라도 해 봐야지요."

"저도 상단 부근에서 옥스 영주가 도착한다는 소문을 들었습니다. 이럴 때 외부의 도움이라도 받을 수 있으면 좋으련만."

푸룬은 아들들의 반응에 고개를 숙여 남들이 듣지 못하게 은밀하게 속삭였다.

"우리 영지를 돕기 위해 교회의 성기사들이 몰려온다고 하는구나. 나는 저들과 함께 내 땅과 영지를 지키려고 한다. 너희들이 이 애비를 도와주겠느냐?"

어차피 죽을 날이 다다른 푸룬은 자신의 땅을 뺏길 마음이 눈곱만큼도 없었다. 이곳은 삶의 터전이고 자신의 전부다.

주변의 이웃들이 오전에 찾아와 스텐 상단의 횡포에 맞설 것을 권유했다. 대부분의 영지민들이 이와 같은 생각을 가지고 있는 듯했다.

푸른은 못 배우고 무식한 농부이지만, 세월의 힘은 무시할 수 없었다. 그 덕분인지 영지 돌아가는 상황을 보고 있자니 스텐 상단의 수작이 눈에 훤히 보였다.

땅을 빼앗고, 빼앗은 땅을 무기로 영지를 강탈하는 게 그들의 속셈이었다.

만약 소송을 통해 자신들이 이기고 그 힘을 어린 영주에게 몰아준다면, 미래는 조금 더 밝아질 수 있었다.

전대 영주의 성격과 인격을 물려받은 현재의 영주가 자신에게 힘을 몰아준 영지민들을 외면하지 않을 것이라는 확신도 있었다.

이대로 가만히 있으면 꼼짝없이 옥스 영지의 노예로 팔려 갈 상황에 모험을 해 볼 이유는 충분했다.

푸룬은 굳은 표정으로 가족들을 바라보며 고개를 끄덕였다.

"이제 결정을 내려야겠구나. 이 아비의 결정을 받아들이겠느냐?"

자식들뿐 아니라 며느리와 귀여운 손자와 손녀들의 시선까지 푸룬의 입에 집중이 되었다.

"나는 저들과 함께 스텐 상단의 포악한 행위를 신고하려고 한다. 나를 믿고 따라 주기 바란다. 절대 실망시키지 않게 하겠다."

농민 푸룬은 사기당한 계약서를 가져와 소송의 행렬에 동참하기로 했다.

그리고 삼 일 후, 농민 푸룬은 노구를 이끌고 성기사단 뒤에서 영지민들과 함께 영주 성으로 향했다.

*　　*　　*

"오늘따라 왜 이렇게 길어지지?"

"그러게. 저 옆의 선술집에 새로운 아가씨가 왔다고 하던데. 보고 싶어 미치겠네."

"자네 마누라는 어쩌고? 또 독수공방시키려고 그러나?"

"그런 소리 말게. 자고로 가장이란 여편네에게 돈만 꼬박꼬박 전해 주면 의무를 다하는 걸세."

"예끼! 이 사람아. 하하하."

영주 성을 지키던 기사들은 지루한 일상에 하품을 해 대며 얼른 대영주회의가 끝나기만을 기다렸다.

그들이 농담을 주고받으며 웃고 있을 때 앞에서 수상한 무리들이 나타났다.

"웬 놈들이 영주 성으로 접근 중이다!"

처음에는 몇 명 되어 보이지 않던 무리들의 모습이 점점 불어나면서 몇백은 되어 보였다. 말을 타고 오는 자들과 그 뒤를 따르는 무리들의 손에는 무기 대신에 각양각색의 농기구들이 들려 있었다.

딱 봐도, 좋은 뜻으로 접근하는 무리들처럼 보이지 않았다.

"저것들 누구야?"

"그러게. 못 보던 인물들인데?"

"아무래도 영주 성에 쳐들어온 인물들 같습니다."

"아이, X! 퇴근 시간도 얼마 남지 않았는데 이게 무슨 난리지?"

바닥에 퍼질러 앉아 영주 성 앞을 지키고 있던 자들이 먼지를 털어 내며 일어났다.

그들 무리 중 하나가 큰 소리로 외쳤다.

"웬 놈들이냐! 정체를 밝혀라."

말을 탄 기사들 뒤에서 젊은 영지민 하나가 앞으로 나와 영주 성을 향해 소리쳤다.

"이 나쁜 놈들! 억울한 일을 호소하기 위해 찾아온 우리를 두들겨 패고 쫓아낸 놈들아, 오늘 천벌을 받을 것이다!"

"천벌을 받을 것이다!"

청년은 영주 성을 지키던 기사에게 대뜸 저주를 퍼붓기 시작했다. 그러자 성기사 뒤에 따르던 영지민들도 목청을 높여 청년의 말을 따라 한다.

"저것들 누구야?"

"얼마 전에 영주 성에 들어가려다가 쫓겨난 녀석 같은데? 저 녀석들이 아직 쓴맛을 못 본 모양이군."

영지성을 지키던 기사들이 무리들을 자세히 바라보니, 낯익은 자들 몇몇이 눈에 들어왔다.

"근데 저 기사들은 누구지? 외부인이 방문한다는 소문은 듣지 못한 거 같은데?"

"행색을 보니 평범한 자들 같지는 않은데?"

성기사단을 이끄는 안데르센 2세가 묵직한 목소리로 칼을 뽑아 들었다.

"신이 정한 법칙을 어기고 악마의 노예가 돼서 주군을 배신한 놈들이다. 쳐라!"

안데르센 2세가 광기에 찬 눈빛으로 부하들에게 소리쳤다.

"우와아!"

영주 성 입구에서 기사들과 성기사들이 부딪쳤다.

곳곳에서 핏물이 흐르며 비명 소리가 울려 퍼졌다.

농민들도 낫과 곡괭이를 들고 원수들을 향해 달려들었다.

"이놈들이!"

아무리 놀고먹는 기사라고 할지라도 그들의 근력과 검술은 일반인들과 비교하는 것 자체가 무의미할 정도로 뛰어나다.

그러나 다인 왕국 최고의 무력이라고 평가받는 성기사들의 합류에 수적인 열세까지 겹치자 점점 무너졌다.

몇몇 기사들이 벽을 등지고 좁은 통로에서 저항을 해 보지만 위태로워 보인다.

"벌레만도 못한 놈들이!"

벽을 등진 기사들이 농민들의 거센 저항에 화가 났는지 긴 칼을 휘두르며 달려갔다.

"푸룬 영감! 조심해!"

기사의 칼이 머리가 허연 노인의 머리에 닿으려는 순간 저 멀리서 엄청난 화염구가 기사의 몸을 휘감았다.

"으악! 뜨거워! 살려 줘!"

푸룬의 머리를 가르려던 기사는 엄청난 화염이 자신의 몸을 덮치자마자 녹아내렸다.

엄청난 화력과 기세다.

"막아라! 어떻게 해서든지 역적들이 영주 성 안으로 들어가지 못하게 막아야 한다!"

"누구보고 역적이라고 하느냐. 역적은 바로 네놈이 아니냐!"

화난 농민들이 고함친 기사를 향해 농기구를 들고 달려들었다.

하지만 좁은 입구를 사수하며 막아 내는 기사들의 솜씨는 보통이 아니었다. 엄청난 훈련을 받았거나 뛰어난 능력을 가진 것은 아니지만, 오랜 기간 단련된 검술이 그들에게 남아 있었다.

"일단 입구를 막아라! 시간을 벌어야 한다."

억지로 영주 성을 잠그려는 기사들과 막으려는 농민들 사이에 엄청난 힘겨루기가 계속되고 있었다.

"이제 밥값을 해 주셔야겠습니다."

"저희 임무는 위협만 가해 달라는 거였습니다만?"

푸룬 영감의 목숨을 구한 아카드와 안데르센 2세가 멀리서 싸움을 지켜보았다.

지키려는 자와 뚫으려는 자의 치열한 다툼.

아카드는 밤하늘을 바라보며 안데르센 2세에게 성기사단의 출전을 요구했다.

"살면서 매번 밥만 먹을 수 있습니까? 빵도 먹고, 굶기도 하고, 그러면서 사는 거지요."

"우리는 신을 모시는 성기사요. 내려진 명령 이외에는 따를 수 없소."

아카드와 신부가 맺은 약속은 성기사단들이 성 밖에서

위협만 가해 주는 것이다. 나르스 영지의 모든 무력들이 성벽에 몰리는 사이 농민들을 이끌고 영주 성을 탈환한다는 것이 원래 계획이었다.

"아카드 공자, 우리는 추기경께서 내리신 명령 이외에 어떤 명령도 듣지 않습니다."

싸움은 길어지고 생각과는 다르게 격렬한 저항을 하는 기사들을 보자 아카드의 마음은 급해졌다. 아카드는 뭔가 결심한 듯이 기사단장을 보며 입을 열었다.

"악마의 물건을 가진 자가 영주 성 안에 있다고 해도 말입니까?"

"악마의 물건?"

성기사단장이 투구를 천천히 벗었다. 짧은 머리에 강철 같은 인상을 가진 안데르센 2세는 한쪽 눈썹이 치켜 올라갔다.

"대답해 보시오. 악마의 물건이라니?"

"확답부터 받아야겠습니다. 저 안에서 영주를 희롱하는 무리 중 악마의 물건을 가진 자가 있어도 보고만 계실 겁니까?"

"흠."

성기사단장은 자신의 턱을 만지며 생각에 잠겼다.

"악마의 물건을 가지고 있거나 숭배하는 자가 있으면 척결하는 것이 성기사의 의무겠지요. 대신 증거가 필요한데 책임질 수 있겠소?"

아카드는 느긋하게 전투 현장을 바라보며 천천히 입을 열었다.

"악마의 상징. 만드라고라가 발견된다면 움직여 주시겠습니까?"

"뭐라고!"

성기사단장인 안데르센 2세는 아카드의 말에 놀라 말에서 떨어질 뻔했다.

"악마의 물건이라고 불리는 만드라고라가 스텐 상단 지부에서 발견된다면 어떻게 할 것이오?"

"믿을 수가 없소. 만드라고라라니."

아카드가 고개를 돌려 한곳을 주시했다. 그러자 어둠 속에서 평범한 영지민처럼 보이는 청년 몇 명이 다가왔다.

"아카드 님, 부르셨습니까?"

"가져왔습니까?"

"여기 있습니다."

청년 중 하나가 앞으로 다가왔다. 며칠 전, 스텐 상단 맞은편 찻집에서 본 적이 있는 사내다.

"운 좋게 자경대원들이 성벽으로 달려가는 바람에 간신히 얻을 수 있었습니다."

사내는 나무로 만든 상자 하나를 아카드 앞에 공손히 내밀었다.

"수고했습니다. 돌아가셔도 좋습니다."

"그럼 다음에도 아카드 님과 함께 일할 날만 고대하며 저희는 이만 가 보겠습니다."

인사를 끝낸 사내들이 사람들 틈 사이로 소리 소문 없이 모습을 감췄다. 워낙 몸에 밴 습관이라 사람들 틈으로 사라지는 데 익숙해 보였다.

"열어 보시지요."

"흐흠."

안데르센 2세는 말에서 내려 상자를 향해 다가왔다.

아카드가 내민 상자를 바라보던 그는 헛기침을 한 후 조심스럽게 상자를 열었다.

"헙."

여기저기서 성기사들의 탄성 소리가 들리며 상자 속에서 사람 모양의 흉측한 뿌리 작물이 모습을 드러냈다.

상자 뚜껑을 열자마자 엄청난 향이 흘러나왔다.

사람의 정신을 혼미하게 만드는 향이 퍼지며 신실한 신앙심으로 단련된 성기사들까지 움찔하게 만들었다.

안데르센 2세는 얼른 뚜껑을 닫고 고개를 들었다. 그는 마치 악마를 본 사람처럼 표정이 일그러졌다.

"악마의 수구들이 영주 성 안에 있다. 성문을 뚫어라!"

성기사단장의 말이 끝나기가 무섭게 말발굽 소리가 성문을 향해 날아갔다. 그들은 영지민과 대치하며 성문을 사수하고 있는 기사들에게 검을 펼쳤다.

"윽!"

영지민들을 공격하던 기사 하나가 자신의 배를 부여잡고는 그대로 쓰러졌다.

성기사단이 가세하면서 영지민들을 집중 공격하던 기사들이 공격 방향을 돌렸다.

챙! 챙!

무기와 무기가 부딪치고 여기저기서 비명 소리가 흘러나오는 상황에서 검은 머리의 청년 하나가 뒷짐을 지며 성문을 향해 다가왔다.

성기사 몇 명에게 테디를 맡긴 아카드는 살육이 일어나는 현장을 눈앞에서 보고도 전혀 동요하지 않는다. 어차피 전쟁터에서 숱하게 봐 온 장면들이다.

"고문님! 위험해요!"

테디가 있는 힘껏 소리쳤다.

아카드가 옆을 보자 쓰러져 있던 기사들이 피를 뒤집어쓴 채로 아카드의 양옆에서 일어났다. 동료들의 죽음에 눈이 뒤집힌 그들은 가장 가까운 곳에 있는 아카드에게 칼을 휘둘렀다.

아카드는 두 갈래로 짓쳐들어오는 살기가 담긴 공격을 상체만 살짝 흔들어 여유롭게 흘려 버렸다.

"도망가!"

"아아악!"

우측에서 아카드를 공격하던 기사의 옆구리에 아카드의 손에서 일어난 바람의 칼날이 박히자 비명을 지르며 쓰러졌다.

"저건 뭐지? 마법인가? 아니야, 마법사가 저렇게 움직이면서 싸울 수는 없잖아. 설마 마검사? 그것과는 조금 다른 기운인데?"

싸움을 지켜보던 안데르센 2세는 묘한 눈으로 아카드를 살펴보았다. 그는 고개를 돌려 소리를 친 테디를 쳐다보았다.

'혹시 같이 다니는 저 청년이라면 뭔가 알고 있지 않을까?'

의심스러운 아카드의 정체에 대해 옆의 청년은 뭔가 알고 있지 않을까 하는 생각에 고개를 돌린 안데르센 2세의 눈에서 갑자기 불꽃이 튀어나왔다.

'쟤는 또 뭐야? 성녀나 사제도 아니면서 어떻게 성스러운 기운이 흘러나오는 거지? 고위 성직자의 후손인가?'

양손을 모으고 아카드에게 눈을 떼지 못하는 금발의 청년에게서 친숙한 기운이 흘러나왔다. 사람들의 치유 능력을 높여 주고 편안한 마음을 갖도록 만들어 주는 기운을 성기사들이 모를 리가 없었다.

평범한 사람이라면 따뜻한 기운이라고 치부해 버릴 수도 있겠지만 테디 옆에 있는 기사는 평범한 사람이 아니었다. 교회의 검이라고 불릴 만큼 촉망받는 안데르센 2세는 테디의 몸에서 흘러나오는 기운이 범상치 않다는 것을 깨닫고 중얼거렸다.

"이것들! 도대체 정체가 뭐야!"

＊　　　＊　　　＊

"소송을 제기한 사람들은 언제 옵니까? 이러다가 날 새겠습니다."

하하하하.

지부장의 말 한마디에 회의장은 비웃음으로 가득했다. 정작 지부장은 의자를 흔들며 창백한 표정으로 앉아 있는 어린 영주를 바라보았다.

"밤이 늦었는데 다음 안건으로 넘어갑시다."

"언제까지 올지 안 올지도 모르는 고소인들만 기다릴 수 없는 노릇 아니오. 전부 바쁜 사람들인데 얼른얼른 끝냅시다."

몇몇 가신들과 스텐 상단 지부의 직원들이 영주를 우습게 여기는 말들을 여기저기서 뱉어 냈다. 또 한 번의 고성이 오고 가고 회의실이 시장터로 변해 간다.

그때, 지금까지 가만히 있던 한 인물이 자리에서 일어났다. 영주의 맞은편에 있던 옥스 영지의 영주다.

50대로 보이는 중년인은 툭 튀어나온 자신의 배를 쓰다듬으며 자리에서 일어났다.

"로렌스 양."

"영주님이라 부르시오."

대대로 나르스 가문을 섬긴 늙은 가신이 노발대발하면서 소리쳤다.

영주들 사이가 아무리 친하다고 할지라도 공적인 자리에서 이름을 부르는 것은 큰 실례다. 대영주가 자신의 영지에 속한 가신들을 부를 때나 가능한 행위다.

"로렌스 영주가 딸 같아서 나도 모르게 이름을 불러 버렸습니다. 너그러운 마음으로 이해하시오."

"용서하지요."

로렌스는 괜찮다는 표정으로 너그럽게 대답했다.

'건방진 년. 뭐? 용서를 해?'

옥스 영주는 부글부글 끓어오르는 마음을 가라앉히고 좌중을 바라보았다.

"저는 여기 계신 가신분들에게 한 가지 질문을 하고자 이 자리에 왔습니다. 우선 이것을 봐 주시지요."

옥스 영주는 봉투 하나를 가신들에게 돌렸다. 봉투를 열어 서류들을 읽어 본 가신들의 표정이 다양했다.

탄성을 지르며 기뻐하는 가신들과 경악하는 표정으로 로렌스를 쳐다보는 가신들.

나르스 영지의 주인 로렌스는 가신들의 표정을 보자 몸이 떨려 왔다. 위기감과 분한 마음이 동시에 든 것이다.

"영주, 마음을 가라앉히세요. 신께서 영주님을 축복할 겁니다."

영지에 하나밖에 없는 교회의 신부가 자비로운 목소리로 로렌스의 손을 잡아 주었다. 신부가 이런 행동을 할 수 있었던 것은 믿는 것이 있어서다.

'올 때가 되었는데? 어디까지 왔을라나?'

신부는 창밖으로 시선을 돌리며 뭔가를 애타게 기다렸다.

"보시다시피 저의 손에 있는 것은 나르스 영지의 토지대장입니다. 대충 계산해 봐도 나르스 영지가 소유한 토지 중 절반 이상은 되는 거 같은데, 다른 분들은 어떻게 생각들

하시오?"

"어디서 난 물건이오?"

신부가 조용한 목소리로 옥스 영주를 바라보았다.

"옆에 계신 스텐 상단 지부장이 영지민들을 돕느라 자금 압박을 느꼈는지 저에게 넘겼습니다. 그들도 무능한 영주 때문에 망할 수는 없지 않습니까? 명색이 4대 상단 중 한 곳인데."

"흥! 계략이야! 이건 무효라고!"

나르스 가문에 충성한 가신들이 일어나 부당함을 지적했지만 대부분 가신들은 그들의 편을 들어 주지 않았다.

오히려 옥스 영주와 스텐 상단의 지부장에게 고생이 많았다는 말을 건네며 격려를 전한다.

"그래서 하고 싶은 말이 뭐죠?"

나르스 영주 로렌스는 차분하게 옥스 영주를 바라보았다.

"법대로 하자는 이야깁니다. 다인 왕국의 법에 영주가 가진 땅보다 타인이 가진 땅이 많으면 영주의 권리를 상실한다는 조항이 있다는 상식 정도는 알고 있겠지요?"

옥스 영주의 말이 회의장에 큰 파문을 일으켰다. 타 영지의 영주가 대영주회의에 참석한 목적이 드러났다.

바로 나르스 영지를 접수하기 위해 타 영지의 회의에 참석한 것이다.

"긴말하지 않겠소. 다인 왕국이 정한 법에 의거해 나르스 영지를 나에게 넘기시오."

"……."

로렌스는 의자의 손잡이를 움켜쥐었지만 할 수 있는 일이 없었다.

"말도 안 됩니다!"

"절대 받아들여서는 안 됩니다!"

"우선 땅 주인들을 만나 보고 철저히 조사해 봐야 할 것입니다."

몇몇 소수의 충성파 가신들이 벌 떼처럼 일어났다. 그들은 옥스 영주가 손에 들고 있는 토지대장이 담긴 봉투를 뺏기 위해 달려들었다.

"영주님과 지부장님을 보호하라."

"이 무슨 무례한 행동인가. 그대들은 지엄한 국법을 어길 셈인가?"

옥스 영주와 스텐 상단에 포섭된 가신들이 전부 일어나 벽을 쌓았다.

"이놈들아, 어떻게 지켜온 영지인데 강도짓을 하려고 하느냐!"

"옥스 영주가 들고 있는 봉투를 뺏어라!"

뚫으려는 자와 막으려는 자가 치열한 몸싸움을 벌이며 회의장은 또 한 번의 아수라장이 연출되고 있었다.

하지만 나르스 가문에 충성하는 가신들은 나이들이 지긋하고 그 수도 적었기에 밀릴 수밖에 없다. 그들은 수적 우위를 앞세운 가신들에게 제압되고 말았다.

"영주의 자리에 오르시지요."

"고맙소. 스텐 상단의 공은 잊지 않을 것이외다."

가신들의 몸싸움을 즐겁게 바라보던 스텐 상단의 지부장은 어느 정도 승부가 났다고 여겼는지 옥스 영주에게 공손히 허리를 숙였다.

옥스 영주는 감격스러운 표정으로 지부장의 어깨를 두들기며 로렌스를 향해 천천히 다가갔다.

"안 된다! 이놈들아!"

"영주님! 일단 자리를 피하십시오!"

충성스러운 가신들이 제압된 상태에서 고함을 쳐 보지만 곧바로 상단 직원들의 발길질을 이기지 못하고 쓰러진다.

"이놈들! 네놈들이 그러고도 무사할 거 같으냐!"

나르스 영지의 주인 로렌스는 자리에서 박차고 일어나 소리를 질렀다. 그러나 회의실에서 그녀의 말을 귀담아듣는 사람은 아무도 없었다.

지부장에게 매수된 사람들은 로렌스를 없는 사람 취급했

고, 중립파 가신들은 고개를 돌려 그녀의 시선을 회피했다.

"제가 이곳에 온 것은 나르스 영지를 위기에서 벗어나게 함이지 억지로 뺏으려는 것이 아니오. 여기 계신 분들은 나의 마음을 알아 주셨으면 하오."

뻔뻔하게도 옥스 영주는 주변을 둘러보며 가신들을 달랬다.

"너에게 이 자리는 어울리지 않는다. 무거운 모든 짐을 내려놓고 나에게 몸을 맡겨라. 그럼 괜찮은 자리 하나……."

짝!

인자한 모습으로 로렌스를 바라보던 옥스 영주의 고개가 획 하고 돌아갔다.

분노를 이기지 못한 로렌스가 따귀를 날려 버린 것이다.

"그 눈을 보니 죽은 네 애비가 생각나는구나. 어린 계집에게 빠졌다가 죽기 직전에야 모든 것을 알아채고 날 그런 눈빛으로 쳐다봤지. 흐흐흐."

"그럼 우리 아버지가 네놈들의 음모 때문에!"

옥스 영주는 맞은 뺨을 문지르며 표정이 변했다. 그는 또다시 자신의 뺨을 치려는 로렌스의 손목을 움켜쥐고는 바닥에 내팽개쳤다.

"한 번은 애교로 봐 줬다지만 두 번은 곤란하지. 어디 감히 대영주가 되실 이 몸에게!"

"아버지의 원수! 죽어!"

로렌스는 자신의 허리에 있던 칼을 들고 일어섰다. 하지만 문을 지키고 있던 기사들이 달려와 자신들의 영주에게서 무기를 빼앗고 양팔을 잡고는 놔주지 않았다.

옥스 영주는 몸부림치는 로렌스를 향해 한 번 웃어 주고는 영주의 자리로 다가갔다. 그는 가신들을 향해 양팔을 벌리고는 큰 소리로 외쳤다.

"다인 왕국이 정한 법률에 의거해 나르스 영지는 옥스 영지에 귀속됨을 선포……."

쾅!

옥스 영주가 나르스 영지가 자신의 것이 되었음을 선포하려고 할 때 문이 부서졌다.

"어떤 놈이 신성한 회의장에서 소란을 피우느냐."

스텐 상단 지부장이 부서진 문을 바라보며 고함을 질렀다. 지부장의 말이 끝나기 전에 입구를 지키던 기사들이 고통스러운 신음을 흘리며 나뒹굴었다.

"뭐야, 무슨 일이냔 말이다!"

옥스 영주의 고함 소리에 한 청년이 등장했다.

검은 머리카락에 검은 슈트를 입은 청년이 회의장에 모습을 드러냈다. 청년은 회의장으로 들어오자마자 몸을 돌려 좌중을 둘러보았다.

사람의 혼을 빨아들일 만큼 매력적인 청년이 씩 웃음을 보이더니 입구를 향해 손짓했다.

회의장 입구에서 손에 낫, 호미 등을 든 사람들이 쏟아져 들어왔다.

나르스 영지를 묵묵히 지켜왔던 영지민들이다.

그들은 핏물이 뚝뚝 떨어지는 누더기 옷을 입고 나타나 스텐 상단의 지부장이 있는 곳을 바라보며 죽일 듯한 표정을 지었다.

"네놈들은 누구냐? 감히 영주님이 계시는 회의실에서 난동을 부리다니. 죽고 싶지 않으면 무릎을 꿇어라!"

지부장은 얼른 옥스 영주 곁으로 다가와 영지민들을 협박했다.

하지만 그들은 꼼짝도 하지 않았다.

오히려 엄청난 살기를 내뿜으며 당장에라도 달려가 머리를 부숴 버릴 것처럼 보였다.

"이놈들이!"

큰소리를 치며 앞으로 나갔지만, 지부장도 수많은 영지민들이 내뿜는 한 맺힌 살기에 겁을 먹었다. 그는 옥스 영주 뒤로 다가가 얼른 몸을 숨겼다.

옥스 영주는 지부장을 보며 고개를 흔들더니 영지민들을 향해 한 발자국 나아갔다. 옥스 영주는 자신이 나르스 영지의 주인처럼 행세하며 영지민들을 꾸짖었다.

"이놈들! 영주에게 반역은 사형이라는 것을 모르느냐! 지금이라도 무기를 놓고 돌아간다면 너그럽게 용서해 주겠다."

하지만 영지민들은 한 발자국도 움직이지 않았다.

"여러분들 잠시만 비켜 주시지요."

뒤에 있는 검은 머리 청년의 말이 떨어지고 나서야 영지민들은 좌우로 움직이며 길을 내주었다.

그 길의 끝에 서 있는 청년은 아카드.

아카드는 영지민들이 내준 길을 통과해 옥스 영주 앞에 다다랐다.

"뭐하는 놈이냐!"

"나?"

아카드는 옥스 영주를 향해 입꼬리를 올리더니 조용히 입을 열었다.

"당신처럼 법 좋아하는 사람. 오늘 제대로 한번 따져 보려고. 괜찮지?"

Chapter 9.
처단

　옥스 영지와 스텐 상단이 주도한 영지 편입 작전은 실패로 돌아갔다. 처음에는 반항하며 몸부림쳤지만 성기사의 등장에 순식간에 일망타진되었다.

　대다수의 가신들과 스텐 상단 직원들은 모진 매질에 기절한 상태로 범죄자들을 가두는 감옥으로 이송되었다.

　아침 햇살이 뜨겁게 대지를 달구는 사이 한쪽에서는 엄청난 비바람을 동반한 구름이 나르스 영지를 덮쳤다.

　우르르쾅!

　지나가던 아이가 깜짝 놀라 넘어질 만큼 커다란 천둥소리에 옥스 영주는 머리가 깨져 버릴 것 같은 고통을 느끼며 눈을 떴다.

얼마나 성기사들과 영지민들에게 두들겨 맞았는지 온몸이 쑤시고 다리가 후들거렸다.

"여긴 어디지?"

차가운 바닥과 녹슨 창살을 쳐다보며 옥스 영주는 천천히 몸을 일으켰다. 옆으로 고개를 돌려 보니 스텐 상단의 지부장은 아직도 정신을 잃고 잠들어 있다.

"지부장! 지부장!"

몇 번을 흔들어도 일어나지 않았다. 그러다가 옆에 보이는 개 밥그릇처럼 보이는 더러운 그릇을 들고 지부장의 머리를 향해 휘둘렀다.

"때리지 마세요! 잘못했습니다!"

어제의 악몽 때문인지 신체에 가해지는 충격에 지부장은 반사적으로 양손을 비비며 울부짖었다.

"지부장! 일어나시오!"

"살려 주세요!"

"정신 차리라고! 얼른 일어나!"

옥스 영주의 고함 소리에 지부장은 비명을 지르며 일어났다.

얼마나 두들겨 맞았는지 지부장의 얼굴은 성한 곳을 찾기 힘들었다. 과연 이 사람이 4대 상단의 지부장이 맞는지 심히 의심스러울 정도였다.

"옥스 영주님! 이곳이 어딥니까?"

"내가 묻고 싶은 말이야! 여긴 어디야? 어제 두들겨 맞다가 정신을 잃은 것까지는 기억하는데."

옥스 영주에 비해 나르스 영지를 훤히 아는 지부장이 벌떡 일어나 창살을 붙잡았다.

"이…… 이럴 수가!"

"왜 그러시오!"

미친 사람처럼 넋이 나간 지부장의 모습에 옥스 영주도 몸을 일으켜 창살로 다가갔다.

자신들은 그대로 서 있는데 주변의 풍경이 일정한 속도로 지나간다.

"죽일 놈들! 확 죽어 버렸으면 좋겠네! 퉤!"

"신이 노하신 게야. 그렇지 않으면 성기사들이 영지를 방문했을 리가 있겠나?"

"이게 다 전대 영주님이 독실한 신앙심이 있었기에 가능한 일이야!"

"저놈들은 뜨거운 맛 좀 봐야 하는데! 이거나 받아라!"

몇몇 영지민들이 창살을 통해 밖을 살피는 지부장과 옥스 영주를 손가락질하며 돌멩이를 던지거나 침을 뱉기 시작했다.

"악!"

지부장은 영지민들이 던진 돌멩이에 맞았는지 눈을 감싸며 쓰러진다. 옥스 영주도 얼른 고개를 숙이고 털썩 주저앉았다.

"이, 이게 어떻게 된 일인가!"

"내가 어떻게 압니까? 확실한 건 우리는 죽었다는 겁니다!"

이제야 두 사람은 상황 파악이 되었다. 그들은 어제 영주성 회의실에서 죽도록 맞고 재판을 받으러 끌려가는 거 같았다.

"우리? 내가 왜 죽어? 잘못한 건 네놈인데."

"옥스 영주, 그게 무슨 말이오! 내가 이 일을 하고 싶어서 했소? 다 옥스 영주의 부탁 때문에 어쩔 수 없이 한 일 아니오!"

"뭐? 네놈이 일을 멍청하게 하는 바람에 벌어진 일이잖아!"

"난 잘못 없소! 이게 다 옥스 영주 탓이오! 당신이 시켰다는 증거도 있으니 정상참작이 될 것이오!"

"뭐? 당신? 이게 미쳤나!"

그들의 다툼 때문인지 호송 마차가 흔들렸다. 그러나 아무도 말리지 않았다. 정확하게 말하면 아무도 그들에게 관심을 주지 않았다.

얼마의 시간이 흐르고, 두 사람이 싸우면서 힘을 다 뺀 사이 마차가 멈췄다. 잠시 후 발자국 소리가 점점 커지며 문이 열렸다.

"내려라."

"여기가 어디냐. 알기 전까지 내릴 수 없다!"

"난 귀족이다! 귀족을 이렇게 함부로 끌고 가는 건 위법이다! 영주를 불러라."

"어이구, 이게 누구십니까? 영지를 제집처럼 휘젓고 다니던 지부장과 호시탐탐 우리 영지를 노리던 옥스 영주 아니시오? 그림이 아주 잘 어울립니다."

"아니! 넌 기사단장 레이든!"

창살로 다가온 얼굴을 뚫어지게 확인하던 지부장과 옥스 영주가 놀란 얼굴로 소리쳤다.

"제 얼굴도 다 기억하시고. 몸 둘 바를 모르겠습니다."

"이놈! 난 귀족이다. 얼른 문을 열어라!"

두 사람이 갇혀 있는 창살로 다가온 사람은 영지에서 실종되었다고 알려진 기사단장 레이든이었다.

"문을 열어? 내가 당신 부하인 줄 아나? 꿈 깨시오!"

기사단장 레이든은 병사들을 불러 두 사람을 끄집어낸 후, 밧줄로 단단히 묶었다.

"이놈! 귀족 모욕죄로 잡혀 가고 싶으냐! 당장 로렌스 영주를 불러라!"

"내가 누군지 모르느냐! 4대 상단의 지부장이다. 당장 풀지 않으면 스텐 상단에서 가만히 있지 않을 것이다."

레이든은 두 사람의 발악에도 아랑곳하지 않았다. 오히려 귀를 후비며 귀찮은 표정을 지었다.

"내 마음 같아서는 당신들을 갈아 마시고 싶은 심정이야. 그러니까 제발 입 좀 닥쳐 주면 좋겠어. 만약 끌려가는 동안 한 마디라도 하면 몽둥이찜질 맛을 보게 될 거야."

"천한 놈이, 으아악!"

옥스 영주가 한을 담아 내려치는 병사의 몽둥이질에 등을 맞고 고함 소리를 질러 댔다.

지부장은 하고 싶은 말이 목구멍까지 솟았지만 옥스 영주의 모습을 보며 꾹 눌렀다.

옥스 영주와 지부장이 끌려간 곳은 나르스 영지의 중앙 광장이었다. 두 사람은 도착하자마자 눈앞에 펼쳐진 광경을 보며 숨이 멎을 것 같았다.

광장 중앙에는 사형대가 설치되어 있었고, 주변에는 그들에게 매수당한 가신들과 상단 직원, 그리고 그들의 가족들이 포박당한 채 무릎 꿇려 있었다.

대충 살펴보아도 백 명은 족히 되어 보인다.

사형대 주변에는 반역자들의 처단을 보기 위해 모여든 영지민들이 가득했다.

사형대 맞은편 단상 중앙에는 로렌스 영주가 앉아 있고 좌측에는 교회의 신부가, 우측에는 처음 보는 검은 머리카락의 청년이 죄인들을 내려다보고 있었다.

옥스 영주와 지부장은 단상에 끌려와 병사들에 의해 강제로 무릎을 꿇었다.

중앙에 앉아 있는 로렌스 영주가 기사단장 레이든에게 눈짓을 했다. 그러자 레이든은 중앙 광장으로 걸음을 옮겨 영지민들을 향해 고개를 숙였다.

"지금부터 나르스 영지를 망하게 하고 영지민들을 노예로 만들려고 했던 반역자들에 대한 처벌이 있겠습니다."

레이든은 자신의 허리끈에 묶여 있는 두루마리를 풀어 천천히 낭독했다.

"스텐 상단의 지부장은 불법 대출을 통해 영지민들에게서 땅을 뺏은 후 타국의 영주와 결탁하여 반란을 도모한 죄가 인정된다. 옥스 영주는 스텐 상단주에게 사주하여 나르스 영지의 토지를 매입하고 도움을 요청하기 위해 타지로 떠난 충성스러운 기사를 살인하도록 지시한 것이 인정된다."

영지민들은 기사단장 레이든이 죄목을 열거하자 흥분하

기 시작했다. 그들은 두 사람을 향해 욕설을 내뱉고 돌멩이를 던지며 그동안 쌓였던 한을 터트렸다.

"죽여라!"

"사형대에 매달아라!"

누가 시작했는지 알 수 없지만 영지민들은 하나둘씩 구호에 맞춰 팔을 흔들었다. 그들의 구호는 단 하나였다.

모두 죽이라는 것이다.

한 사람부터 시작된 외침이 전염되며 군중심리가 발동되었다.

"죄인들에 대한 영주님의 현명한 판결이 있겠습니다."

기사단장 레이든의 외침에 영지민들이 하나둘씩 자리에서 일어났다. 영주가 판결을 내릴 때는 자리에서 일어나는 것이 원칙이다.

모든 영지민들이 자리에서 일어난 것을 확인한 로렌스가 천천히 자리에서 일어났다.

"당신들은 자신의 죄를 인정합니까?"

로렌스가 낭랑하지만 정확한 목소리로 두 사람에게 물었다.

"인정할 수 없소! 아무것도 인정할 수 없단 말이오!"

"변론할 기회를 주겠어요. 무엇이 잘못되었다는 건가요?"

"저는 영지민들을 돕기 위해 합법적인 대출 상품을 판매한 것입니다. 결코 불법적인 일은 벌이지 않았습니다. 또한 옥스 영주와 결탁했다는 것도 천부당만부당한 말입니다. 영지민들을 돕기 위해 저리 상품을 판매하다 보니 자금이 말라 버렸고, 상단이 망하는 것을 방지하기 위해 옥스 영주에게 돈을 빌렸을 뿐입니다."

노튼 상단 지부장은 뻔뻔하게도 모든 죄를 부정하고 있었다.

"그럼 갑자기 열 배나 넘는 이자를 영지민들에게 부과한 것은 어떻게 설명하겠는가?"

기사단장 레이든이 불같은 목소리로 물었다.

"부과하다니요. 말이 지나칩니다."

"영지민들을 생각한다면서 엄청난 이자를 부과한 사실을 부정하는 것인가!"

"아까 제가 말하지 않았습니까. 상단이 망할 지경이라 일단 상단을 살리기 위해 어쩔 수가 없었습니다. 약관에 상단의 재정이 불안전할 때는 일정 이상의 이자를 부과할 수 있다고 적혀 있을 텐데요?"

지부장은 상인답게 레이든의 질문을 요리조리 피해 갔다. 오히려 억울한 표정을 지으며 로렌스를 향해 외쳤다.

"영주님은 어찌하여 저의 재산을 빼앗고 핍박하는지 모

르겠습니다."

지부장은 억울하다는 표정으로 로렌스에게 항의했다.

이대로 흘러가다가는 로렌스 영주가 정당하게 습득한 상단의 재산을 빼앗고 누명을 씌운 사람으로 몰릴 위기였다.

"약관에 적혀 있단 말인가?"

로렌스 영주 우측에 앉아 있던 아카드가 천천히 일어나 지부장을 향해 걸어갔다.

"누구냐?"

"곧 죽을 놈이 남의 이름은 알아서 뭐하게. 조용히 묻는 말에나 대답해."

아카드의 말에 지부장은 화병이 날 지경이었다. 어쩌다가 이런 신세가 되었지만, 풀려나기만 하면 반드시 앞에 서 있는 건방진 청년을 갈기갈기 찢어 죽이리라 결심했다.

"약관에 적혀 있다면서? 거짓말이야?"

"사실이다. 당장 계약서를 가져오너라. 확인시켜 주겠다."

"그래? 엄청 자신 있나 봐?"

아카드가 눈짓을 하자 병사 하나가 봉투를 가져왔다. 옥스 영주가 회의실에서 흔들었던 계약서다.

"이걸로 확인해 보면 되나?"

"영주님!"

지부장은 봉투를 보자마자 득의양양한 목소리로 로렌스를 불렀다.

　"말하세요."

　"이 계약서에 불법적인 일이 없다는 것이 증명되면 풀어 주시겠습니까?"

　"당연히 풀어드려야겠지요."

　"감사합니다. 애송이, 열어 보거라!"

　영주의 확언을 받은 지부장은 자신만만한 표정으로 고개를 끄덕였다. 어차피 약관에 적힌 대로 이자를 부과했으니 거리낌이 없었다.

　"나 같으면 영주님께 목숨을 살려 달라고 빌 텐데, 어때? 지금이라도 죄를 자백하고 용서를 구하는 것이."

　"애송이 자식이 어디서 공갈질이냐. 어서 열어라. 무죄가 밝혀질 것 같으니 이제야 겁이 나느냐?"

　"넌 살아남을 마지막 기회를 날린 거야."

　거침없는 지부장의 말에 아카드는 봉투를 열고 계약서를 꺼냈다. 그리고 앞에서부터 뒤까지 한 글자도 빼먹지 않고 꼼꼼하게 읽어 내려갔다.

　"흠. 지부장 말대로 이 계약서대로라면 이자를 마음대로 부과해도 위법이라고 볼 수 없겠네요."

　"하하하. 이제야 알겠느냐? 어서 포박을 풀어라!"

아카드의 말을 듣자마자 지부장의 표정이 활짝 펴졌다. 그러고는 레이든을 바라보며 몸을 비틀었다.

"내가 뭐라고 했소. 망해 가는 상단을 살리기 위해 이자를 무겁게 부과한 것은 인정하지만 불법적인 일은 저지른 적이 없소."

"그런데 말이야, 여기 이상한 조항 하나가 있는데?"

"뭣이!"

아카드는 지부장에게 계약서 뒷면을 내밀었다.

지부장은 약관이 적힌 뒷면을 읽어 보았지만 전혀 이상한 점이 없었다. 자신이 조작한 약관 그대로다.

"내 눈에는 정상으로 보이는데 뭐가 이상하단 말이냐?"

"여기 아래에서 두 번째. '담보로 잡은 현물을 매매하기 위해서는 영주에게 확인을 받아야 한다.' 라고 적혀 있는데 영주님께 허락은 맡고 옥스 영지에 넘긴 것인가?"

"거짓말이다. 믿을 수 없다. 확인해 봐야겠다!"

아카드는 들고 있던 계약서 뒷면을 지부장 앞으로 내밀었다. 앞뒤로 살펴보아도 영지민들과 나눠 가진 계약서가 분명하다.

지부장은 자신이 모르는 조항이 삽입되어 있자 크게 당황했다.

"이럴 리가 없다! 다른 것을 보여 다오!"

약관을 하나하나 정하고 도장 형식으로 만들어 찍은 것은 지부장 자신의 생각이다. 자신이 모르는 조항은 있을 수가 없다.

하지만 아카드가 다른 계약서를 꺼내며 확인해 본 결과 모든 계약서에 자신이 모르는 항목이 삽입되어 있었다.

'감히 어떤 놈이 위조를? 설마 전에 들었던 도둑이 한 짓인가?'

지부장의 눈에 불꽃이 튀었다. 이렇게 되면 상황이 심각해도 보통 심각한 것이 아니다. 영주의 허락 없이 타지의 영주에게 토지를 팔아넘긴 중죄를 고스란히 혼자 뒤집어쓸 상황이었다.

그것이 끝이 아니었다.

아카드의 다음 말이 이어지자마자 지부장은 뒤통수를 세게 얻어맞은 기분이었다.

"이것 봐라? 이건 교회에 속한 영지 같은데?"

"뭣이라!"

로렌스 영주의 좌측에 앉아 있던 사제복을 입은 노인이 벌떡 일어났다. 바로 교회의 신부다.

"아무리 상인이 돈에 미쳐 악마에게 영혼을 팔았다고 하지만, 감히 교회의 재산을 훔쳐?"

신부가 추상같은 목소리로 지부장을 꾸짖었다.

지부장은 이 모든 것이 함정이라고 확신했다.

그렇지 않고서야 자신이 모르는 항목이 삽입되어 있다거나, 평범한 농부의 땅이 교회의 땅으로 둔갑될 리가 없었다.

"저자의 말을 믿지 마시오. 모함입니다."

지부장은 한쪽 무릎을 굽히고 자신을 비웃는 아카드를 죽일 듯이 노려보았다.

"내가 말했지? 마지막 기회라고. 상인이라면 기회를 잡을 줄 알아야지. 어리석은 놈."

아카드는 지부장에게만 들리게 작은 소리로 말한 후 성기사들을 향해 외쳤다. 아카드의 손에는 나르스 영주가 교회에 준 토지의 영구 임대 계약서가 들려 있었다.

"안데르센 2세 님께 검수를 요청합니다. 영주님이 가지고 있던 계약서와 이자의 계약서를 확인해 주십시오."

갑자기 바닥이 쿵쿵거리며 2미터에 달하는 거구의 사내가 강철로 만든 신발 소리를 내며 다가왔다.

"아카드 공자의 요청을 받아들이겠소. 계약서를 보여 주시오."

안데르센 2세는 지부장이 옥스 영주에게 넘긴 계약서와 영주 성에서 보관 중인 영구 임대 계약서를 비교해 보았다. 아카드의 주장대로 계약서에 명시된 땅은 같은 곳이었다.

"아카드 공자의 주장이 사실입니다. 두 영지는 완전히 같은 곳임을 확인했습니다."

아카드는 그것으로도 모자라 두 장의 계약서를 지부장에게 내밀었다.

"이래도 모함이라고 할 수 있나?"

"어…… 어? 이건?"

지부장의 입에서 저절로 '어' 하는 소리가 흘러나왔다. 정말로 계약서에서 지정한 땅의 위치와 교회가 소유하고 있는 땅의 위치가 정확하게 일치했다.

황당하게도 아카드가 주장한 것은 사실이었다.

지부장은 자신의 눈을 믿을 수 없어 몇 번이고 비벼댔지만 변하는 건 아무것도 없었다.

'함정이다.'

드디어 지부장은 자신이 함정에 빠졌다는 것을 깨닫고 얼굴이 창백하게 변했다.

"영주님, 제 말을 들어 주십시오. 이건 정말 모함입니다. 저에게 빚을 진 농부가 자신의 조부가 물려준 거라며 들고 온 땅문서입니다."

"이자는 아직 정신을 차리지 못하고 있습니다. 죄를 뉘우치지 않는 것으로도 모자라, 자신의 죄를 자수하고 반성하는 농부를 모함에 빠뜨리고 있습니다. 엄중한 처벌을 부탁드리겠습니다."

"그게 무슨 소리냐! 자수라니?"

"네놈에게 이 땅문서를 가져다 준 농부는 영지 밖에서 주운 땅문서를 네놈에게 판 죄로 이미 죗값을 치르는 중이다."

"거짓말이야! 거짓말이라고! 영주님, 그자가 저를 함정에 몰아넣기 위해 거짓말을 한 겁니다. 제발 살펴 주십시오."

"네놈 같으면 자신이 저지르지도 않은 죄를 자수하겠느냐?"

"그건 그렇지만……."

지부장은 순간적으로 할 말이 없었다. 확실한 증거에다가 자신을 함정에 빠뜨린 자가 자수까지 한 상태라 믿어 주는 사람이 없었다.

"영주님, 현명한 판결을 부탁드리겠습니다."

로렌스는 위엄 있는 모습으로 자리에서 일어났다. 지부장을 노려보며 그녀는 이상한 기분이 들었다.

하루 전만 하더라도 로렌스는 역도들에 의해 쫓겨날 상황이었다. 그랬던 그녀가 지금은 역도들의 생사를 결정하는 자리에 있다는 것이 믿기지가 않았다.

'아카드, 저자는 반드시 내 사람으로 만들어야 해.'

신이 방문하더라도 해결이 불가능하리라 여겨졌던 모든 상황이 아카드 한 사람의 개입으로 바뀌었다.

그것도 무력이 아니라 두뇌로 상황을 반전시키는 천재적인 능력을 확인한 이상 그녀는 절대 아카드를 놓쳐서는 안 된다고 결심했다.

"영주님?"

"아, 미안해요."

아카드의 목소리에 정신을 차린 로렌스는 무심한 얼굴로 지부장을 바라보았다.

"나르스 영지를 도탄에 빠뜨린 죄로 사형에 처한다. 기사단장 레이든은 형을 집행하라!"

나르스의 영주 로렌스는 차가운 목소리로 최종 판결을 내렸다. 그러고는 남아 있는 가신에 대해서도 판결을 시작했다.

자신을 배신한 가신들 반 이상이 교수형에 처해졌다. 나머지는 노예로 신분을 내리고 평생 나르스 영지를 벗어나지 못하게 했다.

지부장은 끝까지 살려 달라고 애원했지만 이미 내려진 판결은 뒤집어지지 않았다.

영지민들은 반역자들이 하나둘씩 죽어 가는 모습에 환호성을 지르며 기뻐했다. 그만큼 쌓였던 것이 많았기에 그들을 동정하는 영지민은 하나도 없었다.

죽어 가는 사람들의 숫자가 늘어나자 광장은 고요해졌다. 환호성은 사라지고, 광장에 핏물이 강처럼 흐르면서 여자들과 아이들은 참혹한 광경에 하나둘씩 고개를 돌렸다.

얼마나 잔인했는지 영주인 로렌스마저 고개를 돌려 버릴 정도였다.

교수형을 끝까지 지켜보는 사람은 아카드와 레이든, 성기사들뿐이었다.

특히 지부장의 목숨이 끊어지는 순간을 보며 아카드는 고개를 끄덕였다.

'경쟁자가 사라지는 건 언제나 기분 좋은 일이야.'

아카드는 다인 영지에 A&M 투자상단 지부를 만들 생각이었다. 여기서 생산될 만드라고라를 노틸러스 제국으로 은밀하게 옮겨 가문의 총관이자 뛰어난 치료사인 마리아드 총관에게 맡길 계획이었다.

'마리아드 총관이라면 만드라고라의 효능에 대해서 잘 알고 있을 거야. 유배지라고 생각했던 곳에서 뜻하지 않게 횡재를 발견할 줄이야.'

아카드는 지부장의 최후를 보며 흡족한 표정을 지었다. 이런 자신의 모습을 좋지 않게 보는 가신들과 성기사들이 있었지만 상관없었다.

자신이 이득을 얻을수록 어머니를 죽인 원수에게 점점 더 가까이 갈 수 있기에 전혀 개의치 않았다.

광장 전체에 피가 흥건하고, 피비린내가 사방에 진동하면서 몇몇 영지민들은 토하고 비명을 질렀다.

하지만 슬퍼하는 자는 없었다.

나르스 영지의 미래는 앞으로 밝아질 것이라고 의심하지 않아서다.

옥스 영주를 제외한 모든 반역자들은 죽거나 노예가 되었고, 그들의 재산은 모두 나르스 영주에게 귀속되었다.

옥스 영주는 포로의 권리를 요구했다.

귀족들은 포로로 잡혀도 함부로 죽일 수 없었다.

몸값을 치르면 반드시 풀어 줘야 한다는 법 조항 때문이다.

하지만 기사단장 레이든이 내민 서류를 본 옥스 영주는 얼굴이 사색이 되었다.

내정간섭 및 반역을 교사한 죄로 귀족 작위를 박탈한다는 다인 왕실의 명령서가 레이든의 손에 들려 있었기 때문이다.

아카드는 레이든이 만드라고라를 가져왔을 때 그에게 한 가지 지시를 내렸다. 블랙마켓의 주인인 크레그에게 편지 한 통을 전하라는 명령을 받은 레이든은 개구멍을 통해 다인 왕국의 수도인 컨투어로 향했다.

아카드의 편지를 받은 크레그는 레이든을 안전 가옥에 숨겨 둔 후 인맥을 이용해 다인 왕실을 움직였다.

귀족들의 약점을 빌미로 크레그는 옥스 영주를 귀족의 지위에서 박탈한다는 왕실의 직인이 찍힌 명령서를 받아 냈다.

레이든을 통해 왕실의 명령서를 전달받은 아카드는 곧바로 그것을 로렌스에게 갖다 주었다.

결국 죽을 위기에 처한 옥스 영주는 목숨과 도피 자금을 약속받고 자신의 모든 영지를 나르스 영주에게 위임한다는 계약서에 도장을 찍었다.

영지를 차지하기 위해 왔지만 도리어 모든 것을 뺏긴 옥스 영주의 뒷모습은 쓸쓸해 보였다.

나르스 영지에 희망의 바람이 불기 시작했다.

*   *   *

로렌스는 모든 반역자들을 처치한 후 영주 성에서 파티를 열었다.

가신들은 물론 자신을 도와준 신부와 성기사, 아카드와 테디까지 모두 모였다. 오랜만에 영주 성은 웃음소리가 흘러넘쳤다.

불과 며칠과는 완전히 달라진 모습이다.

중립을 지키고 있던 가신들은 로렌스에게 충성을 맹세하기 위해 달려왔고, 새롭게 편입된 옥스 영지의 가신까지 모두 영주 성으로 달려왔다.

파티가 시작되고 로렌스는 파티가 열리는 로비에 모여든 가신들을 바라보며 한숨을 쉬었다.

아카드의 강력한 주장으로 반역자는 모두 죽였지만, 반대로 말하면 그만큼 능력 있는 사람을 죽였다는 걸 의미했다.

당장 영지의 생필품을 조달하기 위해 오가는 상인들을 어떻게 끌어와야 할지부터가 고민이었다.

생각에 잠긴 로렌스의 눈에 낯선 인물 하나가 들어왔다. 한쪽 얼굴을 은가면으로 가린 청년이 아카드에게 허리를 숙이며 이야기를 나누고 있었다.

아카드는 로렌스의 호기심 어린 마음을 눈치채고 은가면으로 얼굴 반쪽을 가린 청년과 함께 움직였다.

"영주님, 소개시켜 드릴 인물이 있습니다. 이쪽은 A&M 투자상단의 해외지부장인 윌이라고 합니다."

"윌 크로우 2세입니다. 아름다운 영주님을 만나 뵙게 되어 영광입니다."

은가면으로 얼굴을 가린 청년의 이름은 윌 크로우 2세. 해외지부장으로 발령받고 윌슨 왕국으로 떠난 윌 크로우 2세는 아카드의 부름에 나르스 영지를 방문했다.

"앞으로 나르스 영지에 머물게 될 사람이니 상인이 필요하시면 언제든지 불러 주십시오. 만족하실 겁니다."

"A&M 투자상단이라…… 상단이 만들어진 지는 얼마나 되었나요?"

"최근에 만들어진 상단입니다."

"그렇군요."

로렌스는 은빛 가면의 청년이 상인이라는 것에 기대를 품었다가 생소한 상단 이름에 실망한 표정이다.

제국에서는 A&M 투자상단을 모르는 사람이 없을 정도로 유명하지만 타국에서는 아직 모르는 사람이 많았다.

"A&M 투자상단이라고 했소?"

포도주를 들이키던 거구의 기사가 로렌스를 향해 다가왔다. 성기사단장인 안데르센 2세다.

"아시는 곳입니까?"

"로렌스 영주는 이곳에만 있어서 잘 모를 수도 있겠군요. 제국에서는 A&M 투자상단 때문에 상계가 발칵 뒤집어질 정돕니다."

"그런가요? 규모가 꽤 있나 봅니다."

로렌스는 다인 왕국에서 영웅으로 불리는 안데르센 2세의 말에 살짝 기대감을 가졌다.

　　"하하하. 규모요? 4대 상단 중 두 개가 A&M 투자상단 때문에 망했다면 믿으시겠습니까?"

　　"어머나, 제가 귀한 손님을 앞에 두고 그냥 지나칠 뻔했군요. 윌이라고 불러도 되나요?"

　　"저야 뭐, 상관없습니다."

　　항상 냉소적인 윌 크로우 2세의 표정에 변화가 생겼다. 보통 영주라고 하면 상인을 무시하기 일쑤다.

　　'어려서 그런가?'

　　이름을 부른다는 것은 친구로 맞이하겠다는 것을 의미한다. 로렌스는 윌 크로우 2세와 친분을 쌓기 위해 귀족이면서도 상인에게 먼저 손을 내민 격이었다.

　　로렌스와 윌 크로우 2세가 대화를 꽃피우는 동안 아카드는 누구를 발견했는지 슬머시 자리를 피했다.

　　"이야기들 나누십시오."

　　"어디로 가시려고요?"

　　로렌스가 토끼 눈으로 아카드를 쳐다봤다. 끈적끈적하면서도 뭔가 아쉬움이 뒤섞인 표정이었다.

　　"바깥에서 나르스 영지를 눈에 담고 싶어서요. 편하게 과제하러 왔다가 죽도록 뛰어다니다 보니 영지의 모습도 잊어버릴 지경이라서."

"빨리 들어오실 거죠?"

"글쎄요."

아카드는 미소를 지으며 애매하게 대답했다. 그는 로렌스의 시선을 못 본 척하며 몸을 돌렸다.

아카드의 모습이 사라지자마자 로렌스는 윌 크로우 2세를 잡고 어렵게 입을 열었다.

"혹시 아카드 님과 친하세요?"

"글쎄요. 친하다면 친할 수도 있고 멀다면 멀다고 할 수 있지요."

"치잇, 뭐 대답이 그래요?"

한참을 망설이던 로렌스는 당돌한 눈빛으로 윌 크로우 2세를 바라보며 입을 열었다.

"아카드 님은 어떤 여성을 좋아하나요?"

"네? 그게 무슨 말씀이신지?"

"에잇, 농담이에요. 당황하기는. 호호."

윌 크로우 2세는 로렌스를 바라보며 표정을 구겼다.

*　　　*　　　*

아카드는 처형장에서의 활약 때문에 접근하려는 가신들

을 물리치고 파티장을 빠져나갔다.

바깥으로 나가니 답답했던 마음은 사라지고 맑은 바람이 아카드 주변을 휘몰아친다. 바람들이 반갑다는 표정으로 자신의 주변을 맴돌자 마음이 편안해진다.

아카드는 주위를 두리번거리다가 자신이 찾던 인물을 발견하고 발을 옮겼다.

정원을 지나 성모상이 놓인 곳에 테디가 서 있었다. 테디는 고개를 들어 하늘의 별을 바라보고 있었다.

아카드는 슬쩍 테디 곁으로 다가갔다. 그러고는 고개를 들어 테디가 바라보는 방향을 응시했다.

둘은 아무 말도 하지 않았다.

마치 정리할 것이 많은 사람들처럼 한참을 침묵했다.

"묻고 싶은 게 있어요."

말없이 하늘을 바라보던 테디가 조용히 입을 열었다.

"뭔데? 말해 봐."

"왜 그러셨어요?"

"뭘?"

"당신이라면 용서해 줄 수도 있었잖아요. 꼭 다 죽여야 했어요?"

'당신'이라는 말에 한마디 하려던 아카드는 고개를 저었다. 그러고는 테디의 얼굴을 바라보며 반박한다.

"용서해 주면 '잘못했습니다.' 하면서 반성할 거 같아? 분명히 칼을 갈면서 복수하기 위해 날뛸 텐데 죽일 수 있을 때 죽여야 편해."

"사람을 믿어요?"

예상한 거 같기도, 안 한 것 같기도 한 질문이다.

질문이 가리키는 것이 명확하지 않은 것으로 보아, 테디가 자신의 양심과 이성 사이에서 막연하게 느낀 의문처럼 들린다.

아카드는 들고 있는 포도주를 한 모금 마신 후 하늘을 올려다보며 입을 열었다.

"글쎄. 쉬운 질문이기도 하고, 어려운 질문이기도 하네. 다만 이것 하나만은 대답할 수 있지. 내가 그 사람을 통제할 수 있는 만큼 믿어. 내 통제를 벗어나거나 벗어날 인물은 쉽게 믿지 못해."

아카드의 오묘한 대답에 테디는 말이 없었다. 테디는 아카드가 바라보는 하늘을 한참 동안 바라보았다.

아카드의 대답으로 미루어 볼 때 그가 사람을 쉽게 믿지 않는다는 것만은 확실하다. 귀족인 동시에 상인이기에 철저하게 자신의 이익에 반하는 인물은 믿지 않는 것으로 보인다.

"왜 그게 궁금하지?"

도리어 아카드가 질문을 하자 테디는 불안한 눈빛으로 고개를 돌렸다.

아카드를 바라보는 눈빛에는 불안과 주저가 섞여 있었다. 뭔가 말하지 않는 비밀이 있는 것처럼 보였다.

"내가 널 용서한 건 예외 중의 예외야. 그러니까 앞으로 속이지 마. 알았어?"

테디는 얼어붙은 표정으로 살짝 손을 떨었다.

"뭐야? 표정을 보니 뭔가 숨기고 있는 것이 있는 거 같은데? 그런 거야?"

아카드가 말이 끝나기가 무섭게 테디의 호흡이 가빠지기 시작한다.

가늘고 여린 손가락이 떨리는 게 새벽의 서늘한 바람 때문에 추워서인지, 아니면 다른 이유가 있어서인지 아카드는 알 도리가 없었다.

그저 테디의 머리를 쓰다듬은 손을 내려 작고 여린 손을 잡아 주는 수밖에 없었다.

"저기…… 있잖아요."

"말해."

"혹시 말이에요."

테디가 불안한 눈빛으로 아카드를 올려다보았다.

"제가 만약 솔직하게 고백……."

그때였다.

"아카드 공자, 우리 둘이 해결해야 할 문제가 있지 않나요?"

저 멀리서 로렌스가 정원을 건너오며 살랑살랑 손을 흔들었다.

'무슨 일이지?'

자신을 해맑게 쳐다보는 로렌스를 바라보며 아카드가 영문을 모르겠다는 표정을 지었다.

단지 테디만이 떨리는 눈동자로 아카드의 손을 꼭 잡았다.

*　　*　　*

아카드와 테디가 로렌스의 안내로 도착한 곳은 대영주회의가 열렸던 회의장이다.

그곳에는 나르스 영지와 새로 편입된 옥스 영지의 가신들이 모두 모여 있었다.

가신도 아닌 아카드와 테디가 회의실로 들어오자 사람들은 의아한 표정으로 두 사람을 쳐다보았다.

"영주님, 저들은 회의에 참석할 자격이 없습니다."

대영주 회의 때 끝까지 로렌스 편에 선 가신 하나가 불만스러운 표정으로 말했다.

"저들은 제가 초대했습니다."

로렌스의 말에 가신들의 소란은 줄어들었지만 여전히 불만스러운 눈빛이다.

'드래곤이 사라지고 나니 오크가 금방 그 자리를 차지하는군.'

그동안 영주에게 충성한 가신들은 수많은 고초를 겪어왔다.

영주 입장에서는 대견하기도 하고 자랑스럽기도 하겠지만 아카드의 생각은 그렇지 않았다.

지금 남아 있는 가신들은 스텐 상단이 위세를 펼칠 때 지부장의 선택을 받지 못해 주류에 서지 못하고 버림받은 인물들이다.

물론 진정으로 영주를 위하는 마음으로 고난의 시간을 견딘 가신도 있을 수 있다. 그러나 대부분이 병력과 재화에서 밀려 주류에 서지 못한 가신들이고, 지부장에게 반발하는 마음으로 영주에게 줄 선 사람들이다.

인간이라면 보상 심리가 생기는 건 당연한 이치다.

스텐 상단이 사라지고 자신들을 위협할 옥스 영지도 손에 넣은 이상 영주 앞에서 자신의 공을 내세우며 큰소리 내고 싶은 것은 어찌 보면 자연스러운 수순이었다.

"이번 일에 여기 있는 아카드 공자의 힘을 빌렸습니다. 그 대가로 나르스 영지에서 수확되는 이익의 50%를 공유하기로 약속했습니다."

"안 됩니다!"

"그게 말이 되는 소립니까? 있을 수도 없는 일입니다!"

"지하에 계신 전대 영주님의 얼굴을 어떻게 보려고 그러십니까?"

예상대로 가신들은 벌 떼같이 일어나 마치 자신의 것을 빼앗기는 양 고함을 질러 댔다. 영주가 말리지 않았다면 당장에라도 아카드를 어떻게 해 볼 태세다.

"그냥 나가요."

테디는 돌변한 사람들을 바라보며 안색이 파리해졌다.

"걱정 마. 내가 다 알아서 할 거야. 나 믿지?"

테디는 잠시 망설이다가 고개를 끄덕였다.

한편, 로렌스의 얼굴에는 당황한 빛이 역력했다.

어느 정도 반대를 할 줄은 알았지만 이건 심해도 너무 심했다.

처음에는 자신도 아카드와의 계약을 망설였다.

하지만 시간이 지나 보니 잃은 것보다 얻은 것이 훨씬 많았다.

우선 영주의 권위가 바로 선 것이다.

그동안 반대를 위한 반대만 하고 자신을 감금하던 반대파 인물을 모두 숙청함으로써 영주의 권위가 바로 서게 되었다.

　　두 번째는 옥스 영지를 손에 넣었다는 것이다.

　　옥스 영지를 손에 넣음으로써 그동안 자신을 위협하던 외부의 적은 모두 사라졌다.

　　그뿐만이 아니다.

　　옥스 영지는 나르스 영지와는 비교할 수 없을 정도로 산림이 풍부하고 지하자원이 넘친다. 또한 인구도 나르스 영지에 비해 3배나 많다.

　　산림자원이나 광산이 나르스 영지에 비해 풍부하다 못해 넘칠 정도였으니, 다른 영지를 호시탐탐 노리는 것도 당연하게 여길 정도다.

　　이로 인해 나르스 영지는 돈 걱정 없이 발전할 기반을 갖추었다.

　　마지막으로 A&M 투자상단이라는, 상계에서 가장 화두가 된 상단과 거래를 트면서 외부와의 물물교환도 활성화할 기회를 갖게 되었다.

　　이런 모든 것을 설명하고 기분 좋게 조인식을 하려고 했는데 가신들은 설명할 시간도 주지 않았다.

　　몇몇은 책상에 올라서며 달려왔고, 몇몇은 도둑놈이라며

금방이라도 죽일 기세로 아카드에게 다가왔다.

"영주님, 잠시 이 친구를 밖으로 내보내도 되겠습니까?"

"그러세요. 많이 놀란 표정이군요."

로렌스는 묘한 표정으로 테디를 보더니 문을 열었다.

"저 안 가요. 같이 있겠어요."

"내가 불편해서 그래. 일단 나가서 맛있는 거 좀 먹고 있어. 그럼 모든 게 다 끝나 있을 거야."

아카드의 설득에도 테디는 요지부동이다.

석상처럼 회의장에 서서 한 발자국도 움직이지 않을 기세다.

'휴우. 어떻게 애들 때려잡는 거보다 애 설득하는 게 더 어렵냐.'

아카드는 한숨을 푹 쉬며 고개를 흔들었다.

"잠깐 들어오세요."

테디의 고집에 로렌스는 회의장 문을 지키고 있는 기사를 불렀다.

"영주님, 찾으셨습니까?"

"이 친구가 편히 쉴 수 있도록 제가 어릴 때 머물던 방으로 안내해주세요."

"영주님, 저 안 간다고요."

테디는 로렌스를 노려보며 자신의 결심을 말했다.

"어떻게 하죠? 아카드 공자님?"

아카드의 친구로 보이니 억지로 끌어낼 수도 없는 상황.

로렌스는 난감한 표정으로 아카드를 쳐다보았다.

"그럼 10분만 자리를 비워 줘. 요 앞에 정원에서 산책 한 번 하면 될 시간인데."

"싫어요. 저는 고문님 곁을 지킬래요."

"나 믿는다고 했잖아. 그러니까 잠깐만 자리를 비켜 줘. 험한 꼴 보일 거 같아서 그래."

아카드의 장난스러운 눈빛에 테디는 살짝 마음이 놓였다.

"정확히 10분이에요. 10분에서 1초만 지나가도 들어올 거예요."

"알았어."

아카드가 기사에게 눈짓을 보냈다. 그러자 기사는 테디를 안내하며 문밖으로 나갔다.

테디가 나간 것을 확인한 아카드의 표정은 얼음보다 더 차갑게 변했다.

"재밌는 이야기 하나 해 주지. 어떤 부자가 매일 집 앞에서 구걸하는 거지에게 금화를 하나씩 주었어. 그러다가 말이야……."

아카드의 불길하면서도 나긋한 음성이 회의장에 울려 퍼

졌다.

"어느 날 부자가 전날 돈을 찾지 않아 금화가 다 떨어진 거야. 그래서 거지 앞을 그냥 지나갔지. 그랬더니 거지가 어떤 행동을 했는지 알아?"

아카드는 가신들 앞으로 다가가며 활활 타오르는 불의 기운을 끌어올렸다.

회의장 안을 장악해 버린 엄청난 살기와 숨 막힐 것 같은 아카드의 거센 기세에 열과 성을 다해 고함을 치던 가신들이 꿀 먹은 벙어리가 되어 버렸다.

"부자에게 돌을 던진 거야. 왜 줘야 할 돈을 주지 않느냐고 화를 낸 거지."

아카드의 입가에 불길한 미소가 번져 갔다.

"어리석은 인간들은 호의가 계속되면 권리인 줄 알지."

그제야 가신들은 깨달았다. 뭔가 큰일이 일어났다는 것을.

여자들의 시선을 단번에 끌어들일 것 같은 아카드의 외모에 가신들은 그를 만만하게 본 것이다.

조금만 겁을 주면 청년은 겁을 먹을 것이고, 이제 막 정식으로 영주가 된 로렌스는 자신들의 말을 들을 수밖에 없을 것이라고 여겼다.

그런데 아카드라는 청년은 겁을 먹기는커녕 엄청난 살기

를 뿜으며 자신들을 압박하고 있었다.

"로렌스 영주."

"왜…… 그러시나요?"

아카드에게 겁먹은 것은 가신뿐이 아니었다. 이제는 엄청난 규모의 영지를 다스려야 할 영주조차 아카드의 기세에 주눅 들었다.

"문 잠가."

아카드의 말이 끝나자 자신도 모르게 로렌스의 몸이 반응했다. 그녀는 회의장 문으로 달려가 열려 있는 고리를 아래로 내렸다.

'철커덕!' 하는 소리와 함께 회의장의 문은 굳게 닫혔다. 사람들은 황급히 아카드와 영주를 번갈아 보았다.

"저기, 공자. 잠시 진정하고 우리 말…… 을."

아카드는 잇몸까지 보일 만큼 웃음을 지으며 가신들을 향해 입을 열었다.

"너희들 좀 맞아야겠다. 흐흐흐."

아카드는 악마와 같은 미소를 지으며 천진난만하게 웃었다.

*　　　*　　　*

테디가 급하게 뛰어왔다. 시간을 보니 10분은 족히 넘은 거 같다.

테디는 굳게 닫힌 회의장의 문을 열었다. 그러고는 회의장 안을 서둘러 살펴보았다.

"세상에!"

테디의 눈에 성하게 보이는 사람은 아카드뿐이다. 아카드의 하얀 피부와 검은 머리만이 유독 돋보이고 있었다.

엄청난 전쟁터 속에서 그의 얼굴만이 공중에 붕 떠 있는 것처럼 보였다.

"왔어?"

아카드의 목소리가 회의장을 타고 가신들의 귓가에 울렸다.

가신들의 몸이 본능적으로 떨리고 있었다.

회의장의 광경은 죽은 사람만 없을 뿐, 처형장의 모습과 별반 다를 것이 없었다.

회의장에서 아카드는 절대적인 카리스마를 풍기며 서 있었다.

옆에 있던 로렌스는 아카드를 바라보고 석상처럼 고개를 푹 숙이며 떨었다.

오늘 하루 지옥을 다 겪었다고 자부했지만 진짜 지옥은 따로 있었다. 방금 전 펼쳐지는 광경처럼 충격적인 모습을

단 한 번도 본 적이 없었다.

로렌스는 수많은 악당들을 겪어 보았지만 이렇게 사람을 무자비하게 패는 사람은 한 번도 본 적이 없었다.

여기 있는 가신들은 모두 귀족의 신분으로, 어렸을 때부터 기본적인 검술은 배운 사람들이다.

그런 자들이 아카드의 움직임 앞에서는 허수아비처럼 쓰러지고 있었다. 아카드의 주먹이 스치는 순간 그들은 추풍낙엽처럼 부서져 갔다.

마치 아름다운 마신이 강림한 것 같았다.

로렌스는 온몸을 사시나무처럼 떨고 있었다.

아카드가 자신을 스쳐 테디에게 다가가는 동안에도 무서워서 고개도 들지 못할 지경이었다.

"뭔 짓을 한 거예요?"

"그냥 가볍게 남자들끼리 몸 좀 풀었지."

"사람을 그렇게 두들겨 패면 어떻게 해요!"

테디의 잔소리에 아카드는 무슨 소리를 하느냐는 듯이 천진난만한 표정을 지었다.

"난 두들겨 팬 적이 없어. 스스로 반성하면서 자해한 것을 도와줬을 뿐이야."

"거짓말!"

"정말이야. 나를 봐. 옷에 피 한 방울 묻어 있나."

테디가 살펴보니 정말 아카드의 몸에는 피 한 방울 묻어 있지 않았다. 오히려 처음보다 더 깨끗해진 거 같았다.

—이야. 어떻게 표정 한 번 안 변하고 저렇게 거짓말을 잘할까?

—그러니까 이 새끼야! 처음부터 계약자 교육을 잘 시켰어야지! 네가 계약자 길을 잘못 들인 탓에 나만 고생하고, 이게 뭔 꼴이야!

실리안과 라그니스가 투덜거리는 사이 아카드는 테디의 어깨를 붙잡고 회의장 안으로 들어왔다.

그들이 향한 곳은 로렌스가 있는 곳.

아카드는 고개를 숙이고 떨고 있는 로렌스를 향해 조용히 입을 열었다.

"우리 이제 계약서에 사인해야지?"

"네, 네…… 해야죠."

로렌스는 아카드의 얼굴을 피하며 고개를 끄덕였다.

그녀는 아카드를 괜히 데리고 왔다고 후회 중이었다.

'차라리 둘이 만나서 사인했더라면 이런 일은 없었을 텐데.'

그래도 자신의 편을 들어 준 가신들인데.

로렌스는 쓰러져 있는 가신들을 보며 동정 어린 눈빛을 보였다. 자신의 편을 들어 주던 가신들이 바닥에 차곡차곡

포개져 있었다. 가신들 모두 실신 지경이었는데, 얼추 보아도 몇 달은 요양해야 겨우 음식을 먹을 수 있을 것으로 보였다.

다시 한 번 아카드의 잔혹한 손속이 떠오르면서 오금이 저려 왔다.

"아마 육 개월 동안은 포크도 못 들 거야. 다음 해가 되어야 겨우 움직일 정도는 되겠지."

"네."

로렌스가 할 수 있는 말은 '네.' 밖에 없었다.

"오늘 일은 보너스라고 생각해. 조금만 생각해 보면 내 말이 무슨 뜻인지 알 수 있을 거야."

처음에는 무슨 말인지 알 수 없었다.

하지만 로렌스도 제국 아카데미를 우수한 성적으로 졸업한 수재다.

아카드가 어깨를 두들기자마자 정신이 번쩍 들면서 그녀의 머릿속이 끊임없이 회전하였다.

'맞아. 생각해 보니 이 상황이 나쁜 건 아니잖아? 오히려 영주의 힘을 더 튼튼하게 다질 수 있는 기회구나.'

반역자들의 반대편에서 자신을 지지해 준 가신들이지만, 방금 전 아카드를 대하는 모습을 보니 그들의 검은 속내가 드러났다.

영주인 자신의 말을 자르며 내지르는 고함 소리와 함께 드러난 탐욕스러운 가신들의 모습이 떠오르자 그녀는 자기도 모르게 굳어 버렸다.

로렌스를 지지하는 성기사단들이 떠나고 혼자 남게 되면 제멋대로 행동할 것이 뻔했다. 그렇게 되면 스텐 상단의 악몽이 재현되는 것은 시간문제다.

사사건건 간섭하며 무시할 것이 분명했다.

하지만 육 개월은 짧은 시간이 아니다.

그 시간이면 로렌스가 영주로서 자리를 굳히기에 충분한 시간이다.

만약 가신들이 몸을 회복하고 복귀한다고 하더라도 예전처럼 큰소리는 칠 수 없을 것이다.

그동안 영주를 중심으로 하는 새로운 인물들을 발굴하고 중요한 자리에 앉힌다면, 검은 속내를 가진 가신들은 발붙일 곳이 없을 것이다.

"뭐해? 앉아. 시간도 늦었으니 마무리하자고."

아카드는 계약서를 두 장 펼쳐 놓고 로렌스가 앉기만을 기다리고 있었다.

"잠깐만요. 이거 이상해요."

계약서를 구경하던 테디가 새초롬한 얼굴로 아카드를 노려보았다.

"뭐가? 내가 보기에는 전혀 이상이 없는데?"

"1년도 아닌 10년이라니요? 그런 말은 없었잖아요."

"주인이 하인에게 일일이 보고하고 다녀야 하나?"

"아니, 그래도 이건 아니죠. 10년 동안 영지 수익의 반을 가져간다는 건 너무하잖아요."

"뭐가 너무해! 나 아니었으면 진작에 이름도 없이 사라질 영진데 이 정도는 받아야지. 불만 있어?"

아카드가 로렌스에게 소리쳤다.

"아뇨. 저는 공자님의 배려에 감사할⋯⋯."

"협박에 넘어가지 마세요. 영주라면서요. 사람이 배포가 있어야 영지민들이 편하게 발 뻗고 잘 거 아니에요."

로렌스가 몸을 떨며 고개를 흔들자 테디가 두 사람 사이를 가로막으며 외쳤다.

"너 나가. 또 방해하려고 하네."

"방해라니요. 영지민들 얼굴 못 봤어요? 우선 영지민들부터 살리고 봐야죠."

"그건 내가 할 일이 아니야. 여기 계신 영주가 할 일이지."

"사람이 끝까지 사후처리는 해 주고 가셔야죠. 그렇게 인정머리 없게 나 몰라라 하면 못써요."

"그래서 나보고 어쩌라고!"

테디는 자신이 원하는 대답이 나왔는지 입꼬리를 스윽 올렸다. 테디는 아카드가 앉아 있는 의자 뒤로 다가가 그의 어깨를 감싸 안았다.

"제가 예전부터 생각한 게 있는데, 한번 들어 보실래요?"

갑자기 테디가 뒤에서 어깨를 안는 바람에 얼떨떨한 표정이 된 아카드는 자신도 모르게 고개를 끄덕였다.

*　　　*　　　*

다인 왕국에서 제국으로 향하는 비행선 안에서 작은 소동이 있었다.

"자기만 일등석 타고 난 삼등석으로 보내 버리다니, 치사해요!"

"그러면 네가 돈을 벌든지. 한 푼도 없이 따라와서 남의 사업을 망쳤으면 염치가 있어야지!"

"와! 억울하다, 억울해! 그게 망친 거예요? 서로 윈윈한 거지."

"윈윈 좋아하시네. 너 때문에 기회비용을 얼마나 날려 버린 줄 알아! 내가 다음부터 어디 갈 때 너를 데리고 가면 사람이 아니야!"

아카드와 테디의 설전은 승무원이 달려와 떼 놓고 나서야 멈췄다.

아카드는 일등석 자리로 걸어가 거칠게 의자에 파묻혔다.

"뭐? 사회적 기업? 함께 부자가 될 수 있는 방법이라고?"

아카드와 로렌스 영주 사이에서 테디가 내놓은 방법은 사회적 기업이었다.

A&M 투자상단에서 고품질의 생산물이 나올 수 있도록 기술과 자금, 인력 등을 지원하는 방식이다. 어떤 작물을 생산할지는 모르겠지만 종자의 공급부터 추수 시기, 포장, 운송까지 상단에서 지원한다.

또한 공급자의 유통망까지 제공함으로써 농부들은 10배 이상의 가격에 생산물을 판매하는 방식이다.

언뜻 보면 굉장히 합리적이고 생산적인 계획처럼 보였지만, 상단 입장에서 가장 큰 걸림돌이 있었다.

바로 초기 자금이 어마어마하게 들어간다는 것이다.

즉 손익분기점에 도달할 때까지 엄청난 자금과 인력만 투입되기 때문에 상단 입장에서는 꺼려질 수밖에 없었다.

로렌스 영주는 거절할 이유가 없었다. 상단에서 모든 것을 책임진 상태에서 자신들은 생산만 열심히 하면 되는 상황인데 손해 볼 것이 없었다.

로렌스 영주의 동의를 얻은 테디는 아카드에게도 한 가지 제안을 했다.

손익분기점이 넘으면 기존의 계약대로 수익의 50%를 A&M 투자상단이 가져가는 대신, 기간을 20년으로 늘리는 것이 어떠냐는 당근을 던졌다.

당연히 아카드는 거절했다.

갑의 위치에 있는 상단이 굳이 그런 위험을 자초할 필요가 없기 때문이다.

하지만 아카드의 어깨를 주무르며 애교를 부리는 테디의 모습에 정신을 차려 보니 이미 계약서에 사인을 해 버린 상태다.

'쟤랑 다니면 제대로 되는 일이 없네.'

아카드는 고개를 저으며 검은 안대를 끼고 잠을 청했다. 하지만 쉽게 잠이 올 리가 없다.

엄청난 수익의 기회를 미래의 기회비용으로 날려 버렸으니 속이 편할 리가 없다.

"승무원! 여기 독한 위스키 병째로 가져다 줘!"

애꿎은 승무원들만 아카드의 요구에 몇 번이고 아카드 곁을 분주하게 움직이고 있었다.

그 시각 테디는 보물을 얻은 것처럼 환한 미소를 지었다.

그러다가 갑자기 뭔가가 생각났는지 복잡한 표정으로 창가를 바라보았다.

"우리 영지를 도와줘서 감사해요. 사실 이렇게 저희 영지민들을 생각하고 있을 줄 상상도 못 했어요."

나르스 영지를 떠나기 전 로렌스 영주는 자신을 은밀히 불러 고마움을 표했다.

"뭘요. 선배님이시라고 들었는데 동문끼리 돕고 살아야죠. 그나저나 제가 도움이 되었다니 기뻐요."

"그런데 아카드 군, 사귀는 아가씨라도 있나요? 뭐 저 얼굴에 없을 수는 없겠지만."

쿵!

갑작스러운 로렌스의 말에 테디의 가슴에서 뭔가가 떨어지는 소리가 들렸다.

"하하. 글쎄요? 제가 남의 연애는 별로 관심이 없어서……."

"그런가요? 마음 같아서는 가둬서라도 내 것으로 만들고 싶은데."

"왜요?"

테디는 자신도 모르게 되물었다가 스스로도 심히 당황했는지 놀란 표정으로 입을 가렸다.

"아카드 군이라면 저를 대영주로 만들어 줄 수 있을 것 같아서요. 다인 왕국의 영주라면 누구나 대영주가 되는 것이 꿈이거든요."

"아하. 네."

로렌스는 실망한 모습의 테디에게 자신의 얼굴을 들이밀었다.

"왜요? 제가 너무 이기적인 것 같아요?"

"그냥. 목적을 위해 사람의 마음을 얻고 싶다는 것 자체가 좀 씁쓸하네요."

"영주로 살아남으려면 어쩔 수가 없어요. 한 사람이라도 강한 사람을 내 편으로 만들어야 영지민들을 지킬 수 있거든요."

로렌스는 높은 하늘을 바라보며 분한 표정을 지었다. 타인의 도움을 받아서야 간신히 영지를 지켜냈다는 사실이 너무 자존심 상하고 화났다.

"로렌스 영주님은 잘 해내실 거예요. 영지민들을 아끼시잖아요."

"그런가요? 말이라도 그렇게 해 주니 힘이 나네요."

로렌스 영주는 얼른 자신의 감정을 지웠다. 전혀 자신과 관계없음에도 따뜻하게 건네는 테디의 말 한마디가 위로가 되었는지 표정이 밝아졌다.

"에잇! 아카드 군을 내 것으로 만드는 계획은 포기해야 겠네요. 꼬신다고 넘어올 사람도 아니고."

"영주님은 더 좋은 사람 만나셔야죠. 그 인간이 얼마나 치사하고 욕심 많은데요. 포기 잘하셨어요."

이상하게 테디는 로렌스 영주의 포기했다는 대답에 안도 의 한숨이 저절로 나왔다. 테디는 아카드를 깎아내리면서 도 자신도 모르게 앞에 있는 주스를 마시며 속내를 감추기 바빴다.

"그거 알아요? 아카드 공자가 저보고 못생겼대요."

"푸!"

테디는 마시고 있던 주스를 내뿜었다.

"죄송해요. 저도 모르게 큰 실례를 했네요."

"괜찮아요. 탁자가 조금 젖었을 뿐인데요."

"그런데 정말 영주님께 못생겼다고 했나요?"

"그렇다니까요. 그날 밤에 얼마나 화가 났는지 잠도 들 지 못했다니까요. 테디 군이 보기에도 그래요?"

테디는 고개를 갸웃하며 로렌스 영주의 모습을 살폈다.

늘씬한 키와 몸매, 신비한 느낌을 주는 은발의 머릿결은 보이시한 외모를 한층 더 신비롭게 만들었다. 로렌스 영주 는 남녀를 가리지 않고 사랑받을 수밖에 없는 외모의 소유 자였다.

"그 인간 눈이 삐어서 그래요."

"그렇죠? 저도 처음에는 그렇게 생각했어요. 그런데 테디 군을 보고 나니 이해가 되더라고요."

"네?"

"대륙의 양대 미인으로 꼽히는 에레나 영애님이 항상 옆에 있으니 저 같은 평범한 외모가 아카드 님의 눈에 들어오겠어요?"

"절…… 어떻게……?"

"입학식 때 보았지요. 찬란한 미모에 고귀한 혈통까지, 모든 것을 다 가진 신입생을 같은 여자 입장에서 잊을 수는 없지요."

로렌스 영주의 날카로운 시선에 테디의 얼굴은 굳어 버렸다.

"누추한 영지를 방문해 주셔서 영광이에요, 에레나 공작 영애."

그리고 시작된 대화는 생각보다 시시했다.

안부를 묻고 제국의 소식에 대해 전하는 것으로 로렌스 영주와의 독대는 마무리되었다.

다만 로렌스 영주의 마지막 말이 테디의 머릿속을 괴롭혔다.

"털어 놓으세요. 그렇지 않으면 크게 후회할 일이 생길 거예요?"

로렌스 영주의 마지막 말이 비수처럼 테디의 마음속에 꽂혔다. 테디는 마음속으로 굳게 결심했다.

'그래, 계속 이렇게 지낼 순 없어. 비행선에서 내리자마자 털어 놓는 거야.'

아카드와 테디가 비행선에서 한 마디도 하지 않고 침묵을 지키는 사이 비행선은 노틸러스 제국 선착장에 천천히 내려가고 있었다.

"고문님, 드릴 말씀이 있어요."

"꼭 지금 해야 해?"

"네. 꼭 지금 해야 해요."

아카드가 자신의 짐을 찾다가 뒤로 돌아섰다. 아카드는 나르스 영지에서의 계약 때문인지 짜증스러운 표정이 역력했다.

"뭐야? 빨리 말해."

"그게 저……."

갑자기 저 멀리서 규칙적인 발자국 소리가 요란하게 울렸다. 질서 정연한 걸음걸이로 다가오는 기사들의 어깨에는 황실정보원 소속임을 밝히는 황금 사자 문양이 새겨진 견장이 반짝였다.

'뭐지? 설마 오빠가 보낸 사람인가?'

테디는 자신도 모르게 들고 있는 캐리어를 놓아 버렸다. 이제 자신은 끌려갈 것이고, 아카드는 자신을 구하려다가 정체가 발각될 위기였다.

어느새 다가온 기사들의 등장에 테디는 고개를 푹 숙였다. 아카드의 얼굴을 볼 수 없었기 때문이다.

고개 숙인 테디의 눈앞에 가죽 부츠가 보일 정도로 가까이 다가온 기사들의 발걸음이 멈췄다.

기사들은 아카드의 양팔을 꽉 잡았다.

'이게 무슨 일이지?'

자신이 아닌 아카드의 팔을 잡은 기사들의 행동에 테디가 놀라 고개를 들었다.

"당신을 에레나 영애에 대한 공갈, 협박 및 납치 혐의로 체포합니다."

기사들의 무뚝뚝하고 서릿발 같은 목소리가 노틸러스 제국 선착장에 울려 퍼졌다.

〈다음 권에 계속〉